總編輯：余光中

臺灣一九八九—二〇〇三

中華現代文學大系

貳

詩卷(一)

主編：白靈

編輯體例

一、本大系延續第一輯（一九七〇～一九八九）編輯宗旨，選錄近十五年（一九八九～二〇〇三）來，在台灣公開發表而具有代表性的現代文學作品（含評論）。具體展示台灣長達三十四年的時空交錯下，各類型作者的創作才華和作品風貌。

二、本大系區分為《詩卷》二冊，《散文卷》四冊，《小說卷》三冊，《戲劇卷》一冊，《評論卷》二冊，共五大類，凡十二鉅冊。

三、本大系由總編輯召集各卷主編主其事，並各設編輯委員二人，所有入選文章，均經由各編輯委員詳細閱讀並票選後定稿。

四、各卷之編排順序，均以作者出生年月先後為依據。

五、每家附有小傳，包括本名、筆名、籍貫、年齡、學歷、經歷、著作要目、獲獎紀錄等，並附近照一幀。

六、入選作品篇末以註明出處及創作日期為原則；無法查明者從缺。

七、本大系前有總序，對台灣近十五年來文學發展之大勢略加論析；各卷另有分序，介紹各文類演變之近況及所選作品之概要。

八、入選作品均經詳校，絕大多數經由原作者親自核正。

九、封面標示本大系總編輯及各該卷之主編，封底及版權頁則詳列全體編輯委員之名單。

目錄

編輯體例

總序／余光中……❶

詩卷序／白靈……1

第一冊

紀弦（一九一三——）……23
動詞的相對論、記一個演員、月光曲、在異邦

周夢蝶（一九二〇——）……27
半個孤兒、風、即事、詠雀五帖、約會、用某種眼神看冬天、

陳千武（一九二二——）……41
仰望三十三行、鴨圖卷

是不是錯了、透明相思、星期六午后的相思樹
林亨泰（一九二四——）……45
跨不過的歷史、死亡公式、白色通道、西餐、一黨制、賴皮狗
夏　菁（一九二五——）……51
青淚、消息、往事、無奈十行、螺音
杜潘芳格（一九二七——）……55
復活祭、葉子們、化妝等清秋、在桑樹的彼方、父母之家、彷
佛
文曉村（一九二八——）……61
群蛙論、三代、陰影
蓉　子（一九二八——）……65
黑海上的晨曦、紙上歲月、棄聖絕智、老、灰領人
洛　夫（一九二八——）……71
曇花、寄遠戍東引的莫凡、登黃鶴樓、出三峽記、隱題詩（選
二）、絕句十三帖、大悲咒與我的釋文、大鴉、未寄、漂木（長
詩摘錄）

向明（一九二八——）……91
跳房子、雛舞孃、隔海捎來一隻風箏、跳繩、捉迷藏、或人的記憶、秋天的詩、太師椅
管管（一九二八——）……99
螞蟻、黃昏裡的廟之黃昏、子子孫孫孫子子孫孫孫子子、說一部「乾隆版木刻大藏經」的閒話、青藤書屋那根青藤、青蛙案件物語、推窗
余光中（一九二八——）……109
荷蘭吊橋、三生石、五行無阻、憑我一哭、母難日、浪子回頭、夜讀曹操、七十自喻、絕色、再登中山陵
羅門（一九二八——）……125
天空與鳥、「世紀末」病在都市裡、九二一號悲愴奏鳴曲、人與大自然淚眼相望、神與上帝都不忍心看的悲劇、詩的假期、夏、搖頭丸
大荒（一九三〇～二〇〇三）……139
威爾莫特們萬歲、屏風、胖樹、撕開戈壁大布、康橋踏雪、麥

草車

商禽（一九三〇——）……145

站牌、地球背面的陽光、泉、雞、平交道、他想，故他不在、胸窗、飛行垃圾

張默（一九三一——）……153

三十三間堂、削荸薺十行、華山兩帖、再見，玉門關、紅樓獨語、鞦韆十行、搖頭擺尾，七層塔

碧果（一九三二——）……161

花魂記、夢蠶記、人形樹、魚的誕生、對鳥說、空著的一支瓶子

辛鬱（一九三三——）……169

訪嚴子陵釣台有歌、布告牌、無題、銅像四寫、心事二寫、一顆子彈的制式歷程

林宗源（一九三五——）……177

阮兜的地址、結婚證書、想起咱熟似的時

非馬（一九三六——）……181

生與死之歌、仲夏日之夢、克隆政歌、午夜街頭無事、積木遊
戲、情色網
李魁賢（一九三七——）…………187
疏濬船、我寫了一首留鳥的詩、詠花蓮玫瑰石、伊斯坦堡晨
思、叫同志 太輕鬆了、飛蚊症、掙扎
葉維廉（一九三七——）…………195
冰河興（三題）、紀元末切片、困頓的城市
隱　地（一九三七——）…………209
七種隱藏、法式裸睡、人體搬運法、穿桃紅襯衫的男子、吃魚
女子、旅行、西門町、鬆緊篇
梅　新（一九三七～一九九七）…………215
口信、家鄉的女人（之二）、家鄉的女人（之三）、履歷表、六
○年代雙城街的黃昏、子彈
林　泠（一九三八——）…………223
逃亡列車、20／20之逝、搖籃、網路共和國、史前的事件、烏
托邦的變奏

岩　上（一九三八——）…………237
芒草、舞、更換的年代、孤煙火葬場、我的詩，黏死在街道的
牆壁上
張香華（一九三九——）…………243
茶，不說話、從未沾水的火柴、別了，貝爾格勒、椅子、和海
對話、途遇
朵　思（一九三九——）…………251
面對一屋子沉默的家具、簫聲、穿梭夢境、淚、圖象詩、你是
誰、留
張　健（一九三九——）…………257
劫天、天葬台上的獨白、柯林頓、搬家
羅　英（一九四〇——）…………263
月夜裡在日曆紙上胡亂書寫、水流中感傷的黑色的目、朝著時
光逆向飛行、聽雨、萱草花的旅程、在某天的某個時辰
綠　蒂（一九四二——）…………273
哀傷依然寂靜、風的捕手、彼岸的燈火、午與夜的十四行、想

你的感覺
陳慧樺（一九四二—）……279
虹口公園、都與歷史有關的詩篇（二首）、白衣婦、海灣風雲錄
張　錯（一九四三—）……287
冬天的距離、隱密花園、鎏金菩薩、細雪、油滴盞、玳瑁盞
席慕蓉（一九四三—）……297
大雁之歌、婦人之言、邊緣光影、備戰人生、蒙文課、鹿回頭、色顏、旁聽生
汪啓疆（一九四四—）……305
新夢域、接觸與互生、晨安吾愛、日出海上、黑天鵝、航行者、飛行事件、心臟
吳　晟（一九四四—）……319
經常有人向我宣揚、我仍繼續寫詩、我時常看見你、小小的島嶼、角度、馬鞍藤
古添洪（一九四五—）……329
國殤、我生活的地方 V-8 敘述系列（選一）、尋找自己的位置

尹　玲（一九四五——）……335
野草恣意長著、晨曲、一隻白鴿飛過、你張口說話的當兒、
牆、昨日之河、夜間飛行
黃勁連（一九四七——）……341
六月天、撐渡伯也、南風稻香、阿輝兮娘
蕭　蕭（一九四七——）……349
心即心、風入松、風箏隨風飛、草戒指、鏡子兩面、瞭望、飛
天三式、應無所住而生其心（選二）
李敏勇（一九四七——）……359
這城市、海峽、死亡記事、想像、我聽見、國家、在科隆的一
個夜晚
鄭烱明（一九四八——）……367
在這擁擠的島上、出葬、閱兵、勝利者、沉淪、雪
羅　青（一九四八——）……373
一部關於「米雪」的修辭史、論杜甫如何受羅青影響、雖然我
仍能讓大家、二〇〇〇年犰狳節之年、我的美麗新世界、二〇

〇〇年十二月一日預見三十一日傍晚在淡水觀落日有感

蘇紹連（一九四九──）…… 391

台灣鄉鎮小孩（選四）、他只有五歲、歌與哭、影子、曙光、疤痕、沉思的胴體、假設正在發生

馮　青（一九五〇──）…… 399

創、蛇、台東人、有關貓風景之記錄、死於荒野、跑馬町、絕望

簡政珍（一九五〇──）…… 411

生日、憶、掃墓、我們有如燭火、晨起、災後、之後

杜十三（一九五〇──）…… 419

汝有聽著地球崩落去兮聲無？、出口、輪迴、螢火蟲、泉水、霧、墨

第二冊

斯　人（一九五一──）…… 427

故事、有人要我寫、而我卻不在了、復活、敗北後記、親愛的西奧、向吉訶德致敬

白　靈（一九五一——）……435
提絲傀儡、目瞤金金、山寺、金門高粱、聞慰安婦自願説、昨日之肉、五行詩（選二）

零雨（一九五二——）……443
箱子系列（組詩）、特技家族（組詩）、戰爭中的停格（組詩）、潘朵拉的抒情小調3、龜山島詠歎調（一）（選一）

沈花末（一九五三——）……459
我完全靜寂的生活、雨、有人知道、一個人、今夜的話題

渡　也（一九五三——）……465
銅油燈、宣德香爐、我是一件行李、小站、天燈（之一）、新居、澎湖素描、一顆子彈貫穿襯衫

葉　紅（一九五三——）……477
指環、藏明之歌、簫、絕響、撒旦的臉孔、誰的夢、瀕臨崩潰的字眼感覺有風

陳義芝（一九五三——）……483
溪底村（一九五九）、我思索我焦慮（之一）、我思索我焦慮（之二）、住在衣服裡的女人、雅座七〇年代、觀音、大別、喘息、四月二十一日，大埤湖

王添源（一九五四——）……493
貝爾法斯特十四行、我的一生都在尋找十四行、旅人十四行、我的一生都在忘記十四行、我們沉默仰望十四行

陳　黎（一九五四——）……497
家庭之旅、島嶼邊緣、小宇宙（選四）、一首因愛睏在輸入時按錯鍵的情詩、腹語課、福爾摩莎．一六六一、在我們生活的角落、舌頭

詹　澈（一九五四——）……509
翡翠西瓜、夜夢、碩鼠、勇士舞、獨木舟、迷你豬、祝禱詞

羅智成（一九五五——）……521
颱風（之一）、颱風（之二）、93霪雨、夢中書店、夢中飛行、夢中拖鞋、鎮魂

向　陽（一九五五——）……531
一首被撕裂的詩、野百合靜靜地開、發現□□、咬舌詩、黑暗
沉落下來、我的姓氏、山路、戰歌
沈志方（一九五五——）……545
李白V.S.波斯灣、近來、〈隱題詩〉日本福岡太宰府中抽籤得
小吉、想像、中華／人民／臺灣／國的元旦那天
游　喚（一九五六——）……553
文學秋天遠、一口箱子、寂靜的河堤、磁片、望高寮、第一聲
蟬嘶
莫那能（一九五六——）……559
百步蛇死了、鐘聲響起時、歸來吧，莎烏米
焦　桐（一九五六——）……565
雙人床、軍中樂園守則、軍訓教官、遠足、過七賢三路、允執
厥中、過馬六甲
簡　捷（一九五六——）……573
一首詩的誕生、致肉慾天使、唯有懷疑是純粹永恆

林建隆（一九五六——）…… 579
黑面琵鷺的算盤、生活俳句（選五）、鐵窗的眼睛（選四）、不一樣的父親、玫瑰日記（選五）

劉克襄（一九五七——）…… 585
前往彭佳嶼、鐵道紀行、檜木林之歌、黑面琵鷺、自然老師、木瓜山奏鳴曲、磨豆機

楊　平（一九五七——）…… 593
沒有一個生命眞正死過、瓶中花、歷史無法紀錄寧靜

張國治（一九五七——）…… 599
一顆米如是說、遺書、電子情人、現代藝術系列（選二）

路寒袖（一九五八——）…… 607
針、衣櫃、我的父親是火車司機、溪戲、等待果陀、當一個朋友離去

侯吉諒（一九五八——）…… 617
在電腦與水墨之間的詩、網路情人、歷史、鋼琴四手聯彈、不連續主題變奏：時代瑣事、饕餮獸面銅紙鎮

林沈默（一九五九——）…………………………………………625
統獨事件、白露、後庄訪舊
孫維民（一九五九——）…………………………………………631
冬至、三株盆栽和它們的主人、遭遇、異形、大夢、一日之傷
遲　鈍（一九六〇——）…………………………………………639
七字調（二）他生未卜此生休、人間系列、在布宜諾斯艾利斯
（二）、在你的上游
江文瑜（一九六一——）…………………………………………645
妳要驚異與精液、今夜，你這隻蚊子咬得我睡不著、男人的乳
頭、白帶、如果一隻蒼蠅飛落在乳房、阿媽的料理系列（選
二）、台灣餐廳秀系列（選二）
瓦歷斯·諾幹（一九六一——）……………………………………657
山是一座學校、當我們同在一起、回到世居的所在、霧社
陳克華（一九六一——）…………………………………………671
在A片流行的年代……、閉上你的陰唇、錯覺、誰是尹清楓、
美麗深邃的亞細亞、黎明黎明請你不要來、性別二首

洪淑苓（一九六二—）……685
黃昏之鷹、阿母个裁縫車、城市．慶典與灰燼、秋的詠歎、腥燥的雪繼續下著
林燿德（一九六二～一九九六）……693
一九九〇、時間、月亮、馬桶
奎澤石頭（一九六二—）……705
素書樓三疊、無生道場、和平港畔不遠處的黃牛，星星，與旅人
白家華（一九六三—）……713
曬衣、橋、早餐、小徑、蟬、月出如鏡
羅任玲（一九六三—）……719
巫者、九月、下午、鼠、逆光飛行、醒著的兩首詩、月光廢墟
鴻鴻（一九六四—）……727
一滴果汁滴落、花蓮讚美詩、我也會說我的語言、佔領區、Les Feuilles Mortes
李進文（一九六五—）……735

記者、結婚禱詞、對母親的看法、政治四章
羅　葉（一九六五——）……743
我；的病、尋屋、取；捨
方　群（一九六六——）……749
有人說我……、長春藤、逆光的旅行、眾生（四選二）
須文蔚（一九六六——）……755
稻草人、引導作文、凌遲、你沉默如雷
許悔之（一九六六——）……761
跳蚤聽法、遺失的哈達、不忍、肉身、白蛇說、有鹿
林則良（一九六七——）……769
一條街的神秘與憂鬱、藍色與灰色的母親、打開天窗的是海
紀小樣（一九六八——）……775
台灣．三鯨記、摩天大樓、公寓生活、簡明版家庭寫真、口述
一座被遺忘的村莊、家族演進史
顏艾琳（一九六八——）……785
黑暗溫泉、水性、度冬的情獸、超級販賣機、我和那人之間的

不可告密、安娜琪的房子
唐捐（一九六八——）……793
絕句、狐戀I、蛇喻、不在場證明、降臨、罪人之愛
林群盛（一九六九——）……805
在故事街傳說巷讀到的、貓雨、學校錄、旅・零光度、龍市
陳大為（一九六九——）……811
治洪前書、再鴻門、在南洋、埋怨、簡寫的陳大爲、我的敦煌
吳菀菱（一九七〇——）……825
關乎緣分、措詞的距離、摩登女郎、童話故事、色情刺青
李俊東（一九七一——）……831
在詩戰場中舔舐自己的傷口、垃圾之歌、單色影印機
丁威仁（一九七四——）……837
無調性的戰爭格律（組詩）、素描大屯、我們撿到了一群新世代
鯨向海（一九七六——）……845
一星期沒換水的夢境、雨使這個城市的線條起了變化、候鳥、賞鳥必備・超能力、在健身房、致你們的父親

楊宗翰（一九七六——）…… 853
革命、夜遊、物色、搖頭詩
孫梓評（一九七六——）…… 859
如果敵人來了、夏日邊界
林婉瑜（一九七七——）…… 865
抗憂鬱劑、時間之流、霧中
楊佳嫻（一九七八——）…… 871
大子夜歌、時間從不理會我們的美好、記載、冬戀、微雨黃昏
過圖書館、守候一張香港來的明信片

總序

余光中

1

三十年來，我爲自己擔任總編輯的文學大系先後撰寫三篇總序：第一次是爲巨人版的《中國現代文學大系》，第二次是爲九歌版的《中華現代文學大系：台灣，一九七〇至一九八九》，這一次已是第三次了。前兩部大系取材的時間各爲二十年，眼前這第三部大系涵蓋的時間只有十五年，正接上前一部大系，像是續集；但在另一方面，雖然踏進了新的世紀，卻剛過門檻而已，未能深入，所以又像是世紀末的驪歌。

三部大系涵蓋了五十年，恰爲二十世紀的後半。這樣的總序，我覺得越來越難寫，因爲這世界越來越混亂，越來越複雜，說得樂觀些就是越來越多元，所以矛盾的價值觀越來越令人難以適從。尤其是近十年來的劇變，更令人感到世紀的窄門難以過關。

本大系涵蓋的這十多年，開始似乎綻放過曙光：一九八七年，蔣經國在去世前一年宣布解嚴，並開放報禁與黨禁。李登輝繼任後，新聞與言論漸享充分的自由。兩岸交流也從此開始。一九九〇年柏林牆倒，翌年蘇聯解體，冷戰時代乃告結束。不幸其間歷史倒退，一九八九年的天安門事件，使大陸已開之門又閉了數年。

後來的發展得失互見，但是進少退多，例如國會雖然汰舊換新，唯修憲多次，總統竟有權無責，容易獨裁。自由氾濫、民主粗糙，法治卻遠遠落後。選舉頻頻，不僅勞民傷財，派別對立，而且賄選猖獗，後患無窮。我定居了十八年之久的高雄，本屆市議會之選舉竟以普遍的賄選醜聞下場，足以見證，我們的民主櫥窗是以千元的藍色台幣裝飾而成的。二千年的政黨輪替也以美麗的憧憬開始，但三年之後似乎都令人失望：政府、議會、經濟、教育、治安、家庭、環境等等相繼出了問題，不是樂觀的學者或善辯的政客用什麼「多元」、「開放」、「轉型」等泛詞所能推託。近幾年更有九二一的天災、Sars的人禍，加上天天見報的畸行亂象，輪番來打擊我們的身心。台灣，早已淪爲「超載之島」，不知該如何負擔這一份不可承受之重壓。

這一切，我們的作家們「反映」得了嗎？

2

上一部大系有詩二冊、散文四冊、小說五冊、戲劇二冊、評論二冊，合爲洋洋十五大冊，不愧文學史的盛事。新出的這一部則有詩二冊、散文四冊、小說三冊、戲劇一冊、評論二冊，共十二冊：規模似乎縮小了，但因時間只有十五年，其實反而選得更密。相比之下，新大系的詩卷、散文卷、評論卷篇幅未減，而是小說減了二冊，戲劇減了一冊。結果在新大系中，散文變成了最大的文類。這是中文文壇與英文文壇在文類學上的一大差異。

在英美的現代文學裏，最受矚目的文類依次是小說、詩、戲劇；在批評家的眼中，散文，尤其是台灣盛行的抒情散文，簡直可有可無。Prose 在英文裏可以泛指詩以外的一般作品，有時甚至包括小說。一位美國學者看見我的英文簡介說有十多種的 prose 作品，問我寫的是什麼樣的小說。只要查一查三十年來諾貝爾文學獎得主的名單，就會發現，除了保加利亞的卡內提寫過自傳、遊記、論述之類的散文外，其他全是詩人、小說家、戲劇家。

阿根廷作家博而好思（J. L.Borges，即波赫士）在英美文壇以小說與詩聞名，但在國內，甚至在整個拉丁美洲，卻以他的散文最受推崇。一九九九年企鵝叢書出版英文譯本的博而好思《非小說文選》(Jorge Luis Borges: *Selected Non-Fictions*)，編者兼譯者溫伯格(Eliot Weinberger)在序言裏即指出：「二十世紀的英文文學裏，散文只是次要的角色，這情形不見於別的許多語文。散文（在英語世界）幾乎沒有人來評論，而除了述及其內容之外，散文究竟該如何解讀，既無公論，亦無紛爭。目前（在英語世界），散文大致上是以其次屬的文類呈現——回憶錄、遊記、報刊雜文、書評、論文——至於博而好思筆下這種左右逢源的逍遙散文，除了同仁小刊物之外，在一般期刊幾已絕跡。但在非英語的世界，散文的風格變化無窮，日日刊登在報紙的副刊或是有銷路又有水準的期刊上面。」

散文不但在我國的古典文學是主流文類，五四以來，也一直盛行不衰，今日更成為台灣文學的一大支柱，不但作家輩出，而且讀者眾多，近年更廣受大陸讀者歡迎。然而奇怪的是，儘管如此，散文在台灣的受評量，卻遠遠落後於小說與詩。例如新大系的評論卷，在六十六篇文章裏，論散文的只得八篇，但是論小說與詩的，卻各爲二十三篇與十九篇。

究其原因，也許是散文比較平實，不像小說與詩那麼倚仗技巧，有各種主義、各種派別之類的術語可供運用。以中國的美學來看，詩與小說可以在虛實之間自由出入，相互印證，散文則實多於虛，較少虛實相生之巧。評論家面對本色天眞的散文，似乎無技可施，甚至不值得細究。何況學府出身的評論家大半師承西方評論的當紅顯學，西方既然漠視散文，則學徒的工具箱裏恐怕也難找應付散文的工具吧。

3

新大系的小說卷由以前的五冊減爲三冊，篇幅上似乎是縮小了，但在文類上卻更變化多姿。以前的小說卷，在七十與八十年代的二十年間選出了一百一十八篇小說，原則上都是短篇，最長也不過近於中篇。其實爾雅版出了三十一年的年度小說選，所收也都是短篇。小說的天地非常廣闊，能在其間成爲大師，像狄更斯、托爾斯泰、喬伊斯、福克納者，想必是因爲有長篇的扛鼎力作。儘管魯迅的龐大背影籠罩著中國文壇，論者認爲他提不出長篇小說，畢竟遺憾。畢竟我們還出過曹雪芹這樣的巨匠，不讓中國的文學史大幅留白。馬森召集的編輯小組，不惜投注心血，能在十五年來的長篇巨製裏選出可供觀賞的段落，獨成一冊，多少可以展示我們的小說家裏，有哪幾位對生命與社會有更持續的宏觀。這種更多元更立體的呈現方式，當令讀者視野一寬。這樣的摘取，以前的小說卷也曾偶爾做過，例如李永平的〈好一片春雨〉等兩篇，其實都摘自他的長篇《吉林春秋》。不過這一次馬森在目錄中特別標明，遂覺別有氣象。

馬森在小說卷的序言裏對編選的標準、作者的背景、作品的主題與風格，都有清晰而詳盡的交代，論述的視野兼顧了宏觀與微觀。作者的身份從寬認定：只要能用中文寫出佳作，經常或首先在台發表，讀者印象頗深，評家經常注意，甚至得過大獎，即使身份是外籍，也不常在台灣，仍能得到認定。因此來自大陸的高行健、嚴歌苓，來自香港的西西、黃碧雲，甚至來自馬來西亞而從未在台灣生活的黎紫書，都入了小說卷。但其他各卷就沒有如此「好客」，否則同樣在台出書也受到肯定的作家如余秋雨、北島等，也許亦能納入散文卷與詩卷。

馬森的序言把九〇年代的小說依風格與發展順序分爲寫實路線、現代主義、後現代主義三種，並各舉出若干代表人物；結果前兩種風格各約十位，後一種風格獨占二十位左右。但是小說卷入選的作者共有六十六位，可見難以歸類的中間份子仍在三分之一以上。馬森自己也立刻聲明：如此分類「僅指入選的作品而言，並非說以上作家其他的作品皆係如此。同一作家寫出不同美學風格的作品不足爲奇，而同一篇作品也可能含容不同的美學傾向。」

台灣的淺碟文化與進口理論的流行交替，令許多英雄豪傑幻覺今是而昨非。新批評、存在主義、比較文學、失落的一代、嬉皮文化……一波又一波此起彼落。所謂「全球化」，不過是美國化加上西歐化而已。「後之視今，亦猶今之視昔。」然則今日以爲至善之眞理，未來未必如此。馬森說得好：「荒謬得煞有介事也就是後現代的一種態度。」但這件事情在中國文學裏也不見得沒有先知：《紅樓夢》第一回就說了，「滿紙荒唐言，一把辛酸淚。都云作者痴，誰解其中味？」從卡夫卡的變形到博而好思的迷宮，不都是中國成語的「痴人說夢」嗎？林明謙的〈掛鐘、小羊與父親〉說到興頭上，忽然打岔說：「小說才進行了一半左右，請耐心閱讀。」我們不會立刻想到中國的章回小說裏，說書人早就站到前台來說：「欲知後事如何，且聽下回分解」嗎？

荒謬的主題或是反主題，當然還有滿紙的空間可供夢遊。另一方面，虛無之舟也不妨落現實之錨。藝術之虛實相生，猶如自然之陰陽互替。如果沒有陽間，則陰間未免單調：奧菲厄斯去下界搶救愛妻的故事，必須到陰陽交界才有高潮。因此寫實的小說也不可缺席，否則失去了人間，滿天神佛似乎也有點空洞吧。所以朱西甯、黃春明等寫實重鎮之入選，也頗具「鎮紙」（滿紙荒唐言）之功。我們不免想到在主題上，寫實的天地也還有不少經驗似乎可以開發。根據馬森序中的分析，小說卷中處理同性戀與其相關主題的作品，至少有六篇，而且「文墨華彩，炫人眼目，堪稱一代精華。」令人想起《孽子》一書近日在台灣文壇的風光，不禁歎息先烈王爾德早生百年的遺恨。同性戀曾是弱勢的邊緣經驗，但台灣經驗之中，同為弱勢的目前就有外勞，而同為邊緣的還有台商，兩者各牽涉數十萬人口，值得我們的作家關切。我曾戲言自己近年在大陸出書，版稅不多，卻超過台灣萎縮書市之所得，也可以算是隔海兜售的「台商」了。台灣文友在對岸出書的不少，聽吾此言，當發一苦笑。商場與業界的興衰故事，說得好一樣動聽，茅盾的《子夜》在這方面可惜沒有寫好，高陽的《紅頂商人》卻引人入勝。

4

白靈爲新大系詩卷所寫的序言，指出這十多年來台灣詩人進入了「不確定」的困境，一方面因多元開放而增加許多「可趁之機」，一方面卻因此承擔更多的焦灼、分割與迷惑。本土化與全球化的壓力都無可避免：意識正確要你走「一條詩路通人心」；全球大勢要你走「條條詩路無不通人心」。前一條路導向寫實，後一條路導向後現代。白靈的序言充滿了危機意識，他認爲老一代詩人株守平面，不肯上網，少一代詩人優遊網路，不肯下網，苦了他中年的這一代有心人有心牽網而無法牽合。所以他懷抱「極大的隱憂」，擔心「印刷路」與「網路橋」終會背道而馳，因爲新世代詩人只相信滑鼠，並不在乎詞句冗長、迴行處處，卻耽於咒語、口語、淺語，把修辭當作兒戲。他更指出，「後現代社會『去中心化』、『消解正統化』後的表現模式：由本質走向現象、從眞實走向虛擬、自深層走向表層、棄所指而追求能指、諷眞理而尋文本的種種特質……與前行代之著重歷史感、價值感、意義性、象徵性的形式化表現有所不同。」

總而言之，所謂後現代的這一切想法、做法，都是要顚覆、架空、丑化所有傳統的價值與秩序，「唯恐天下不亂」。但是它只有消極的拆台，沒有積極的目標，無可無不可，破而不立，只留下共存雜交的殘局，並無革命的興奮。也許革命啦、恢復秩序啦等等都已成了過時的價值，可笑的陋習。然而後現代之含混，也正在它與現代主義之曖昧難分：例如要顚覆傳統之一切價值，早在一次大戰時就已有達達主義了；要在虛實之間出入無阻，乃是步超現實之後塵。只是達達與超現實畢竟還是畫家與詩人憑自身的潛意識來創造，而新世代的詩卻可隨科技的精靈，那滑鼠的誘引，扶乩一般地向虛擬的空間去尋求。

白靈說網路詩之盛如潮，「詩之平民化」當下即可實現。在民主的時代，科技提供了全民參與創作及表演的機會，當然很公平。但機會只是起點而非終點，任何藝術，包括詩，有了星星之火的一點創意，如果未經勤修苦鍊，至於熟能生巧，則只能算是遊戲，還夠不上藝術。遊戲不失為有益健康的發洩，卻不能逕稱藝術，正如卡拉OK的伴唱設備，對於歌喉發癢的顧客不失為可以助興的發洩，卻不能保證他成為夠格的歌手。所以《台灣詩學季刊》半年張網而得詩三千，還有勞蘇紹連效孔子之刪詩，才能去蕪存菁，像平面刊物那樣。

從前普羅文學的理想，不但要求為普羅大眾寫作，甚至提倡由普羅大眾自己來寫，江青的小靳莊文學便是一例。如今網路大開，詩門不閉，在蘇紹連與須文蔚的細心培養下，希望真能出現一些青年新秀。據說上網詩人的年齡很快就降到十二、三歲，他們不去搖頭、飆車，卻來網上飆詩，還是可愛的。不過今日少年開始做許多令人不安的事，年齡也都提早了。

網詩正盛，而前行代的平面詩人竟有不少半途而退，也令白靈深感不安。他在序言中指出，「詩卷續編出版時，才歷經十五年，一九八九年（前大系）版的九十九位詩人竟然已有四十二人不在二〇〇三年（新大系）版的名單上，『折耗率』高達百分之四十二點四。」

我倒要安慰白靈說，到了新大系，前大系入選的散文家九十位中，有五十八位未再續選；小說家七十位中，四十五位退席；評論家五十九位中，四十二位不留；至於劇作家十位，則全部換了：其「折耗率」依次爲百分之六十四、六十四、七十一、一百。可見詩人還是比較敬業或是經老，或是轉行不易，繆思的香火算是穩定的了。白靈序中又說，詩人上網之後，女性的比例激增，例如二〇〇一年出版的《九十年代詩選》，八十位作者中女性僅十三位，但同年出版的《詩路二〇〇一網路詩選》，五十四位作者女性即占二十五位。可是在新大系中，他所主編的詩卷，一〇一作者裏僅有二十位女詩人，占五分之一。這比例在新大系各文類之中仍是最低，因爲散文卷七十四位作者，女性占三十二；小說卷六十六位作者，女性占二十六；評論卷六十二位作者，女性占二十二：依次各占二分之一弱、三分之一強、恰好三分之一。劇作家六位，全無女性。與前大系的情況一樣，女作家在台灣文壇，表現最出色的文類仍在散文與小說。但是女學者在評論上的成長値得注意，因爲前大系的評論卷共有五十九位學者，女性僅得八位。

5

散文的半邊天不但有賴女作家來頂住，即連巨人版（一九五〇—一九七〇）與九歌版（一九七〇—一九八九，一九八九—二〇〇三）一脈相承的三部大系，其豐美的散文卷也一直由女作家來主編。九歌版這部新大系亦即續大系的編輯之中，只有張曉風和我是三朝遺老。身爲散文家，她把這篇散文卷的序言寫成了一篇寓知性於感性的散文，是再自然不過的事了。當年她參與巨人版的編務，還未滿三十，卻已夙慧早熟，今日遽稱之爲「遺老」，也未免太「早熟」了，不過在這篇序言裏她俯仰的竟是遲暮，世紀的遲暮，指點的竟是滄桑，文壇的滄桑。一路讀來，我舌底似乎留下了《離騷》的苦澀。

張曉風指出，「這本選集是在台灣大環境十分低迷之際選成的。」她所謂的「低迷」，該是由許多因素造成：或因政治正確的本土化，加上國際接軌的全球化，有意無意將中間的民族文化架空，且在中文程度日降的今天反而要強調全面學英文。或因文學書市蕭條，反而輕薄短小媚俗求銷的出版品當道，不少新進避重就輕，隨機乘勢，上下排行，商業掛帥，廣告與評論難分。或因科技方便，網路暢通，在泛民主的機會均等之下，人人得而為作家，誰肯耐心苦鍊呢。於是別字何必計較，不通反成「異化」，簡潔、結構、意象、音調等等不過是傳統的包袱。日記與作品不分，練琴室且當演奏廳，遊戲啦，何必當眞。張曉風擔憂地說：「如果沒有書寫，如果不愛閱讀，如果書本成為上世紀的古董，如果年輕一代只知圖像而不知書香，我們只好招來倉頡，請他把這些美麗的文字元素送到別個星球上去吧！」

科技進步超前，終於會結束或至少削弱平面閱讀與創作的傳統嗎？麥克魯亨早就預言：「什麼樣的媒體就傳來什麼樣的消息。」方式與內容，法與道，是不可分的。張曉風的杞憂正是白靈的警告，但白靈的苦諫似乎帶一點威脅：「年輕一輩詩人……更濃烈嗆鼻式的後現代氣息，如果不把腦瓜子準備好，則只有挨悶棍子的份。」似乎言重了吧，風格與美學的演變畢竟不是政黨輪替，更非紅衛兵呼嘯著破四舊而來。兩岸都可以交流，印刷平面與網路幻境難道要戰爭嗎？

平面印刷的散文、小說、詩，面臨網路的挑戰，但立體的劇場本身也是一個虛擬的空間，施法的對象不是讀者而是觀眾，倒不怕滑鼠入侵。微妙的是，劇本卻是平面印刷，是書，是通向劇場幻境的隧道而已。其關係好像樂譜與現場演奏。所以鴻鴻在戲劇卷的序言裏說：「劇場脫文學之鉤，向視聽藝術靠攏，已成事實。」足見戲劇的創意無論如何微妙，它仍然得下凡來，來劇場與觀眾之間完成其表演藝術的任務，所以也必須借助科技之神功魅力。

胡耀恆指出，「正因爲主要的訴求對象比較年輕，近年來的演出愈來愈趨向綜藝……西方兩千五百年的戲劇，每代都運用著當時最先進的科技製造演出效果，卻未曾影響它的思維深度……我們需要誠誠懇懇的想想，是綜藝打擾了深度，或是綜藝只在掩蓋膚淺。」

紀蔚然的序言井井有條，抉出台灣劇場面臨的困境。首先，它被淹於世紀末「眾聲喧嘩」的囂張噪音，面對全球化挾勢凌人的消費文化與文化商品化，一時無所適從。於是劇場借力使力以求寓雅於俗，結果卻是「從俗、媚俗」：劇團老去而觀眾青春不改，「爲了迎合年輕觀眾的口味，劇團的走向愈趨反智，愈趨綜藝。」

所幸戲劇卷的編輯小組仍能選出各具創意且又「脫俗」的六部劇本。胡耀恆這樣結束他的序言：「要改變這種情勢，第一是整體經濟好轉，第二是政治掛帥變成文化掛帥。」

7

胡耀恆以兩廳院主任的閱歷發此感慨，該是鬱卒多年的「行話」。綜觀詩、散文、小說、戲劇四大文類的序言，雖然隔行隔山，各說各話，事先不可能「串供」，但是所道的「瓜苦」，竟然頗有相通。馬森報導後浪之來，比較溫柔敦厚，但也忍不住如此進諫：「不管語言的特殊風格來自方言，抑或來自外語，如果使用得當，的確可以形成個人的風格，增加文字的魅力。但使用翻譯體的負面影響是作品失去民族風味，讀來像是翻譯的小說。設若連人物的行動與夫社會背景都西化到難分中西之境，那眞使創作與譯文難辨了。」

馬森之言，沒有誰比我更贊成的了。記得曾在某新銳小說家的作品裏見過這麼一句話：「他爲自己倒了一杯咖啡。」我只想提醒馬森：一位夠格的譯者絕對不會譯出這樣的句子。至少我不會，楊絳、喬志高、思果更不會。

最有趣的或者（用一個流行的形容術語）最弔詭的是，評論卷的序言卻不言「瓜苦」。在台灣的評論家尤其是文學史家之中，實在罕見李瑞騰這麼博覽、包容而又井然的了。這種三合一的美德，也見於他所推崇的另二位評論家，陳芳明與王德威。這樣的評論家手握文學寶庫的金鑰匙，裏面有多少珍寶他們都曉得，只要是眞品都不會不管，要拿的時候手到取來，因爲早就整理好了。

李瑞騰就是這樣：再複雜的文壇、再兩極的意識、再敏感的時代、再交錯的史料，他都能耐下心來，探索到座標與重心，整理出一個各方都能接受，至少都能忍受的秩序來。他所召集的評論卷編輯小組，要在表面限於十五年而其實來龍去脈牽涉深廣的斷代之中，搭出一個鷹架，一條龍骨，好把文學史、文體論、主題論、作家論等等的論文，各就其位而又互相呼應地列上架去。

其結果便是井然有序的這兩冊評論卷，六十六篇文章分屬總類、小說、散文、詩四組，其論題則從姜貴的《重陽》到白先勇的《孽子》，從台語文學到女性詩學，從散文地圖到副刊大業，從原住民文學到眷村小說，如此的眾聲喧嘩竟然雞兔同籠，不，對位又和聲地包容在世紀末的交響曲裏。正好說明，台灣文學之多元多姿，成爲中文世界的巍巍重鎮，端在其不讓土壤，不擇細流，有容乃大。如果把這兩冊評論卷，甚至整十二冊的這部新大系裏，非土生土長的作家與作品一概除去，留下的恐怕無此壯觀。

8

這部新大系編選得如此精當，而又能及時推出，全要歸功於五個分卷編輯小組的十五位編輯委員，尤其是五位寫序的召集人。比較特別的是戲劇卷，這文類的評論未列於評論卷中，但其三位編輯，胡耀恆、鴻鴻、紀蔚然卻各寫了一篇序言，可補評論卷中之缺席。

當然我們還得感謝，新大系有此充實華美的陣容，全靠五種文類三百零九位作家與學者來鼎力贊助。三百零九乃計人次，一人而入數卷者亦有若干，但僅僅計人亦當在兩百以上，離三百不遠。另一方面，也有不少傑出的作家原應列入，卻爲了客觀的或是主觀的原因成爲遺珠，令人悵憾。有選必然有遺，完美的選集世上罕見。《唐詩三百首》竟漏了李賀、張若虛、陸龜蒙，但是我們無奈漏掉了的作家，英文所謂「缺席如在」(present in absence)，對台灣文學而言，其份量當猶勝李賀。

至於對選入的這兩百多位作家，這部世紀末的大系是否眞成了永恆之門、不朽之階，則猶待歲月之考驗。新大系的十五位編輯和我，樂於將這些作品送到各位讀者的面前，並獻給漫漫的廿一世紀。原則上，這些作品恐怕都只能算是「備取」，至於未來，究竟其中的哪些能終於「正取」，就只有取決於悠悠的時光了。

二〇〇三年七月於高雄西子灣

詩卷序

白靈

引言

每隔一段時間，比如三五載吧，臺灣總會出現一兩套大部頭的詩選集，世紀之交有麥田版的《廿世紀台灣詩選》，再往前推則有一九九五年九歌版的《新詩三百首》，此集上下兩冊，連同賞析厚達一千餘頁，將海峽兩岸及海外華裔詩人皆擄入其內，縱貫新詩史約八十載，氣魄不可謂不大。但一九四九年之後的重要詩人，顯然以臺灣詩人份量較多；於是乎彼岸繼之以《新詩三百首》爲名出版者不下四五種，當然不忘將臺灣諸多詩人置於邊緣位置。如此你有你的「詩篩子」，我有我的「詩篩子」，相互競「選」，毫不謙讓。

愛因斯坦說：「人人皆當如此自我安慰：時間是一架篩網，大多數一時聳人聽聞的事物均已通過篩網，落入了默默無聞的大海，即使篩剩下的，也不值得一提。」我們不知愛因斯坦是以自己科學界大師的高度來看待眾生安慰眾生，還是因爲深刻體會到科學之眼確切的發現——一如他所說的：「可觀察的世界並不『存在』，我們所觀察到的不是世界。」——如此話語已近乎柏拉圖或釋迦摩尼才可能說出的哲思性人生奧義。

還好，愛因斯坦究竟不是詩人，他的「篩網論」與詩不見得「相關」，何況「詩」很少屬於「一時聳人聽聞的事物」。但無論如何，任何詩作仍然得面對各類的、一架架屬於詩的篩網。以年份斷代的「詩選」——比如這套大系的兩卷詩選，非常像這種「詩篩子」，留在篩網上的，是愛因斯坦所謂「篩剩下的」，一時之際，可能或值一提，至於百歲千載之後是不是「不值一提」，就非編者所能置喙的了。

畢竟，詩人是人類當中最敢「知其不可而為之」的代表，以是對任何詩人而言，他們一輩子最恨也最想做的，就是擋在時間的道路上，攔住，並獅子似張大口，咬碎那些勞什子般一架架所謂的「篩網」吧，自然也包含這套詩選在內。

1

詩是藝術形式中最「善變」的，飄忽難測，隨勢移形，常常一意之轉數字之變，詩意有可能全遭撤換，因此也最容易「失足」。

詩人每每困於或樂於此「隨機性」、「未知性」，視詩不免有如心靈獵場，將時代或個人心境置諸腦殼內，衝撞來奔闖去，亟欲有所發現或發明，雖欽羨前賢但往往不輕易跟隨。以是每隔一段時間，比如說十載二十年的，詩風——像形式或主題什麼的，總有一些不同的取向或轉折。

詩人站在時空特定卻又短暫來去的坐標上，常常不由自主，將大半生眼光和精力蹉跎其間，或擇善而固執，或隨勢流轉、無法準確拿捏，通盤考量者少，以喜惡、激情或直覺為之者多，理論或批評上則多數不得不向歐美取經或成爲西方買辦，科學如此，文學亦然，如是輾轉承襲，難以終極。

詩人，尤其做爲一個台灣詩人，身處歷史上最最難以「安分」或「安定」的不確定場域，置身資本主義抵擋共產主義、同時也是東西方文化衝盪最激烈的接軌邊緣，心境之翻攪、振幅上下之劇烈，不穩定之中又多少保持了難以言說的恐怖平衡，乃「敢」於一九四九年後的三十載，於海峽兩岸，也是所有華人地區創作出所謂的「新詩奇蹟」，以「中國」爲名的「詩選」、「大系」多達十餘部，目中全無大陸詩人佇立之餘地，形成新詩史上極度奇特的景觀。

當其時，中國大陸正身陷政治內鬥泥坑，將傳統文化、人民身心置諸宛若烤爐上的險惡之境，竟連一顆詩心都無以隱匿躲藏，紛紛遭文革火焰氣化蒸發；即便事過境遷，以小說、戲劇、電影展現彼時期所受傷痕者眾，能以新詩爲之見證者寡，乃知詩與當下語言情境之即時性有關，宛如閃電、譬若燐火，稍縱即逝，其「不確定感」是詩境最要確切把握之處。因此文革之後二年（一九七八），人心暫穩，北島、顧城、舒婷朦朧三劍客一起，新詩終獲喘息，台灣現代詩與流行歌曲其後趁隙而入，八〇年代兩岸詩壇才有了初步的碰觸交流，其後十餘年終至絡繹不絕，既先於經濟，更早於政治。

於此前後，海峽此岸鄉土文學論戰開打（一九七七），台灣詩壇以「中國」爲名，以及以「台灣」爲名的詩選和活動正交相熱鬧演出。前者比如：

《什麼才算是中國現代詩》雜談三篇（顏元叔，中國時報，一九七七）
《中國當代青年詩人大展專號》（綠地詩刊，一九七八）
「中國詩人的道路」座談會（聯合報，一九七八）
《當代中國新文學大系（詩）》（天視出版，一九八○，瘂弦編）
「西方文學與中國現代詩」比較文學會議（中央大學，一九八一）
《中國當代新詩大展》（德華出版，一九八一，蕭蕭、向陽等主編）
「中國現代詩與民歌欣賞會」（陽光小集，一九八三）
「中國現代詩劇發表會」（河洛劇坊，一九八四）
「一九八五中國現代詩季」（新象藝廊，一九八五，白靈、杜十三策畫）

但其中並無大陸詩人的存在。與此同時相對應的，則有：

《台灣現代詩集（日文）》（北原政吉主編，三十家笠詩社詩人，一九七九）
《一九八二年台灣詩選》（李魁賢主編）
《一九八三年台灣詩選》（吳晟主編）
《一九八四年台灣詩選》（苦苓主編）
《一九八五年台灣詩選》（沈花末主編，以上均前衛出版）
第一屆「台灣詩獎」（「台灣詩」季刊主辦，一九八四）
《台灣詩人選集》三十冊（笠詩社，一九八六）

《台灣詩人作品論》（李魁賢，名流出版，一九八六）

以上又主要以笠詩社的成員作品爲主體，進入九〇年代，該詩社由於同仁人數龐大，開始以「笠集團」自稱。如此一端敢以「台灣」占據全「中國」之名，一端竟又以部份「台灣」詩人成員自居全「台灣」之名，形成了一名實均不相稱、但背後卻又有其政治悲情、文化斷裂、地域特殊等因素促成之奇異景致。

此種混亂，到了一九八九年前後達到了短暫的高峰和整合，此後開始逐步壁壘分明，族群關係分道揚鑣。至二十世紀末，台灣進入經濟高峰後期，政治逐漸陷入內耗空轉，大陸則擺脫六四事件、一步步走向高經濟成長率。一落一起之間，也逐漸顯現在文化、文學的表現和影響層次上，包含詩人對待此種起伏變化的心境和題材選擇，或值細予追究。

若簡要言之，則由西方回返東方的鄉土文學論戰，一步步由大鄉土與小鄉土之爭慢慢隨著政治情勢的轉向而走向「現實主義」路線、到後來則以「認同台灣」爲最大公分母的文學路線，歷經多年抗爭後終於成爲主流。當初民間所反對的官方文學（台灣代表中國），到其後的「九二共識」（台灣與大陸「一中各自表述」），到最近這幾年政權移轉後官方倡導的「台灣文學」（台灣是台灣，中國是中國），十餘年間做了一場大翻轉，由兩岸競爭明朗化，和因「戒急用忍」政策、恐懼被邊緣化而崛起的「台灣精神」，可說在新舊世紀之交於政治、社會、文化，乃至教育路線上首度掌握了優勢。雖說詩壇上寫實主義的詩風到八〇年代中葉後就「不再是詩壇上主要的詩潮了，繼起的厥爲後現代詩的挑戰」（孟樊），然而身處台灣的詩人皆知：八〇年代鼓倡的多元思想到了二十世紀結束後又逐步局限成有條件的、內容決定形式——與本土化有關方爲「政治正確」的主流路線。

然而詩既是最「善變」的文體，隨勢移轉，難以禁鎖限制，加上報禁解除（一九八八年元旦）之後，媒體和網路的興勃及言論自由的徹底解放，乃至近幾年的政權移轉、意識形態的轉趨兩極化，在在都給予詩人「可趁之機」，甚至「擁有」更多的焦慮、焦灼和不確定之感。雖則所謂「多元化」的背後又隱含了思想甚至信仰的偏執、異化、和截然撕裂的人與人的關係（形成本土內的多元），加上世界愈趨複雜的基因工程暗含的人倫扭曲、國際間種族宗教的恐怖行徑……等等，本是詩人「危境」之所在，然而由於對個人身心之束縛拘禁落在近年已是台灣民主所不許，對詩人而言正是伸長其碧落黃泉的探索眼光、開展其自由心靈的深廣度、發揮個別選擇和潛能的最佳時機。這樣「不確定的年代」其實正構築出：既可以自由選取「爲台灣主體定位和重建」而只留「一條詩路通人心」的單純路徑，亦何妨扇開心胸擇取「條條詩路無不通人心」之後現代思維的模式；何種視野均可尊重，而不宜以「己身所選」即爲「唯一的」精神樂園！

凡此種種「選擇」，如何「組合」出特殊時空下不同詩人的多元面向和可能趨勢，或即所謂「詩人器識」的養成而非「詩人氣勢」或「勢力」的傳播，也許正是世紀之交的詩人群有待細思的「未來」：既可嚴謹面對，但亦無妨輕鬆笑看，實不必預設立場，非此牛角，即彼牛角，「胡同巷弄數十載」而毫無所覺！

2

一九八九，是二十世紀結束前最值得深刻記憶的年份。

這一年的一月，輸血三萬西西、體重僅得二十七公斤、在位六十三年卻只研究昆蟲不曾負擔任何戰爭罪責的日本裕仁天皇死了，但往後十餘年仍有不少首相、大臣爲了參拜靖國神社問題不時與鄰國相持不下。象徵了裕仁身後，枯槁的大和戰神陰影並未隨他收攏入棺。

二月，首部整合兩岸三地的詩人作品之洪範版的《現代中國詩選》（由楊牧、鄭樹森主編）出版，首次收入艾青、臧克家、北島、顧城等人作品，大陸上下兩代詩人在選集中竟睽違四十載，方得重聚。而台灣詩人作品於此詩選中首度彰顯了其鍛接和傳承新詩命脈的重要意義。同月份首部爾雅版的《大陸當代詩選》（由洛夫、李元洛主編）出版，從艾青到顧城，計二十家。此二部選集與前此半年出版的《朦朧詩選》（一九八八年九月），使台灣讀者無形間較比了兩岸詩人詩藝的高下。

三月，蘇聯最後一支軍隊撤出十年間屢「吞」不下的阿富汗。一直要等到二〇〇一年九一一事件後，極端的、視藝術如仇、以大砲轟燬巴米安兩座大佛的神學士政權才遭美國派軍推倒。

四月七日，《自由時代》雜誌創辦人鄭南榕因刊登旅日學者許世楷的〈台灣新憲法草案〉一文，被控以叛亂罪嫌，拒絕出庭應訊，憤而於雜誌社內引火自焚，震驚海內外，澆燃了台灣民主之火。

五月，九歌版《中華現代文學大系：台灣一九七〇～一九八九》出版，含一千多頁的詩卷兩冊。

六月四日凌晨，中共軍隊和坦克「挺入」天安門廣場，對靜坐抗議的學生和市民亂槍掃射，釀成第二次「天安門事件」。台灣詩人呼應者眾，八月隨即出版悼念詩選《我的心在天安門》（余光中主編）。

六月，波蘭大選，波共首度下臺，由團結工聯執政。

六月，《現代中國繆司》（鍾玲）出版，爲首部「專論台灣現代女詩人作品」之論文集，卻以「台灣」之名啣住整個「中國」。

七月，戈巴契夫宣佈歐洲華沙公約各成員國可自由決定自己的前途。此乃蘇聯帝國龜裂崩解的開端。

九月，匈牙利向西方開放邊境。捷克斯洛伐克的總統大選由詩人哈維爾當選。

十一月，冷戰象徵物柏林圍牆亂石崩雲般倒塌。

十二月聖誕節，羅馬尼亞獨裁者齊奧塞斯庫夫婦遭處決。

此後不久，多黨政治進入蘇聯體系（一九九〇年二月）、烏克蘭等國脫離該體系（一九九〇年夏）、戈巴契夫得諾貝爾和平獎（十月）、東西德統一，終至隔年（一九九一年聖誕節）導致蘇聯解體和糾葛人類近百年之共產烏托邦的幻夢終告壽終。此後僅剩幾頂帽子和空腦殼猶套在若干國家頭上。

在台灣則於此年前後開展了「社會運動的黃金時代」，如「五二〇農民運動」（一九八八）、「野百合三月學運」（一九九〇年三月），包括國會改選、省市長民選、反核廢、反核四、總統直接民選（一九九五）等的遊行或請願一波波展開。族群、環保、統獨、兩性平權等各項議題，反覆地被挑動、爭辯、和討論。此後又歷經一九九五閏八月共軍渡海論、彭婉如遇害事件（一九九六年十一月三十日）、兩國論、廢省、九二一大地震（一九九九）、千禧蟲Y2K烏龍事件（二〇〇〇）、許文龍慰安婦自願說、各種政治人物的財務和情色糾紛、九一一恐怖攻擊事件（二〇〇一）、攻打阿富汗……等等紛沓而至，透過影音及文字詳盡、反覆的報導和爭辯，以各項傳媒——尤其近幾年的寬頻網路和手機耳語傳播，令詩人宛若身陷電磁波密佈的天羅地網，幾乎無以脫身或置若罔聞，因此也直接或間接呈現在他們的詩作中。

與上述「世界大事」、「本土化之爭」站在對立面的，是「後現代思維」對中、青兩代詩人的影響和滲透，一開始只是個名詞，但到後來才發現自身採取的許多行徑和詩風早已不自覺地進入此一「後現代現象」的範疇之中，因此前期既廣受前行代詩人有形無形的影響，後期又試圖爬出其陰影，建構截然不同的創作風格和取向。相對於中生代詩人的青年時期（七、八〇年代），整個社會對「不確定感」之充滿焦慮，亟欲剷除威權體制、地理斷裂和歷史悲情加諸社會和個人的枷鎖；此其時，卻已有詩人已先行起身（比如羅青、夏宇的詩，杜十三的詩行徑），不僅不抗拒生命的不確定性，反而加以或熱或冷的擁抱。

「不確定」，或乾脆說「混沌」，此種現象在科學上的意義是：在顯然毫不相干的事件之間，存在、潛伏著內在的關聯性，過去認爲借由「完全控制」、「建立主體、中心」、「剷除不確定感」、「界限必須清楚」、「說清楚，講明白」等政、經、社、文的處理模式，一切才能順利無事，才能解除時時必須面對「未知性」與「偶發性」的生命困境；但借助科學的深層探究，發現其根本上的不可能、不必要，而逐步加以消解。而上述這些思維上的認知，其實正是詩在地球各個大小部落均早已普遍存在的原因，也可能具有不可思議之「詩之宇宙性」的理由。「後現代」因此也不是多麼新鮮的名詞，不過是將「宇宙的本然」安放在本來就「如是」的處所而已。

尤其人的最大迷思，在於認爲創意只限於特定的某些人如詩人或藝術家發明家所專擅。後現代則對「遊戲」、和「怎樣過一首詩」（瘂弦語）有更多的肯認。進入九〇年代後，科技上的一系列發展，更強化了過去宗教、神話、玄學、靈媒的「不可思議」之巨大靈視力和穿透力。比如哈柏望遠鏡的升空（一九九〇）使得天上星河的範疇擴張到一千億條以上、複製牛羊貓豬的成功使複製人即將成爲人倫最大的挑戰、電腦軟體的開發令虛擬與實境難以分辨也令科幻比眞實更眞實、人鼠等基因圖譜的破解和高度相似性（百分之九十八以上）讓人與萬物演化的「偶然性」得到有力的驗證……，即使近年奈米材料科學的研究令人對有限物質（色）的無限性（空）都有了更深刻的體認，而物理學家天文學者竟也開始「詩人」起來，懷疑無數恆星之外的黑虛（空）可能是充滿了暗物質和暗能量的大海，那裏頭不知折疊了多少個宇宙（色）於其中——人類放眼所見的星群只是大海（空）中的島嶼（色）罷了，我們只認出島嶼（色）卻未見大海（空）——如此回頭才發現釋迦摩尼在二千多年前早已神奇地感知了這樣的奧妙，他在華嚴經上說：

一一微塵中，各現無邊剎海（即水陸），剎海之中，復有微塵，彼諸微塵中，復有剎海，如是重重，不可窮盡

他在『心經』上說：「色（有限）即是空（無限），空（無限）即是色（有限），色（有限）不異空（無限），空（無限）不異色（有限）」，意義復如是。如是始知奈米科學的極境是人類及地球數億年的所有影音資訊有朝一日可藏入一粒方糖。方知「後現代」只是要回復宇宙本然，所要解放的是有限之中的無限性，是「人人皆具創意」的這一點才是事物最眞實的本質，是詩及詩人爲其中之微塵而已，卻又縮影了無邊剎海於其中。因此即使一島、一池（比如劉克襄對小綠山三年的記錄）、一草、一木、一沙、一塵，無不有可觀，實不必以地域意識寫作者爲窄，而以星河宇宙入詩者爲寬，但若因此回頭強調界限或確定性之必要性亦同樣可笑。微塵即剎海，剎海即微塵，其間之分別及彼此相互超越之不可能，是詩則一切皆入其中，是非詩，而一切也不必定在其外。

這本詩選及其中詩作亦何妨如是觀之。

3

一九八九以後十餘載，已邁入二十一世紀，六四並未平反、中共並未渡海、彭婉如案未破、

未統未獨、複製人猶躲在暗處複製之中，而台灣早已「詩」了很多回合，包括：公車詩上路（一九九五）、網路詩的大潮來臨（詩路，一九九七）、超文本的興起、跨行寫詩盛行（王鼎鈞、隱地、黃春明、宋澤萊、喻麗清、林文義、陳映眞、張曉風、歌手伍佰、廣播人劉小梅、導演蔡明亮等是顯例）、小詩的流行（如台灣詩學季刊的「小詩運動」、中國時報的「台灣俳句」、自由時報的「紙短・情長」、中央日報「語詩語絲」）、全民寫詩（聯合報，一九九九）、詩歌節的創立（台北市，二〇〇〇）……。其中的「跨界」、「超文本」、「全民」等字眼代表了凡有界限將皆模糊化的必然性和全面性，詩的定義和可能發展正遭受自有語言文字以來最大的挑戰。

這其中最値得注意的「大變」當然是網路詩的流行潮，此一不可抵擋的趨勢使得「詩之平民化」立即實現，初始寫作年齡層立即下降至十二、三歲，但同時也令老中青三代詩人之間產生重大的斷裂，網路青年詩人不肯下網，中壯以上的詩人不想上網，甘願網上網下互通有無傳遞溝通的中青詩人少之又少。於是，你不知我，我不知你，狀若兩個截然不相關的詩壇。即以台灣詩學季刊於創刊十周年（一九九二至二〇〇二）後改以「網路創作版」進入網絡世界爲例（二〇〇二），半年之間由詩作者自行刊佈於網頁上的詩作即多達三千首以上，比十年四十期的詩刊投稿者還多，令人瞠目結舌。幸而這其中有米羅・卡索（蘇紹連）的細心篩選，精選後另刊於精華區，之後每季再對之篩選一次，直到精純詩作出現爲止。而由須文蔚更早領軍的「詩路」網站情況相似，如是反覆，終得三年的「網路年度詩選」出版，而其中作者與傳統新詩壇相疊者竟不及十人，得以進入諸如二〇〇三年出版的《中華現代文學大系（貳）》詩選者更少，如何整補、轉身多予留意，是未來詩選家甚大的難題。

在網路詩壇中最令人驚異的「突變」是女性詩作者的人數急遽「陡升」。詩的讀者皆知，現代詩人中女性一向是不可思議的少數，標榜以純女詩人組合的「女鯨詩社」要遲至上世紀末才成立。二〇〇二年出版的《新詩讀本》（蕭蕭、白靈主編）由賴和（一八九四～一九四三）選到陳大爲（一九六九～），年齡相距七十餘載，選入六十五位詩人中女性只有九位，比例不及七分之一。馬悅然、奚密、向陽等人所編《二十世紀台灣詩選》（二〇〇一）從楊華（一九〇六～一九三六）選到許悔之（一九六九～），選入詩人五十位，女性只有七位，亦僅及七分之一弱。以十年斷代的《九十年代詩選》（辛鬱、白靈、焦桐主編，二〇〇一）中的八十位作者中女性只有十三位，只占六分之一弱；年度選集《九十年詩選》（焦桐主編，二〇〇一）中七十七位作者中女性有十一位，老一代兩位、中生代四位、新生代五位，占七分之一。而《中華現代文學大系（貳）》詩選中一〇一位詩人女詩人只有二十位（羅英及斯人今年春才聯絡上），受邀請入選卻不願參與的也以女詩人較多，因此女性比例僅得五分之一弱，一九八九年版的大系詩卷則九十九位有十九位，與此相當。

由以上近年出版的選集比例可明確估計，女詩人比例幾乎與過去半世紀來大多數詩選皆極相近，可說極度地弱勢。但單由與《九十年詩選》同時出版的《詩路二〇〇一網路詩選》來看，五十四位作者中女性即佔二十五位，男性二十九位，幾乎已旗鼓相當，極度明顯扭轉了女詩人長期的頹勢。網路中詩作初度發表時由於無需審核，顯然鼓舞了更多女性作者的參與，女性此種陰柔隱秘、無意介入傳統男詩人群拚名鬥利的場域、喜歡自然而然順勢而爲的地母特質，竟藉助「網路」的便捷、即時、和私密的傳播形式（一如「手機」的發明），將女性詩作者自我延展的「自由度」（發表即可，其餘再說）大大提昇。因此在短暫的未來，除了《網路詩選》之外，恐怕都不容易在一般平面的詩選中看出女性詩作者的眞正實力和全面景觀，由此等媒介發表後選出的詩選或大系皆不例外。

此外，眞正的「網路詩」理應含括多媒體形式，即所謂「超文本」式的展現，也是「網路詩選」下網印成平面媒體時最棘手難爲的地方，包括flash、Java等語言和軟體的使用，即使是新生代詩人都不見得擅長，有時還不得不與人合作才能完成。延伸出去的，是詩本身定義的歧義化，和閱聽者創作者分眾、專業的多元性區隔性，這些都是九〇年代末期詩演化過程衍伸的難題，短時期內也是一般平面詩選暫時無力觸及的。但因：

> 如果讀者群建立起了新的解讀體系，原有的解讀體系就顯得平庸而乏味。在這種時刻，重大的文學上的變化將會應運而生。（Hayden White）

「閱讀體系」的轉換當然帶動了「解讀體系」的巨變，原有存在的體系是否已「平庸而乏味」，或仍有待一段時間的守候和觀察。但值此新舊世紀也是價值糾結之交，亦爲詩作者及讀者體系可能大大變異的關鍵時節，本大系之產生，恐僅能一方面宣示前行者的努力和痕跡，編纂整合以供後人參酌，一方面也預示了詩在未來可能的轉折並略爲描摩大遷動之際的前後情勢。

4

一九八九年九歌版的《中華現代文學大系》詩卷出版時，入選詩人最年輕者爲一九六六年次的許悔之，此番續編（一九八九～二〇〇三），最年輕的爲一九七八年次的林婉瑜與楊佳嫻，年齡相距十二年，與兩次大系出版相隔時間約莫接近。一九八九年版共選入九十九位詩人，六十歲以上的詩人（一九二九年前出生者）僅十三人，占百分之十三點一；四十歲至五十九歲的詩人（一九二九～一九四八年生）共計三十九人，占百分之三十九點四；四十歲以下的詩人（一九四九年之後出生的）共計四十七人，占百分之四十七點五。可見得青年詩人彼時乃詩壇主力，雖然詩壇實權仍在老、中兩代詩人手上。及至二〇〇三年大系詩卷續編出版時，才歷經十三年，一九八九年版的九十九位詩人竟然已有四十二人不在二〇〇三年版的名單上，「折耗率」高達百分之四十二點四，即使扣除婉拒參加的三位女詩人，也接近四成。其中當年青年一輩（四十歲以內）折損最大，四十七人已有二十四人不在其內，多達五成餘。長跑十三年後，脫隊者著實不在少數。

二〇〇三年的續編版共選入詩人一〇一位，六十歲以上（一九四三年前出生）的詩人上升到三十三人，占百分之三十二點七；四十至五十九歲（一九四三～一九六二年出生）的詩人也提高到四十七人，占百分之四十六點五；四十歲以內（一九六三年以後出生）的詩人則大幅度下降到僅餘二十二人，占百分之二十一點八。詩壇結構原爲上尖下廣的金字塔形（六、七字頭、四、五字頭及二、三字頭依序是百分之十三點一、百分之三十九點四、百分之四十七點五），才經歷十三年，已變形成「中廣」的體格（依序成了百分之三十二點七、百分之四十六點五、百分之二十一點八），而且有老年化的趨勢，一方面顯示傳承予青年一輩的接續工程出了問題，另一方面則又代表前行者開創了台灣新詩奇蹟之後，仍然奮勇不懈，老而彌堅，比如洛夫二〇〇一年在《自由時報》副刊連載經月的三千行長詩即一顯例，設下了「洛夫障礙」，讓青壯兩輩去設法「攀岩」。也是從此年之後，「年度詩選」的編委工作才正式由余光中、洛夫、瘂弦、向明、梅新（已故）、張默、商禽、辛鬱等詩壇前輩交到中年一代手上，完成眞正的世代交替。然而背後卻有極大的隱憂。

前節提及網路詩壇屬於年輕人的天下，與老、中兩代詩人幾乎越來越有「道不同不相爲謀」或「你過你的印刷道，我過我的網路橋」的味道。願下網來到平媒現身的青年詩人不是沒有，但廢時曠日不說，冒了幾十次頭仍出不了頭才是他們最大的心理障礙。此與報禁解除（一九八八）後的資訊狂潮有關，如同他們隨意取的筆名或代碼一樣，被過多的檔案和訊息塞在半路，幾乎難以在「車陣」中被發現。以是續編版中能自如上網下網而獲選的詩人，嚴格說也只有遲鈍、林群盛、鯨向海、林婉瑜、楊佳嫻等人而已，除了林群盛出道極早，餘四人都是先得意於網上，方下網優游，最後在平媒獲獎或出書而得到肯定。其餘相當優秀的甘子建、李長青、辛金順、木焱、林德俊、王宗仁、羅浩原、陳雋弘、可樂王……等人或「下網」來到平媒稍遲，或仍在網上自得其樂，另如近年崛起的陳郁虹、嚴忠政、黃文鉅、柯嘉智、歐陽柏燕、蔡逸君、達瑞、紅格子……等則猶在「修煉成精」當中，有待續予高度注意。

若對兩路人馬約略觀察，可發現年齡層的區隔相當驚人，楊牧、鄭樹森編的《現代中國詩選》，從沈尹默（一八八三年生）選到羅葉（一九六五年生），相隔八十二載。一九八九年版的九歌大系詩選從周夢蝶（一九二一年生）選到許悔之（一九六六年生），相距四十五載。即以最具即時性的年度選集《九十年詩選》為例，從一九二一年次的周夢蝶，選到最年輕一九八〇年次的艾雲，相去約一甲子；其新世代詩人約佔三分之一。但前舉的《詩路二〇〇一網路詩選》則竟是從莫非（一九五三年生）選到還在唸高中的織人（一九八四年次，詩齡只有兩年）。年齡層最多相差三十一年，比《九十年詩選》年齡距少了一半。最值得注意的是三十歲以下的（一九七二年以後出生的）即佔了五分之四。至此，即可約莫感知：絕大多數的老中兩代詩人於平媒上固守了大半生之詩壇薪火可能乏人接手。或者說，新生代的詩人絕大部份已自起爐灶、另謀「生路」去了。這也是九〇年代以來接續的平媒詩刊闕如或一閃而逝，網路社區版主四處虛擬林立的原因。

5

以另類的角度來看，風風光光在平媒上度過黃金歲月的老、中兩代詩人，經過長期印刷機輾轉滾壓，少則折磨了一二十載，多則甚至超過半世紀，此種「耐壓」的精神本身即值得鼓掌。他們脖頸打的不是「中國結」就是「台灣結」，一生固執的「歷史意識」、「民族母親」或「本土法則」、「精神勝利即是一切勝利的阿Q性格」，乃至「詩即一切」、「美即上帝，非美無以過此生」，或具強烈的批判性格，或易感眞誠、或敦厚儒雅、或誨人不倦或口水不倦、或行動力超強。越上一代的詩人這些特質就越明顯，往下則逐漸模糊起來，不僅猜透不易，甚至極可能陷入「誤判情勢」的困境。老一代某些詩人即使「好名成性」、「無役不與」，基本上「面目清晰」，一如他們的詩風和語境特質。這是手工業社會、鋤頭耙子對土地和人心溫情的開墾。

一旦進入機械、電力發動的硬體時代，冷冰冰的性格便易在中年一代詩人的身上發現。對待生命，老一代是中醫式的，雖然用了西方心理分析式的潛意識，中年一代是西醫式的，拿著手術刀急著幫土地和歷史開鍘，而且要求「現實主義」式的因果回報，同時因時制宜，以不同藥方對付不同的病痛，因而風格千變姿態萬化。青年一代是巫師式的，他們不直接對付病症，而是以儀式取代醫療，不是過於簡化就是過度繁瑣，有時幾近是遊戲式的、非正經的。但似乎又不是那麼容易區分，有的年紀抓起來一大把，卻年輕得過了頭，有的年紀尚屬羽量級，早就老態龍鍾了。

對讀者來說，「溫情」是傳統和古典式的氣氛，容易被感染是必然的，尤其有古典詩的典範在心境和感性的前方壓陣。但越是年輕一輩詩人的題材和書寫語言，顯然就有更濃烈嗆鼻式的後現代氣息（如前段所述，並非所有的作者），如果不把腦瓜子準備好，則只有挨悶棍子的份，一如筆者於〈漂浮的數位花園〉一文所描述的極端景致，青年一輩以及更年輕的網路詩人群或多或少都感染了相類似的氣息：

> 「所指」模糊、散漫、倒錯、零散，對「能指」有很遊戲式、自娛式的運用能力，他們將

> 話語及符號，以幾近「無性生殖」的方式繁衍——因字生詞，「隨機」而行，幾乎與「滑鼠所遇即是」相近。表現在詩作品上則是：精簡非其目的、詞句冗長、咒語式唸唸有辭、口語淺語盛行、迴行處處可見、像魔術一樣好玩的修辭——這些正印證了後現代社會「去中心化」、「消解正統化」後的表現模式：由本質走向現象、從真實走向虛擬、自深層走向表層、棄所指而追求能指、諷真理而只尋文本的種種特質。而這種因對宇宙虛幻之變易本質的自覺（或不自覺）——由科學而起，是非常自然的表現方式，其與前行代之著重歷史感、價值感、意義性、象徵性的形式化表現有所不同，乃極為自然的事。

引文中的「前行代」指的是絕大多數的老一代詩人，三分之二左右的中生代詩人，「歷史」、「價值」、「意義」、「象徵」是他們一生追索的極致和似乎永恆逗引他們的飛靶或免靶，當然也包括「戰爭」、「死亡」、「愛」、「土地」、「鄉愁」、「身體」和「政治」在內，那種「結」是一種痛苦得有點舒適的勒緊——不論是情色詩（比如陳義芝）、身體詩（陳克華）、環保詩（劉克襄）、方言詩（黃勁連、向陽）、宗教詩（許悔之），多少仍隱喻了整個時代龐大的陰影於詩中。這或許也是多數女性詩人急於自男詩人群逃之夭夭，新世代詩人「禮貌性迴避」的緣由——他們對自身情感的出路和身心靈的平衡比對社會整體的使命感更在意。

辛鬱在《九十年代詩選》的序文中曾指出「空洞化」和「複雜化」是新世代詩人的通病：

> 以所謂「不確定性」掩飾「空洞化」，總以為標舉了「不確定性」就完成了創作使命。

（中略）……內涵的「複雜化」，其來由可以追究得之。淺見以為來自各大報的文學獎，（中略）……「複雜化」使詩陷入迷障，它怎能讓詩人得到閱讀上的快樂以及心靈的庇蔭呢？

這樣的指摘相當嚴厲。「空洞」和「複雜」本應是站在對立面的兩個辭彙，「複雜」理應不「空洞」；但若複雜到無法突顯其目的和指向，轉而停留在「現象」、「表層」，則易顯「空洞」。因此辛鬱那段話中最緊要的一句應是：

總以為標舉了「不確定性」就完成了創作使命。

他熱切地指出了「標舉」與「完成」二者的不同。「標舉」是「空有其表」、「胡貼標籤」，「完成」是「經歷」是「過程」；未經「複雜」鍛鍊而「完成」的生命其實並無資格「標舉」出「空洞」。非由體悟，而僅是跟隨，如此得出的詩作的質地不能不令人質疑（除非透過神秘的感知）。這是前輩詩人真誠的忠告。否則「空洞」和「複雜」這兩個詞似乎也不是不太好的辭彙。

經由宇宙各種現象的歸納可以得知，即使最細微的表層、現象，亦有其細膩至難以確定的複雜性，如此反複推演剖析深入，並無終極之境；如是，即便「空洞」，亦甚「複雜」。因此如果詩本身能讓人深切感知到生命及宇宙本身兼具「空洞化」（空）和「複雜化」（色）的雙重特質，則或可不必太排斥。但也一如辛鬱所指出的，其源頭可追溯到行之有年的文學獎徵文，而這也是筆者於多篇文章中所熱切呼籲的，幸好已由早年徵詩上千行、數百行、快速滑降到五六十行、部份已降到二三十行、甚至還有十行五行小詩的徵文。一如前節所說的，詩的眞正魅力即在於微塵可現無邊刹海，但刹海亦有可觀之無盡微塵，在未能準確拿捏之前，先微塵或比先刹海易於凝視和穿透。

但的確，從林群盛、夏宇、鴻鴻以降的詩作實在無關「微言大義」，卻塞滿了兒童戲耍式的想像力，幾幾乎接近卡通或連環漫畫，卻又跳躍得必須塡上不少的方格、情境，或情節，離棄了恢宏及神聖的法則，多半只聽從個人內在的慾望和呼喚。網路青年詩人已自覺，一朝飛進入口網站，就只能「撒文字織成的網／歇斯底里地打撈影子」（林德俊），如此以詩表現既「參與」又彷若「缺席」的「不確定感」，幾幾乎讓人感受到「精神分裂式」的恐慌，如果它們極端貼近許多人的生活情境，那麼「空洞」和「複雜」二詞或値得再予深入審視、探究。

紀弦作品

紀　弦

本名路逾。江蘇揚州人，1913年生，蘇州美專畢業。1948年來台，執教於成功中學，於1974年退休。1976年底赴美，常住加州，寫作不輟，時有新作發表，被譽為詩壇上的常青樹。著有《摘星的少年》、《飲者詩鈔》、《晚景》、《半島之歌》、《第十詩集》、《紀弦詩拔萃》等詩集、詩論、散文三十餘種。曾獲第一屆中國現代詩獎之特別獎。

動詞的相對論

爲了取悅於我的女人，
讓我看來性感一點，
我常用手撚撚我的兩撇短髭，
使之向上微翹。

這和一隻愛乾淨的大頭蒼蠅，
停歇在我的書桌上，
不時用腳刷刷牠的一雙翅翼，
究竟有何不同呢？

我撚撚；牠刷刷。
我用手；牠用腳。
我是上帝造的；而牠也是。
多麼的悲哀喲！

——一九九四年·選自九歌版《第十詩集》

記一個演員

戲演完了，
幕也謝了，
觀眾也散了，
舞台上，居然
還有一個演員
尚未卸裝，
站在那裡
說話：

我要把當初
擺錯了的姿勢
重擺一遍，
走錯了的台步
重走一遍，

表錯了的表情
重表一遍，
背錯了的台詞
重背一遍。
我要……
我要……

——一九九六年·選自書林版《宇宙詩鈔》

月光曲

升起於鍵盤上的
月亮，做了暗室裡的
燈。

——一九九九年·選自書林版《宇宙詩鈔》

在異邦

在異邦的大街上走著，
邊走邊罵人，用國語，
而誰也聽不懂，多好玩！

還有更好玩的哩——
那就是：
被遺棄了似的，
被放逐了似的，
被開除了似的，
被丟入了字紙簍似的，
被倒進了焚化爐似的，
和黑板上一個粉筆字被擦掉了似的
一種感覺。

——一九九九，聖馬太奧·選自書林版《宇宙詩鈔》

周夢蝶作品

周夢蝶（右）河南淅川人，1920年生，省立安陽初中畢業。少孤，依母成立。曾為小學教員、圖書管理員、書店店員、陸軍工兵下士等。著有詩集《孤獨國》、《還魂草》、《周夢蝶．世紀詩選》、《十三朵白菊花》、《約會》等。

半個孤兒

——響應孟東籬「綠色和平運動」

本是同根生的
連體嬰：
樹與人

雖然我頭朝下長
你頭朝上長
盤錯的方向雖不同
刀鋸來時
痛！都是一樣的
實難解無足的我何害於有足的你且雙足
這無窮高無極遠的地天
欲占，能占得幾許？

從來不敢越過自己本分一步
一片葉子落下都戰戰兢兢的
誰信？恩仇盲目如斯
自家的小兄弟
（而且頭朝下長）
扶持都來不及
噓吹都來不及

誰信？人間有手：
白於白雪之白的白刃
正狹路，如風
襲向伊的連體
忍，除了忍
不抵抗，除了不抵抗
當刀鋸來時

好想以我綠中之綠的髮中之髮
自地下
繞過母親荒遠而蒼涼的微笑
和你
白刃之白交握

若一切已然將然未然總歸之於
必然和當然
若白刃之白亦有其
作為白刃之白的苦處和不得已

無須躊躇！甚至無須
再看你的兄弟最後一眼
血，乾了還會再乾
而兄弟之所以為兄弟
無論頭朝下或朝上長
我們的根——我們的母親就只有一個啊！

——一九八九年九月．選自洪範版《十三朵白菊花》

風

——野塘事件

難以置信的意外
據說：你是用你的魚尾紋
自縊而死的

乍明乍滅還出
一波一波又一波
綺縠似的，
啊！那環結
多少憂思怨亂所鑄成
自乍起
而不能自已的風中

只一足之失
已此水非彼水了
依舊春草
依舊燕子、紅蜻蜓
雲影與天光——
你，昨日的少年
　昨日的
翩翩，臨流照影的野塘
無邊的夜連著無邊的
比夜更夜的非夜
坐我的坐行我的行立我的立乃至
夢寐我的夢寐——
門，關了等於沒關
應念而至：
燭影下，相對儼然

儼然！芥川龍之介的舊識
魚尾紋何罪？野塘何罪？這疑案
究竟該如何去了結？紅蜻蜓想。
至於那風，燕子和春草都可以作證：
「他，只不過偶爾打這兒過路而已！」

——一九八九年十一月·選自九歌版《約會》

即事

——水田驚豔

只此小小
小小小小的一點白
遂滿目煙波搖曳的綠
不復為綠所有了

綠不復爲綠所有：
在水田的新雨後
若可及若不可及的高處
款款而飛
一隻小蝴蝶
髣髴從無來處來
最初和最後的
皓兮若雪
最最奢侈的狩獵，也是
最最一無所有的狩獵吧！
風在下
浩浩淼淼的煙波在下
撒手即滿手
仙乎仙乎！這倒不是偶爾打這兒過路
翼尖不曾沾半滴雨珠的蝴蝶自己
始料之所及的

——一九八九年十一月．選自九歌版《約會》

詠雀五帖

之一

側著臉
凝視
每天一大早擠公車的朝陽
邋鞦韆似的
一隻小麻雀
蹲在雞冠花上

之二

悄悄在娘肚裏練就

此一身輕功
不爲不平
或翩翩學少年
只爲惜流光：
不忍此白日
此未及地的
粒粒香稻之虛棄
而越陌度阡
而飛簷走壁

之三

越看越嫵媚
與你，已守候多時的稻草人
在狹路處
一笑相逢
遂印成知己

（我們同是吃風雨長大的）
葵扇無可無不可的搖著；
不速而自至，甚至
沉思在你的肩上
拉屎拉尿在你的頭上臉上
無怒容，亦無喜色
（你說：風雨是吃我們長大的）

之四

原來至深至善至美的樂音繫於眼前此一
無譜的電絲之上——
在風風雨雨後
在我的立處
踵猶未旋

已響徹三十三天
靜寂緣所有的無邊蕭蕭而下
靜寂對所有善聽的耳朵說：
醉吧醉吧醉吧
（請勿拒絕你自己）
你能醉多少醉
就滿你多少醉
拒飲？多飲或少飲都由你不得
看！草石蟲魚已分去靜寂的十之一
稻草人自斟自酌了十之一
至於那一大塊荒棄的十之八
靜寂指著我垂垂的睫影說：那是你的
那是你的，小自在的天下

之五

人之所以爲人亦猶
雀之所以爲雀
（總有倦飛的時候）
雖然，雖然子非雀
焉知雀

雀之所以爲雀亦猶
人之所以爲人
（總有倦行的時候）
雖然，雖然雀非子
焉知子

飽足睡足逍遙足
唯一的
也許可稱之爲缺憾的
欸，莫非就是這嫋嫋
誄辭似的

唯美而詩意的最後一筆？
連雪的模樣甚至
連雪的名字都沒聽說過
更遑論雪的體溫
更遑論以身殉？

——在梅樹根
昏黃搖曳的月影下
拳拳
簇擁著自己
六瓣
一寒更不復寒一醉更不復醉的
另一個自己
入睡——
奢侈啊！除非

除非你不甘的雀魂
自欲滅不滅的雀睫下竄出
一躍而躋身玉山或更高更高於玉山
不可能的極峰而一口吸盡
那芳烈，那不足爲外人道的徹骨

——一九九一年八月於淡水外竿・選自九歌版《約會》

約會

謹以此詩持贈
每日傍晚
與我促膝密談的
橋墩

總是先我一步
到達
約會的地點

總是我的思念尚未成熟爲語言
他已及時將我的語言
還原爲他的思念

總是從「泉從幾時冷起」聊起
總是從錦葵的徐徐轉向
一直聊到落日啣半規
稻香與蟲鳴齊耳
對面山腰叢樹間
嫋嫋
生起如篆的寒炊

約會的地點
到達
總是遲他一步——
以話尾爲話頭
或此答或彼答或一時答
轉到會心不遠處
竟浩然忘卻眼前的這一切
是租來的：
一粒松子粗於十滴楓血！

高山流水欲聞此生能得幾回？
明日
我將重來；明日
不及待的明日
我將拈著話頭拈著我的未磨圓的詩句
重來。且飄願：至少至少也要先他一步
到達
約會的地點

——一九九一年三月十七日．選自九歌版《約會》

用某種眼神看冬天

用某種眼神看冬天
冬天，冬天的陽光
猶如一簇簇惡作劇的金線蟲
在白雪的身上打洞

不呼痛，也從不說不的雪！
一個洞眼一個：
快意的，我把憂愁
譬如昨日死的憂愁
一個洞眼一個
一個洞眼一個的埋卻
在某個呑聲而不爲人知的深夜
要來的，總是要來的！
用某種眼神看冬天
冬天，一切的一切都在放大，加倍——
日，一日長於一日
夜，一夜暖於一夜，乃至
黑貓的黑瞳也愈旋愈黑愈圓愈亮
而將十方無邊虛空照徹

所有的落葉都將回到樹上，而
所有的樹都是且永遠是
我的手的分枝；
信否？冬天的腳印雖淺
而跫音不絕。如果
如果你用某種眼神看冬天
——癸酉小除夕於淡水，集曉女弟句並借題・選自九歌版《約會》

仰望三十三行

又題：兩個星期五和一隻椅子

不信一室之內有兩個星期五？
不信這隻椅子
——一直孤懸於我的小木屋之一隅
舉頭七尺七寸的高處——
是我，以自己爲樣本
爲你，單單只爲你而編的？

你說你星期五下午來，
我從星期二一早就開始歡喜；
有兩朵孿生的天人菊
開在我眼裡。

門不啓而自啓。
隱約有花氣氤氳如白木樨，嬝嬝
自我親手爲你而編的椅子上散出——
不信？那是星期五，我在聽你
而你，星期五在說我呀！
隔著一層薄而透明的藍玻璃。

語言浮華且最易孳生誤解；
慘然一笑，你說：
語言如紅杏，一不小心即將爲窗外
長耳的松濤、烏鵲、鳳尾草與象鼻蟲所竊聽
而無端引來南斗與北斗非想非非想的眼睛。
再多一分，便是下弦了！
但得三分五分七分滿就好。
赤松鼠已睡醒了，
與梭魚的機杼聲相呼應
潛水鳥已長嘯了第七響了。

少少許與多多許二者誰更窈窕？
但是七分五分三分滿就好！

明天太陽會不會從星期五的足下昇起？
孤懸於我小木屋之一隅的椅子
已自七尺七寸的高處取下
且拂拭了又拂拭再拂拭；
林蔭道上的落葉是掃不完的！

——一九九六年十二月十一日．選自九歌版《約會》

鴨圖卷

只要比我的肩背比我的喙與蹼
再寬再長一點點一點點
便滄浪萬里了！
我對池塘說。
雷聲永遠比雨點小
由於生來耳背。而且
口吃。剛剛理會得
鴨鴨鴨鴨叫自己的名字

且喜池內有蝌蚪；池外
池外不遠處有桃花
三枝，兩枝，一枝
一枝已驚喜過於所望了！

芳草年年綠
一綠一切綠。乃至
深灰與淺灰
一影拖字叫新霜之雁背

此外，此外復何求？
縱然有翅，能飛

而高不及一尺；縱然有舌
只能鴨鴨鴨鴨叫自己的名字

——原載一九九八年八月三十日《聯合報》副刊

陳千武作品

陳千武

一名桓夫，本名陳武雄。台灣南投人，1922年生。曾從事林務機關人事行政，並入台中市政府工作。1976年擔任台中市立文化中心首任主任，1987年從文英館館長職退休。曾任台灣筆會會長、台灣兒童協會理事長，亦曾參與創辦《笠詩雙月刊》。著有詩集、小說集、評論集、兒童文學集、翻譯集多種。曾獲國家文藝獎文學類特別貢獻獎。

是不是錯了

有一位美麗的外國女朋友
她唸中國文學精通中文　但沒有
中國經驗　也不懂
台灣多麼福爾摩沙
她頭一次來到台中　才瞭解了
葡萄牙人敏銳的感性
早在四百年前就感嘆　而投給
玉山的一句讚詞「伊拉・福爾摩沙」　眞
　的名副其實
晚上　我招待這位美女　品嘗
台灣甕菜　和
菜頭粿　並喝一點點
陳年紹興
然後在客廳看電視

News報導美國參議員訪問
Taiwan
年老的參議員讚美了幾句
Taiwan通俗的名詞
我的美女客人卻很驚訝的說
奇怪！他明明說Taiwan
電視出現的字幕爲甚麼都是中華民國
是不是翻譯錯了？
不然　是我學的中文錯了？
我傻笑著說
不！沒有錯
妳學的中國文學也沒有錯
只是在台灣
事實有幾種說法
把世界通用的Taiwan一句
有人喜歡譯成福爾摩沙
有人喜歡譯成高砂

有人喜歡譯成中華民國
不過 像妳和我
具真正親情台灣的現代感覺
才會聽到正確的
Taiwan就是台灣

——原載一九八九年二月二日《自立早報》副刊

透明相思

妳走進玻璃房屋
包圍房屋的陽光跟著妳穿越大廳來
讓我看見了
妳底臉容在發光——卻陰暗
光線裡 愛的微粒子
射入我底心臟深處 到處竄動
有親近的愛情與敵對的愛怨
交叉著 苦澀了妳底臉
敵對的愛怨令人痛苦掙扎
而妳愛透明的相思 賜予憐憫
可是 搖晃不定的憐憫
容易形成空虛……
玻璃房屋太過份透明了
妳拉上窗帘 要我安眠……
敵對的愛怨卻大發雷霆——
我只凝望妳的憐憫無奈地 醒著

——一九九二年二月二十八日．選自《笠》詩刊一七一期

星期六午后的相思樹

想思的苦楚
緊挽著顏面神經痲痺了
不知爲什麼，熬過一刻如一季

是否前世的罪孽使然？
是否前半輩子的錯失使然？
走出愛與不愛的範疇
卻是難予超脫牽連的情絲
不得不向妳訴說……

爲了驅除愛戀的苦楚
抽一支許久未抽的香煙
噴出白煙濛濛，彌漫在頭頂上
煙是繁茂的葉子
舉起雙臂，張開手指
像已不再伸展的樹枝
做出投降的姿勢
形成午后一棵相思樹
啊！孤獨的相思樹
豎立在
燃燒的情焰上——

——原載一九九二年六月《笠》詩刊第一六九期

林亨泰作品

林亨泰

台灣彰化人，1924年生，台灣師範大學教育系畢業。1947年加入「銀鈴社」，滿懷社會改革的理念。1956年又參與「現代派運動」，提出「主知的優位性」以及「方法論的重要性」等主張，對於當時詩壇起了決定性影響。著有《林亨泰全集》。曾獲創世紀詩評論獎、文化基金會榮後台灣詩獎、自立報系台灣文學貢獻獎、磺溪文學獎特別貢獻獎、鹽分地帶資深台灣文學成就獎、真理大學台灣文學家牛津獎等獎項。

跨不過的歷史

由於過去
完成了一些什麼
而才成爲過去
本來是可以定位的

乍看之下
時間也
不斷地
湍急地
由過去流向現在
可是過去
不斷地
偷偷地

從現在的裂縫
溜進現在之中
冒充現在
掉包現在
取代現在

即使過去
溜進入
一大半
卻變不成現在
跨越不過現在
可是過去
像幽靈
像鬼魂
仍然
從現在的裂縫

溜進現在之中
　扒住現在
　吃定現在
　賴活現在

於是
過去成爲現在的內實
現在成爲過去的形貌
過去與現在就成爲同義

由於差異的不在
過去與我們之間
是非至此不能分辨

由於距離的喪失
過去與我們之間
歷史至此無法跨越

——原載一九八九年六月《聯合文學》五十六期

死亡公式

魚類集體中毒時
都把白肚翻過來
　只是一忽兒工夫
　死相也是一致的

貝類集體中毒時
都把大嘴巴張開
　只是一忽兒工夫
　死相也是一致的

只要因污染而起
無論那一類死亡
　公式都是一樣的
　人類也是不例外

——原載一九八九年六月《聯合文學》五十六期

白色通道

不斷擴大的黑色空間中
白色通道長長地延伸著
黑影子不斷從兩側逼近
白色通道越來越狹窄

從左邊從右邊黑影湧入
白色通道爲著不讓進來
僵直著單薄身子抗拒著
白色通道越來越細長

黑色空間總是越來越黑
白色通道總是越來越白
在延伸中仍不斷抗爭著
白色通道顯得更亮白了

——原載一九八九年六月《聯合文學》五十六期

西餐

想吃西餐眞困難
一剝掉語音的皮
腥味就撲鼻而來
白色血漿流滿器皿

太硬了是個問題
拼命搖動上下顎
即使將牙齒磨成鑽子
怎麼也挑不開語肉與語骨

於是感到餐刀的必要
把肉塊切成能指與所指
於是利用叉子的形式
連忙把語意碎肉塞進口裡

吃西餐眞不容易
只吃了一小塊
整天的咀嚼卻不斷

——原載一九八九年十一月十日《台灣春秋》十四期

一黨制

桌子上
玩具鋼琴
白鍵
黑鍵
只有
一音

——一九八九年·選自尚書版《跨不過的歷史》

賴皮狗

樓梯的邏輯
只有
要上，就上去
要下，就下來
邏輯的樓梯
只能
不上，就該下
不下，就該上
可是這隻獸
只想
一直賴在那裡
不上，也不下

——原載一九九一年八月二十八日《自立早報》副刊

夏菁作品

夏　菁

本名盛志澄。浙江嘉興人，1925年生，美國科羅拉多州立大學碩士。1950年代起開始寫詩，並和余光中、覃子豪等發起「藍星詩社」。1968年離台，客居海外已逾三十年，但對台灣新詩的發展，始終關懷，主張詩的「可讀性」，並認為詩應該要「融合中西，放眼古今」。著有詩集《噴水池》、《石柱集》、《少年遊》、《澗水淙淙》等；散文集《落磯山下》等。

青淚

——給C

一生不輕易揮落
暗暗只爲了妳
那日漸粗糙的纖手
使我的感激如雪溶

數十年男兒的氣概
已凝成青淚數點
漸滴穿我心中的簷石
背著一個小婦人

幕落時悲劇或是喜劇
總不免妳的、或我的
像落入夜空的幽微
一陣流星雨的不歸

——一九九四年三月五日·選自九歌版《澗水淙淙》

消息

冬天常常駛過一個農莊
馬、冷落的鉛絲網
樹、乾涸的河床

今早，我忽然覺得
有一些異樣
嫩柳在絲絲飄忽
牡馬在頻頻昂仰

馬、樹和我之間
互傳著什麼消息？

或僅僅是爲了一片
乍暖的空氣

——一九九六年四月二十一日・選自九歌版《澗水淙淙》

往事

當你的烏雲
灑落枕畔的低空
我就騰空躍起
翻覆像一條
出海的龍

當我的鬢毛
在你撫慰的指間
日漸褪色。我只是
一隻跌失前蹄的
千里駒

這些一生的往事
不會載於石刻
卻像一陣
偶然的燕語
落入夕陽的餘暉

——原載一九九八年三月二日《世界日報》副刊

無奈十行

驟雨忽然間收陣
溪水尚待受孕

啼聲早已經遠颺
空谷猶未回響

酒杯剛剛被飲空

無奈還在腹中

書籤遺留在頁間
素手已經他遷

生命漸漸要終止
一首詩剛在開始

——原載一九九九年二月八日《世界日報》副刊

螺音

地球的轉軸在孳孳發聲
前面還有億兆里路程
我的終站，也許就在
那邊望得見的海濱

像一隻刺鳥，還要唱歌
不管歌聲只迴盪於螺殼
喧嚷的大海將歌聲掩蓋
世紀的寒流呼嘯而過

隨你說：古調或是新潮
幾圈後我們都隨風飄渺
要等到有一天一雙慧耳
在螺殼中將歌詞找到

——原載二〇〇二年二月二十日《中華日報》副刊

杜潘芳格作品

杜潘芳格

台灣新竹人，1927年生，台北女子高等學校肄業。屬於「跨越語言的一代」。慣於以平淡、嚴肅、批評的知性來表現，尋找永恆的真理。現任台灣文藝社長、女鯨詩社社長。曾獲第一屆陳秀喜詩獎。

復活祭

心在旅遊，以放浪的心情。
身子不動，照常過著日子。

從彼岸而來，
淡紫色的珍貴大輪蘭花，父親的贈品。

復活！
是軀殼的再現嗎？
靈眼凝視對照之時。

曾經活在歷史裡
祖先們的意識
無意識仍舊存在肉身現形的自己。

不只是光，但願赤裸裸地奔跑。
那豈只是他們而已？

語言是活生生的東西，
美麗的蘭花。

——一九九〇年六月·選自前衛版《青鳳蘭波》

葉子們

葉子們
知道　自己的清貧
也明白　自己的位置搖晃不安定
有時候確實也虛偽地裝扮自己

葉子，葉子們
終究　要把自己還給塵土
堅忍地等得到最後的一刻

那燃著夕陽紅燄逝去的一刹那

葉子們

相信　聖經上的每一句話

都是創造的葉子

不是人造的葉子

——一九九一年六月，選自前衛版《青鳳蘭波》

化妝等❶清秋（客語詩）

敢係❷，正經❸秋天近？

高處颺尾仔❹成群轉❺。

銅像一仙❻一仙倒下去。

有兜❼還在翻筋斗。

有位紅花人家女❽

企❾在崩岡❿擔頭看⓫。

因爲銅像倒下後，空間越來越緊闊⓬，

低聲細語說一句，唔恐見笑⓭壞名聲。

確實，仲秋得來臨，

明月將在等清夜，

颺尾仔越來越大尾

顏色也漸轉大紅。

註釋：

❶等：等待、等候

❷敢係：難道

❸正經：真的

❹颺尾仔：蜻蜓

❺轉：變成

❻一仙：一基

❼有兜：有的

❽紅花人家女：處女
❾企：站
❿崩岡：絕壁懸崖
⓫擔頭看：伸出頭看
⓬緊闊：廣大
⓭唔恐見笑：不怕羞愧

——一九九一年九月十八日・選自前衛版《青鳳蘭波》

在桑樹的彼方

蝴蝶會把兩張羽翅整齊合拼而豎立著停息呢。
然而，蛾卻是把兩羽翅張開不合，像飛機一
　樣地停息著。
搬運亡逝的人的靈魂的，傳說是飛蛾呢，
在桑樹的小枝上，生滿了許多鋸齒狀邊緣的
　葉子；
從那葉叢細細的罅隙向遙遠的山嶺抬起了眼。
看到天使們開朗地成群結隊在微笑裏，
爸爸，我也可見到您的笑容，
死，不是可怕的事吧！
是要去好地方的嘛。

以十七歲少女的眼眸
從桑樹的那細細的鋸齒狀的邊緣的葉子罅隙，
我向那高高山巒抬著頭。

父母之家

母親的姿影　午後靜寂的教堂院子
　傲耀的玫瑰花
看不見母親　因爲父親的影子

就母親而言　父親是
　像拔掉花瓣和葉子殘存下來的枝椏。
馨郁的父親花
母親卻看不見。
住在玻璃製十字架裡的母親
住在母親裡的父親。
以倆的家是伊莉莎白女王❶的一支荊棘。

註釋：

❶伊莉莎白女王是玫瑰名。

彷彿

童年的山，重新矗立起來
昔日的河，又復汩汩滔滔
那些夜色，充盈我的胸膛
那些陽光，曝曬我的前額

彷彿在小站候車
一位妙齡女郎偶然
回首，向我嫣然一笑
使我猝不及防

彷彿第一次走入課堂
數十雙純淨的眼神
直撲我的眼鏡
我興奮，自信，一顆心
在腔子裏反覆跳盪

彷彿在回憶的欄柵上
把自己的雙手緊緊銬住

然後由不知名的方位
一顆流彈命中靈魂中央

——原載二〇〇一年元月《聯合報》副刊

文曉村作品

文曉村

河南偃師人，1928年生，台灣師範大學國文系畢業。為《葡萄園》詩刊創辦人之一及首任主編。現任《葡萄園》詩刊名譽社長。著有詩集《第八根琴弦》、《一盞小燈》、《九卷一百首》、《文曉村詩選》等六種；評論集《新詩評析一百首》等三種，以及《文曉村自傳．從河洛到台灣》、《國中作文批改選》等多種。曾獲中國文藝協會詩歌創作獎、台灣教育廳新詩創作首獎、中國詩歌藝術學會詩歌藝術貢獻獎等榮譽。

群蛙論

田蛙

我們沒有翅膀
和雞和鴨和鴿子
絕對不是同類
要問　請問莊稼人

井蛙

我們是哲學家的後裔
跟莊子有親戚關係
沒有毒蛇的地方
就是天堂

池蛙

海大海小
我不知道
但我相信：池塘
是世界最美的地方

樹蛙

坐在竹林的高處
我是南面之王
秋天之後
不能讓蟬歌絕響

——原載一九九九年七月五日《聯合報》副刊

三代

爺爺說：
　太陽是太陽
星星是星星

不能混淆視聽

兒子說：
白天出現的　是太陽
夜間出現的　是星星
關鍵　在於時間

孫子說：
把太陽畫得小一點
就是星星
把星星畫得大一點
就是太陽

化繁　就要簡單

——原載一九九九年二月廿五日《聯合報》副刊

陰影

忽焉在前，忽焉在後
忽焉在左，忽焉在右

白天，在太陽面前
它陰在一邊

夜晚，只要有光
它就躲躲藏藏

也曾追逐天上的月亮
也曾妄想陪星星作夢

它喜歡跟兔子賽跑
也不嫌烏龜太慢

它依靠高樓大廈生存
也依附茅廬小屋

它繞著大樹兜圈子
也不放棄小小小小的草

有時，它像個龐然大物
有時，卻在針尖下活動
鬼鬼祟祟，行動神秘
卻從不發聲

它是誰？是誰？
不要怕，陰影而已

——原載二〇〇二年十二月二十六日《聯合報》副刊

蓉子作品

蓉　子

本名王蓉芷。江蘇吳縣人，1928年生。五十年代初期開始創作生涯。1965年應邀赴韓訪問，且應僑委會聘赴菲律賓講學。在印度參加第九屆世界詩人大會時獲頒榮譽博士學位。曾擔任「亞洲華文女作家」文藝會主席。著有詩集《青鳥集》、《天堂鳥》、《只要我們有根》、《黑海上的晨曦》等。曾獲國際婦女桂冠獎、傑出詩人獎、國家文藝獎等，並列名「世界詩人辭典」。

黑海上的晨曦

縱使濃稠　如
魚子醬的黑海　也當有
白晝來臨！

無邊蒼茫的天宇
一架小小伊留申機翼的上方
一顆母性般溫柔的啓明星
正殷殷地啓導並守護著
人類心中的黎明

夜的黑水奇蹟似地被劃開了一線
從這一線　濃墨慢慢變化淡褪
我終於看到了那微曦的蛋白之晨

一輪朝日突然躍出雲海　升高　更高
靜靜的頓河便全然摔脫它被蠱的夢魘
看雲的海岸正滾上鮮亮的淺黃與
橘紅色的金邊　直到地平線的盡頭
預示廿一世紀全人類美麗的明天！

附註：

本年隨「太平洋文化基金會」「中華民國作家學人蘇聯東歐文化訪問團」前往這些國家訪問。首站為莫斯科，當飛機飛臨黑海上空時有感而成此詩（當時，蘇聯共產主義社會尚未解體）。

——一九九〇年九月十日・選自九歌版《黑海上的晨曦》

紙上歲月

紙上歲月　不經心地
從厚厚的一疊　過渡到

薄薄的幾頁。

如何過渡？
每月也不過小小的一片
每週短短一行
每天，其上的一個小「．」
眼神尚未著定
已被劃去。

一陣強風，
一場急雨，
都能令歲月的紙張破損。

早晨滴露的青翠
黃昏飄墜的葉片　方知
這人間最珍貴的是歲月
不是珠翠
——珠玉只能錦上添花
唯歲月伴你到老　如影隨形

倘人不在其上耐心地作業
容不下多少內容和成績
唯糟蹋了歲月昂貴的紙頁。

——一九九三年十一月五日．選自九歌版《黑海上的晨曦》

棄聖絕智

咳，去寫詩還不如去栽花
何如輕鬆地去看鷺鷥
何如大笑三次　因笑有益身心
世界遼闊又美妙
有閒何妨去旅遊
否則下田去插秧
——農村正鬧人才荒

我栽月季　我種扶桑
我植聖誕紅
我給每樣一小撮土
日常只餵它以清水
它們就答我美麗的祥和
以欣然的綠
以動人的紅

我寫詩　爲等待那靈光一閃的遇合
在點熱的血液的酒精燈下
甚至犧牲了睡眠、娛樂和交遊
換取的是貧窮　冷漠和折磨
君不見外面風起了　塵飛土揚
物價雖上升
靈魂反跌價

——一九九七年元月・選自九歌版《黑海上的晨曦》

老

老是一種病衰　在刻刻被稀釋了的
生命之樹下　一架被磨損了的機器
僅僅被擱置在牆邊
　實用裝飾兩不宜
　　只宜閒看日影推移

　　　　記憶猶新時：
　　　曾經美妙
　　曾經風發
更有數不清的繽紛回憶
——在唯利唯用的今天俱化作輕煙

水上船家奮力行舟
船過水無痕

千景萬象隨風而逝……
而案頭紫色的桔梗花正無力垂首
滿臉疲憊　你熟悉的輝煌已淡褪

看人類新新的樣品正當令　躊躇滿志
有人無料而膨風
有人有價而沉埋　夕照之光漸行漸冷
倘紅塵無愛
青史亦成灰。

——一九九七年一月十二日．選自九歌版《黑海上的晨曦》

灰領人

——兼送別一九九八年的時尚

非純粹白　非全然黑
——是黑白調弄出來的灰
當蝙蝠用發言人的聲調宣稱：
灰色是現今流行的顏色
灰領人是最時髦的族類
世紀末的寵兒

在太平洋濱的島上
在無星無月的夜空
在亞熱帶的冬天
陰雨纏綿　白雪難尋
灰遂成爲擁有最大接受度的顏色

不排拒黑　亦順應白
揉合了謊言和眞實
有著和誰都相處相得的容顏
似乎沒有自己的堅持
又到處都有它的蹤影：

在白晝和夜交接的黃昏
在陽光照射不到的屋角
在漫漫長夜搖曳的燈影下　甚至
在一些重大議題被模糊的時刻　此後
人間的度量衡便丟失了正確的功能

唉！灰潮迷濛
傷愁困頓
邋遢塵寰

——原載一九九九年三月卅一日《藍星詩學》創刊號

洛夫作品

洛　夫

本名莫洛夫。湖南衡陽人，1928年生，淡江大學英文系畢業，曾任教於東吳大學外文系，現聘為中國華僑大學、廣西民族學院客座教授。1945年與張默、瘂弦共同創辦《創世紀》詩刊，歷任總編輯數十年，作品被譯成英、法、日、韓、荷蘭、瑞典等文，並收入各大詩集，包括《中國當代十大詩人選集》。現居加拿大溫哥華市。著有詩集《時間之傷》、《石室之死亡》等二十八部，散文集《一朵午荷》等五部，評論集《詩人之鏡》等五部，譯著《雨果傳》等八部。曾獲中山文藝獎、吳三連文藝獎、國家文藝獎，詩集《魔歌》被選為台灣文學經典。

曇　花

反正很短
又何苦來這麼一趟

曇花自語，在陽台上，在飛機失事的下午
很快它又回到深山去了
繼續思考
如何　再短一點

——一九八九年十月二十八日．選自尚書版《天使的涅槃》

寄遠戍東引的莫凡

從激切的琴聲中
我聽到
你衣扣綻落，皮膚脹裂的聲音
啤酒屋裡
性徵與豪語同驚四座
之後是聯考，補習班
是鬧鐘和腦細胞的叛逆
是春天
春天裡內分泌的大革命
之後是失戀
頻頻用冷水洗頭
孩子，搞戀愛怎能像搞夕陽工業
想必這個夏季
你又潦草度過
亦如我這
以語字鎔鑄時間的人
汗水攪拌過的意象
一句也未發酵

睡在
兇猛的海上
只怕夢
也會把枕頭咬破
風，搞不清楚從那個方向來
你說：冷
只好裹緊大衣
抱住火熱的槍
下半夜，以自瀆的頻率
顯示成長

用小刀割開封套
一陣海浪從你信中湧出
那些字
沙沙爬行於我心的方格
你說寂寞炒螃蟹
不加作料也很有味道
你把吃膩的一堆殘殼寄給我們
淡淡的腥味中
我眞實地感知
體內浩瀚著一個
宿命的
孤絕的
海

成長中你不妨試著
以鬍渣，假牙，以及虛胖
以荊棘的慾望
以一面受傷的鏡子
以琴弦乍斷的一室愀然
以懸崖上眺望夕照時的冷肅
去理解世界
刀子有時也很膽小
掉進火中便失去了它的個性

切切記住：
眾神額頭上的光輝
大多是疤的反射
想想世人靈魂日漸鈣化的過程
便夠你享用一生

秋涼了，你說：
燈火中的家更形遙遠
我匆匆由房間取來一件紅夾克
從五樓陽台
向你扔去
接著：
這是從我身上摘下的
最後一片葉子

後記：

吾兒莫凡抽籤而得以分配外島東引服役，純係機率問題，無可怨尤，但他的母親總不免有愛子「發配」荒疆的感覺，拳拳關切之情，可想而知，我則較重視子女成長中所需自我學習和客觀環境磨練的過程。詩中的瑣瑣碎碎，看似不著邊際，卻道出一些親子之間非散文語言所能表達的隱密情愫。時值深秋，愁結難宣，且以詩作書，既寄情遠成的親子，也寫自己蒼涼的老懷。

——一九八九年十一月七日．選自尚書版《天使的涅槃》

登黃鶴樓

——寄湖濱詩人C．T．

遠處望樓
我們同時聽到一聲淒厲的鶴唳
秋意
如刀吻
自有其絕對之必要當我問你要不要登樓

去尋訪
那隻幾幾乎死於大火中的
鶴。那隻膚髮枯焦欲飛無翼
只剩下一付
嶙峋的骨架，懸在空中
養傷的自己

於是拾級而上，再上
極目盡是
由龜山、長江、鸚鵡洲羅列而成的
一層層驚心的風景
最高的一層
自始便宿命地
擱淺在
崔顥那片空悠悠了千載的白雲上
不清
不楚的
一群過雁的悄聲對話中
你說：不能再高了
再高，就不堪負荷淚水結冰後的重量
俯身遠眺
胯下，江水浩浩而東
夢一般在冬天棉被中翻滾的大江啊
我們心中的漣漪
都被你的險灘一一逼成了漩渦
江面如此明亮而又
如此陌生
千帆過盡
卻找不到一幅辨識的臉
只聞兩岸爭相傳誦：
……此處空餘　黃　鶴　樓
而樓，永遠高不過鶴唳
鶴唳
高不過我們的憂愁

午后，我已預見
落日終將沿著你蒼涼的脊梁
滑向大雪即降的漢陽
但落日
永遠高不過你
青髮森然的頭顱

千百次日升月落
千百次樓起樓塌
當掌中的殘灰猶溫
一聲鶴唳
又驚醒了你宿夜不眠的燈火
一切沒有終止
也似乎從未開始
我們在此負手看大江滾滾
讓高樓
與廢墟去辯論
讓時間
歸零
該下樓的時候便隨你而下
我甚麼也不參加
只參加你的孤獨

——一九九〇年十二月．選自爾雅版《雪落無聲》

出三峽記

鑼聲，多年前就響過了
出川的船
載我緩緩駛向綢質的天空
啓碇後霧開始虛構一些水的神話
秋，佔領了瞿塘峽的幾峰？
汽笛咻咻

十月的長江

一把寒劍嗤嗤穿透蒼古的層巖
沿岸的楓葉以血掌印證
船頭是水雲的故鄉
船梢尾隨一群過龍門時割傷的魚
我在劍刃上行走

船靠酆都
水底的亡魂紛紛在此登岸，投宿
而過客如我者行過奈何橋又豈奈我何
只是難免會想起一些漂浮的衣裳
一些靈魂乾涸而皮膚潤澤的
。。。。。。。。。。。泡沫

濁浪滾滾，一翻身
又奔回另一個煙雲渺茫的年代
關公的馬，張飛的矛，劉備無淚的哭
千年前舟中飲者常把自己的嗆咳
誤作隔江的猿嘯
唐人連打酒嗝也作興押韻

如果策馬而來
午夜不辨蹄聲濤聲又是另一番悽惻
江行千里，愈遠愈冷
雪，將落在我的心中
融化於
當年沉船激起的漩渦裡

蕭森的巫峽已過
吠日的犬聲已是昨天的驚愕
背後江流急急奔來疑為一支伏兵殺出
悚然回顧，我的頭
幾幾乎撞亂了
神女峰清晨剛梳好的髮髻

赤壁，只要再做半個夢就到了
讀史人俯身向水發問：
誰是焚舟沉戟的英雄？
孟德是，周郎是

蒼苔更是
一股勁兒往斷崖上爬

而大江
不論東去西來，浪淘盡什麼魚蝦
流經我的胸口然後才會洶湧起來
銅琵琶才會鏗鏘起來
蘇翁的念奴嬌才會風騷起來
江水洗過的漢字一一發光

整個航程中只惦著一件事
我能通過上升的鳥道
找到屬於自己的星座？

我癡癡地望著
舵尾載沉載浮的童年
及至一個浪頭撲向舷側的

倒影。倒影一面咋舌
一面思索
逃入鏡子裡就可免去一場風暴？
不料前面又遇上西陵峽擋道
我盡量把思想縮小
惟恐兩岸之間容不下一把瘦骨

——原載一九九一年一月二十七日《聯合報》副刊

隱題詩（選二）

我什麼也沒有說
詩早就在那裡
我只不過把語字排成欲飛之蝶

我什麼也沒有說

詩藏在一張白紙裡忽隱忽現
早晨水薑花蓄了一池的淚
就這麼坐等日出
在暗自設想池水蒸化後能熬出多少鹽
那顆醃鹹的頭顱忽焉低垂
裡面的空間逐漸縮小乃至容不下任何意義

我無需嘵嘵爭辯
只覺得靈魂比胰子沫稍重一些
不可否認，我們的語言本是
過河之後仍留在對岸任其暴露的一截骨頭
把玩再三，終於發現
語調不如琴聲琴聲不如深山一盞燈的沉默
字字如釘拔出可以見血，如要
排斥事物的意蘊豈不只剩下殘骸一付
成灰成煙或成各種形式的存在都與
欲念有關
飛，有時是超越的必要手段，入土
之後你將見到
蝶群從千塚中翩躚而出

——一九九一年八月二十日

我不懂荷花的升起是
一種欲望或某種禪

我突然喜歡起喧嘩來
不過睡在蓮中比睡在水中容易動情
懂得這個意思我們就無需爭辯
荷，一遇大雨便開始鼓盆而歌
花萎於泥本是前世注定
的一場劫數
升華也者畢竟太形而上了

起始惹禍的即是這
是非之根
一刀揮去，大地春回
種種惡果皆種於昨天誤食了一朵玫瑰
慾念慾念，佛洛伊德
望盡天涯看到一盞燈火
或一枝竹筏什麼的
某年某月某日某某在此坐化
種瓜得魚不亦宜乎
禪曰：是的是的

——一九九一年十月八日・選自爾雅版《隱題詩》

絕句十三帖

第一帖

玫瑰枯萎時才想起被捧著的日子
落葉則習慣在火中沉思

第二帖

所有鮮花都挽救不了鏡中的蒼白
繞到鏡子背後
我看到一堆化石

第三帖

牆上一根釘子有什麼可怕
可怕的是那
釘進去而且生銹的一半

第四帖

夏蟲望著冰塊久久不語
啊，原來只是
一堆會流淚的石頭

第五帖

風息後，蜘蛛忙於修補
那張由別人夢魘織成的網
最後連自己的不幸也織了進去

第六帖

人人每天都要刷牙
而國會麥克風的牙齒從來不刷
任細菌擴散

第七帖

嫌空氣太髒
我把皮膚翻過來穿
除了我
全世界的人都在喊痛

第八帖

愛情不作興預約
說來就來
蛇咬人從不打招呼

第九帖

擦槍擦了四十年的老班長
於今坐在搖椅上
輕輕地刮著滿身的鐵鏽

第十帖

雨停了
電視裡一場大火燒死了幾個聖人
雨，忽然又下了起來

第十一帖

我在尋找一雙結實的筷子
好把正在沉淪的地球挾起來

第十二帖

一尾被釣起的魚
身在半空仍嘀咕不休：
這是我一生最重要的選擇，可不能出錯

第十三帖

春天眞好
萬物各安其生
雀鳥啁啾只不過是蟲子驚叫的回聲

——一九九三年四月．選自爾雅版《雪落無聲》

大悲咒與我的釋文

南無　喝囉怛那　哆囉夜耶　南無　阿唎
耶　婆盧羯帝　煉鉢囉耶　菩提薩埵婆
耶　摩訶薩埵婆耶　摩訶迦盧尼迦耶
唵　薩煉囉罰曳　數怛那怛寫　南無悉
吉慄埵　伊蒙阿唎耶　婆盧吉帝　室佛
囉　楞馱婆　南無　那囉謹墀　醯利摩
訶皤哆沙咩　薩婆阿他豆輸朋　阿逝孕
薩婆薩多　那摩婆薩哆　那摩婆伽　摩
罰特豆　怛姪他　唵　阿婆盧醯　盧迦
帝　迦羅帝　夷醯利　摩訶菩提薩埵
薩婆薩婆　摩囉摩囉　摩醯摩醯利馱孕
俱盧俱盧羯蒙　度盧度盧　罰闍耶帝
摩訶罰闍耶帝　陀囉陀囉　地利尼　室
佛囉耶　遮羅遮羅　麼麼　罰麼羅　穆
帝利　伊醯伊醯　室那室那　阿羅參
佛羅舍利　罰沙罰參　佛羅舍耶　呼盧
呼盧摩羅　呼盧呼盧醯利　沙羅沙羅
悉利悉利　蘇嚕蘇嚕　菩提夜　菩提夜

菩馱夜　菩馱夜　彌帝利夜　那羅謹墀
地利瑟尼那　婆夜摩那　娑婆訶　悉陀
夜　娑婆訶　摩訶悉陀夜　娑婆訶　悉
陀喻藝　室皤囉耶　娑婆訶　那羅謹墀
娑婆訶　摩羅摩羅　娑婆訶　悉羅僧
阿穆去耶　娑婆訶　娑婆摩訶　阿悉陀
夜　沙婆訶　者吉羅　阿悉陀夜　娑婆
訶　波陀摩羯悉陀夜　娑婆訶　那羅謹
墀　皤伽羅耶　娑婆訶　摩婆利勝羯羅
夜　娑婆訶　南無喝　囉怛那　多羅夜
耶　南無　阿利耶　婆羅吉帝　爍皤羅
夜　娑婆訶　唵　番殿都　漫多羅　跋
陀耶　娑婆訶

釋文：

我有三條魚，一條給你，一條給他，一條留給自己。我有三把刀，一刀砍下魚頭，一刀砍下魚尾，另一刀砍在我自己身上，帶血的鱗片紛紛而落。在四月，桃花也是帶血的鱗片，帶血的飄泊。風雨中，野渡無人舟自轉，滴溜溜地轉，轉出一個極大的漩渦，站在漩渦邊上往下看，一口好深好深的黑井，裡面藏有三個人，分食三條魚：第一個吃掉了魚鰭，發現自己少了一隻手，第二個吃掉了魚尾，發現自己少了一條腿，第三個吃掉了魚頭，發現自己的頭早已不見。五蘊皆空，大圓滿，大喜悅，大慧覺。我非我，無所有，非想非非想，月落無聲，雪落無聲，我在萬物寂滅中找到了我。我手捧桃花，我啃著魚頭，我笑，滿樹的桃花都在笑，我笑，海裡的魚都在笑，有的在牙縫裡笑，有的在胃酸中笑。妄念未寂，塵境未空，嘴裡的魚骨吐掉還是留在喉嚨裡？吐掉我便一無所有，那就留在喉嚨裡，像一切惡業留在肉身中。大悲大悲，魚骨，血，桃花，是色亦是空。酒是黃昏時回家的一條小路，醒後通向何處？女體把柳條纏綣成煙，把桃樹纏綿成霧，煙消霧散卻忘了歸途。錢財可以買到這個世界，也連帶買了它的悲情。木魚敲破仍是木魚，鐘磬撞碎仍是鐘磬，破碎的心還是心嗎？福報只是深山中像暮靄一般逐漸消失的回聲，起不以生，滅不以盡，塵世畢竟是可愛的，石頭之寶貴全在於它的孤獨，一塊，兩塊，三塊，好多好多塊，都橫梗在世人的心中而形成了一個大寂滅。佛言呵棄愛念，滅絕慾火，而我，魚還是要吃的，桃花還是要戀的。我的佛是存有而非虛空，我的涅槃像一朵從萬斛污泥中升起的荷花，是慾，也是禪，有多少慾便有多少禪。覺觀亂心，如風動水，但涅槃不是我最後的一站，人生沒有終站，只有旅程，大悲大悲，一路都是污血，骸骨，身上爬滿了蛇蠍，蝨子。活著一塊肉，有機物加碳水化合物，死後一堆蛆，雖然不值一顧，而煩惱不來也不去，慾念不即也不離，如要涅槃，多尋煩惱，用舌舔乾污血，吞食骸骨，蛇蠍與蝨子就讓牠們留在身上，與蛆同居一室，共同鑽營，把我們掏空，一無所有。

大悲大悲。

後記：

大悲咒，佛教為消災祛難而誦持的咒語，原名「千手千眼無礙大悲心陀羅尼」，共八十四句，係梵文之音譯。該咒有音無義，有字無解，我想也許原文本身就無意義，也不需要意義，意義反而形成智障。宗教乃大衆形上學，只要你信，不需你知，故我大膽假設，大悲咒之有音無義，原本就是為了適於文盲的衆生修持而作，但我深信，不同的人唸這篇咒語時必有不同的感應，而產生不同的意義。以上是根據我個人的感應而以意象語寫成這篇釋文，至於它是咒還是詩，那就看你從那個角度去觀察。

——一九九九年·選自爾雅版《雪落無聲》

大鴉

牠又從我落葉紛飛的額角掠過
清晨，啼聲高亢而冷
攝氏10°
其中一句，我相信
可能比天堂的溫度還低
蹲在屋脊上，面對太陽
開始設想
今天要做的一件殘酷卻不僞善之事
那最後的虛無，與牠
全身的黑無關
而傳說中的風風雨雨　和
吉祥與否無關

白楊索索
群鴉總是早我一步找到秋天
牠們沒有甚麼可絕望的，牠們
總是早我一步
飛起，上升到
高空，不可逼視的悲涼
晚近我們都選擇了獨處
選擇了
一棵最高的樹
睥睨，風骨就讓它懸在風中吧
僅僅一隻腳即足以對付任何歲月的詭異
雙翅搧動
輕輕擊出宇宙的節奏
那是太陽的呼吸

我的呼吸

——一九九六年七月·選自爾雅版《雪落無聲》

未寄

昨夜
好像有人叩門
院子的落葉何事喧嘩
我把它們全都掃進了
一隻透明的塑料口袋
秋，在其中蠕蠕而動
一隻知更鳥啣著一匹艾草
打從窗口飛過
這時才知道你是多麼嚮往灰塵的寂寞
寫好的信也不必寄了
因爲我剛聽到
深山中一堆骸骨轟然碎裂的聲音

——一九九六年十月·選自爾雅版《洛夫·世紀詩選》

漂木（長詩摘錄）

乘槎
浮於海
漂泊是風，是雲
是清苦的霜與雪
是慘淡的白與荒涼的黑
一雙只剩下幾枚犬齒的破鞋
板橋霜上的足跡
從今日大步跨出，進入
一座只有鐘聲而無神祇的教堂
又匆匆
從後門蹓出

走向明日沒有碼頭，沒有
小旅館的
天涯
乘
槎
浮
於茫茫大海
濕了的鞋子向一顆落日飛奔而去
除了衣袖上的淚水鼻涕
沒有任何東西可以製鹽
且能持久，如一面
驚慌的旗
曾領導他們在骯髒的歲月中
鼓譟，吹著
肆無忌憚的風
帽子與眉毛同時遠颺
青翠瓷瓶與一束花同時遠颺

向河的左岸
向茫茫的雪原走去，一直走
直到瓶破，花被路人摘去
最後任其在行囊中枯萎。一種
漂泊者的
無聲的過程
無跡可尋的，淡淡的結局
一束鮮花
以任何方式
在任何地點
萎落，淺淺地埋葬
於深深的死亡

遠方的夢
有著深秋月亮的味道
浮於海的
那槎，又被潮水送了回來

圍擁那根木頭的泡沫
嘀咕
大部分都是空話
它把頭擱在峭壁上
清楚地看到
一顆血紅的太陽落向城市的心臟
擲地
濺起一陣銅聲
它雀躍而起
頭頂撞上天空
乳房般飽滿的椰子紛紛而落
還有甚麼比
火中取栗更令人興奮的了
栗子伸出燙傷的舌
香氣四溢
火，繞著赤裸的森林狂舞
一隻鷹

衝向一堆灰燼
搜尋那舉火焚城的王者
在那曖昧的年代
火，有時
比雪還嚴肅
火是木頭
唯一的諍友
木頭的夢不斷上升
它終於在雲端看到
那悲情的
桀驁不馴的島
雞犬相聞，人丁旺盛
稻香，酒香，體香
四處張掛著宿命的破網
（補網的人和漏網的魚
同一命運，各自表述）
西瓜。青臉的孕婦

鳳梨。帶刺的亞熱帶風情
甘蔗。恆春的月琴
香蕉。一簍子的委屈
地瓜。靜寂中成熟的深層結構
時間。全城的鐘聲日漸老去
颱風。頑固的癬瘡
選舉。牆上沾滿了帶菌的口水
國會的拳頭。烏鴉從瞌睡中驚起
兩國論。淡水的落日
股票。驚斷了一屋子的褲帶
蘭陽平原的風。歷史的面目愈形曖昧
痔瘡。久坐龍椅的後遺症
膽固醇。巷子裡走出一位虛胖的哲學家
標語撕破了臉。一個醉漢抱著電線桿親吻
月亮被烏雲綁架。群星鼓譟
大地震。一條剝皮的蟒蛇在扭動
捷運系統。盲腸發炎送到醫院剛好下班
全民健保。一群肥碩的河馬橫街而過
衛生麻將。最愉快的水深火熱
減肥手冊。寫眞集中的臀部乃不毛之地
紅葉少棒。打帶跑的地攤文化
滿街史艷文。短線操作的股市文化
冷氣機，冰箱，錄影機，傳眞機，電腦。
　滿城荒蕪
插入生命，插入神經和夢。信用卡，電話
　卡，健保卡
醫院最近。教堂最遠
殯儀館最近。上帝最遠
歷史博物館。老祖宗被一篇新的就職演說
　驚醒
麥當勞。義和團從不排隊
基因突變。有人在骨頭裡大放悲聲
遊行示威。鴨子如痴如狂地跳進水池
節慶的城邦。午夜的街燈一直維持微笑

pub打烊。啤酒杯累得口吐白沫
停電。嚼檳榔的聲音此起彼落
旗子。半夜變臉
綠眉毛的黨人。狐騷味過了濁水溪就更濃
了
總統府。廣場上傲視闊步的鴿子第幾代
了？
綠燈戶送客。最短期的政黨輪替
銅像無言。一位從未寫過詩的荷馬
電視機爆炸。對岸有人大發脾氣

——二〇〇一年一月·選自聯合文學版《漂木》

向明作品

向　明

本名董平。湖南長沙人，1928年生，曾任《藍星詩刊》主編、《中華日報》副刊編輯、《台灣詩學季刊》社長，作品被譯成英、法、德、日、印度、斯洛伐克等國文字，並收入國內各大詩選。著有詩集《雨天書》、《狼煙》、《水的回想》、《向明世紀詩選》等；詩話及詩隨筆《客子光陰詩卷裏》、《新詩一百問》、《詩來詩往》、《走在詩國邊緣》、《窺詩手記》等；散文集《甜鹹酸梅》、《啄破世界的籠子》、《走出阿富汗》等。曾獲文藝獎章、中山文藝獎、國家文藝獎等榮譽。

跳房子

不能玩了
這獨腳戲的跳房子
從清晨的一群
跳到黃昏，寥寥
剩這麼幾人

跳來跳去
稿紙上的阡陌
回頭一落腳
呀！好空白的
一方方陷阱

夢蝶七十生辰，三元老詩社聚首祝賀，歸後有感，七九年元月十三日。

——一九九〇年二月八日・選自爾雅版《隨身的糾纏》

雛舞孃

她揚起
才十六歲的兩條小腿
以為揚起
兩條細細的竹節鋼筋
把世界
輪番抽痛

世界那邊卻涎起笑臉
脫呀！脫呀！
她這才想起
不過是老爸地裏
沒賣掉的一顆洋蔥

越剝

越白
越白
越嫩

——一九九〇年七月．選自爾雅版《隨身的糾纏》

隔海捎來一隻風箏

就讓自己再年輕一次吧
臨老，你從隔海捎來一隻風箏
青綠的雙翅暗鑲虎形斑紋
迎風一張，竟若那隻垂天的大鵬
頎長的尾翼，拖曳出去
又是鳳凰來儀的莊重
暗示得好深長的一份期許
儼然，年輕時遺落的飛天大志
被你一頭捎了過來
要我再走一次年輕
可能麼？再一次年輕
風骨當然還是當年耐寒的風骨
又硬又瘦又多稜角的幾方支撐
稍一激動還是撲撲有聲
仍舊愛和朔風頑抗
好高鶩遠不脫靈頑的一隻風箏
起落昇沉了多少次起落昇沉
居高不墜總羨日月星辰
愛恨割捨不了的是
那些拘絆拉扯的牽引

可能麼？也許可以再一次年輕
把蕭蕭白髮推成蕭颯草坪
放出白鴿、放出青鳥、放出囚禁的陰影
邀請風雨，邀請雷電，邀請旗幟
邀請一切愛在長空對決的諸靈
所有的啄喙，所有的箭矢

就請對準這隻老不折翼的風箏
看牠幾番騰躍，一路揚昇而上
看牠一個俯衝下去，從此捨身下去
時間在後面追成許多仰望的眼睛

附註：

海峽對岸同名詩人向明，最近託人捎我一隻風箏，未附任何言語，揣度其用意，遂成此詩，聊作答謝。

——一九九二年六月十日・選自爾雅版《向明・世紀詩選》

跳繩

一步剛跳過去
彌天蓋地的
那條絆腳的繩索
一眨眼
又橫掃到腳前

再躍而起吧
再躍，這自設的路障
要自己敏捷的避閃
從童年的戲耍
會一直累到
泛白的鬢邊

只要注意
躍起時，動如脫兔
落地時，輕若飛燕
任颼颼的風聲
耳旁威脅的獰笑
你得鎮靜如
風雨圍攻的那尊塑像
那管它，要跳脫的
是怎樣隨身的糾纏
保持一種清醒的立姿
天地都不能圍限

——一九九二年七月三日，選自爾雅版《向明・世紀詩選》

捉迷藏

我要讓你看不見
連影子也不許露出尾巴
連呼吸也要小心被剪

我要讓你看不見
把所有的名字都塗成漆黑
讓詩句都悶成青煙

我要讓你看不見
絕不再伸頭探問天色
縮手拒向花月睒欠

我要讓你看不見
用蟬噪支開你的窺視
以禪七混淆所有的容顏

我要讓你看不見
像是鳥被卸下翅膀
有如麥子俯首秋天

終究，這世界還是太小
一轉身就被你看見了
你將我俘虜
用盡所有傳媒的眼線

——一九九三年九月．選自爾雅版《隨身的糾纏》

或人的記憶

捨不得丟
又永遠丟不掉的
回憶總是那幾件襤褸的

舊衣裳

最難脫的
是刺刀穿過肚腸
某年某月某日染過血
一動就痛的
裹在身上
多年的冬日之後
他想脫身而起
又常常將戰後復原的補釘
錯認成隨身糾纏的
一塊頑癬
而十八歲情慾的那灘夢遺
卻被硬說成
某次攻城掠地的
一枚勳章

——一九九七年三月二日．選自爾雅版《向明．世紀詩選》

秋天的詩

1

向嗜食生鮮蔬果的
清瘦詩人
他們居然
要一個熊熊的火把
那天天雨
遞了過去的
是他手中剛削就的
一束濕淋淋的詩

2

永遠不要希冀

從後面傳來的那一聲
響叮噹的
前輩

小心就像
數點得薄薄的之後
一路貶值的
錢幣

3

剛當紅過的一大群葉子
在秋風的整肅下
紛紛掉落成
呑呑吐吐的待續句：
希望它死了
希望，它死了
希望它，死了

希望它死，了
無
希
望

一夜之間
大地從來沒有承接過
這麼多
待掃的痛苦

——一九九七年十一月八日・選自爾雅版《向明・世紀詩選》

太師椅

白鬚白髮的老太師
早就歇進大明那片皺褶的江山了
雞翅木的紋飾裡
還飄著幾絲陳年的
迷迭香

閒置得夠久的
這張太師椅
還一直巴巴的等待
當年的正直和威望

園子裡的雞翅木
落過不知多少次葉
耍酷的後現代兒孫們見了
總覺得
一輩子得這麼端正的坐著
要多彆扭就有多彆扭
要多荒唐就有多荒唐

——原載一九九八年九月十七日《中國時報》人間副刊

管管作品

管　管

本名管運龍。山東青島人，1928年生。詩三冊散文四本，曾演出電影二十多部。著有詩集《荒蕪之臉》、《管管詩選》、《管管世紀詩選》等。曾獲香港現代現代文學美術協會新詩獎、第二屆中國現代詩獎、中國時報新詩佳作獎、國軍文藝金像獎等。

螞蟻

吾在北大校門口看見一窩螞蟻。

吾在北大校門口看見一窩螞蟻，在九月秋陽下，一九八八年九月，一小群跑來跑去的螞蟻。

吾當然一路上也看見了北大的未名湖、博雅塔、民主草坪，以及民主草坪上塞萬提斯。可是就是在看到這窩螞蟻時卻叫吾的眼睛一亮！「一窩螞蟻！」這窩螞蟻叫吾心動，叫吾念念不忘，直到如今！詩人經常會弄些弦外之音，吾必須聲明，吾絕對沒有暗示什麼！一不是暗示學生像螞蟻，也不是暗示中國人像螞蟻，吾絕對沒有，也沒有暗示別的東西。不過吾也老是不明白吾爲什麼會對北大校門口這窩螞蟻這麼難以忘懷？吾苦思至今也想不出道理。螞蟻到處都是，爲什麼吾獨獨對北大校門口這窩螞蟻分外心動眼亮念念不忘？同樣的事發生在故宮，吾逛故宮就特別注意故宮青磚縫裡的青草，故宮值得看值得記的地方太多，但故宮地上青磚縫裡的草，都給吾留下深刻的記憶。吾想了又想，吾深知吾絕不是因爲讀了一點點歷史以及孔尚任的桃花扇、哀江南等等所謂蓑草斜陽種種意象之影響，可是就是北大校門口之螞蟻，故宮地上青磚縫裡的草，卻叫吾怦然心動，眼前一亮，念念不忘！

吾必須再聲明，吾不想來暗示什麼，而怪就怪在吾爲什麼不去眼亮那些金碧輝煌，什麼龍椅龍床，什麼民主草坪、塞萬提斯、萬里長城等等。吾必須說吾也並非崇拜渺小弱者等等。

吾就是不明白吾爲什麼會念念不忘北大校門口那窩螞蟻，故宮青磚縫裡的青草！

但吾絕對不他媽的暗示什麼，青草就是青草！螞蟻就是螞蟻！不是偉大不偉大高貴不高貴的問題，也不是別的問題。

就像吾去看金閣寺，不是金閣寺留給吾印象最深，而是金閣寺院子裡地上的一種沒見過的苔蘚。

——原載一九九〇年二月二十六日《聯合報》副刊

黃昏裡的廟之黃昏

——望岱廟有感

烏鴉用翅膀把黃昏放在廟上

空空的廊下輕輕輕輕喘息著漢唐兩家以及秦氏那滿面長鬚的咳嗽，病懨懨的咳嗽掙扎著穿過蒼白石苔方才墜落在磨凹了的光滑的石板上，並且滑了一跤，少不得這又跌出了一陣輕輕的小咳嗽。

唉！秦皇漢武封禪之后就是一連串的咳嗽，跌出來的那一陣輕輕小咳，說是三國，又像兩晉，說是兩晉，又像南北朝，說是南北朝又像五胡亂華五代十國；不過是一口痰而已，而痰孟安在哉？

庭前那棵一身齊魯風骨的柏樹聽到他們的咳嗽彎了一下腰，抬頭望去，夷吾去失，孔丘難再，狼煙四起，麒麟早逝。

吾柏樹滿頭綠髮，依舊低迴不已！

簷瓦之水深深鐫刻著戰國春秋血肉模糊的文書。一陣山風帶著滿袖塵沙又將春秋戰國輕輕的埋過。

一切的一切皆是那殿角風鈴，雖然空靈，卻略帶一點淒涼，風鈴總不是寒山寺的鐘聲！

山就是山，再怎麼巍峨，不該把你造成

神！

——原載一九九四年五月二十二日《中國時報》人間副刊

子子孫孫孫子子孫孫孫子子

漢子拉著房子，妻子騎著凳子，手裏走著鏟子，鍋子壓著爐子，桌子睡著盤子，盤子靠著碟子，碟子摻著筷子，邊上站著蛊子，放著一些瓜子，還有桃子杏子，李子椰子棗子，坐著兩個孩子。

鍋子裏放著盆子，盆子裏放著鞋子，上面蓋個帽子，鏟子炒著鞋子，鍋子蒸著帽子，天天餓著肚子，要打日本鬼子，穿著半截褲子，腳上沒穿鞋子。誰說沒有銀子？老爺淨玩婊子，只好煮隻鞋子，吃了好拉肚子，免得挨了槍子，白白做了傻子，你們在爭位子，叫俺去當靶子，誰是亂臣賊子，誰是王八羔子。

褲子碰了狗子，狗子躲進桌子，桌子帶著狗子，偷偷走進院子，院子有棵桃子，桃子靠著梯子，梯子飛著燕子，燕子吃著蟲子，蟲子唱著歌子。

桌子帶著狗子，偷偷上了梯子，狗子吃著星子，桌子長著翅子，飛的像個仙子。

漢子摸著鼻子，妻子打著蚊子，等著放學孩子，來吃紅燒婊子，清蒸亂臣賊子！

鞋子穿著筷子，筷子戴著帽子，踩著漢子的脖子，跨過妻子的椅子，走到院子的梯子，坐著上天的梯子，去捉亂飛的桌子。

留下漢子和妻子，在等放學的孩子，那知放學的孩子，做了過河的棋子，冷了娘娘的餃子，誤了爺爺的孫子！

誰把誰當棋子，誰就是亂臣賊子！

——原載一九九四年九月《創世紀》詩雜誌一〇〇期

說一部「乾隆版木刻大藏經」的閒話

一部叫乾隆版的大藏經從雍正十一年動刀（那時他奪位弒兄已成，殘害志士正殷，呂留良甘鳳池呂四娘等俠士，正在「雍正劍俠圖」裏「火燒紅蓮寺」裏「血滴子」裏飛簷走壁）。刻到乾隆五年（也正是平定大小金川（其實是殲滅）香妃飲恨之時）。不知是什麼心情來刻這部救苦救難大慈大悲的大藏經？不知二位皇帝帶血的雙手怎樣下刀來刻這部大藏經？

刻工四百五十人，個個皆是天下武林高手，集天下名刀於一部大藏經上。一百卅一位高僧來校訂，不知有無校訂出字裏行間雍正乾隆那雙血腥龍爪在字裏行間滴下的血腥，佛經裏的「桃花扇」乎？

七萬九千三十六塊版，不知殺了幾千棵無疤無節的梨樹？那幾年梨價一定暴漲，很多人吃不到梨，不知萬歲爺有沒有梨吃？（啊呀！少了多少一樹梨花春帶雨？少了多少一樹梨花壓海棠？萬歲爺少不了一樹梨花壓三宮六院的海棠！）

版重四百噸，四百噸梨子要吃多少人？花了八萬兩白銀，八萬兩白銀要買麥子多少噸？

這些都不要緊，要緊的是這部經從乾隆五年到一九九三年，這四百年來僅僅熬成了隻國家大老。

這經不知度了多少人？多少盜？多少賊？多少貪嗔癡頑？這經不知度了多少僧？多少道？度了多少漁樵耕讀？悟了多少英雄漢？醒了多少帝王家？覺了多少癡男怨女？

不過這些梨樹若不刻成大藏經鐵定活不了

四百年。早晚也會被「紅槍會」、「大刀會」、「太平天國洪秀全」、「八國聯軍」、「義和團」給燒完！四百五十位刻版高手也會餓飯，一百卅一位高僧也不能打發了青燈黃卷無聊的時間！

八萬兩白銀可以飯多少人？人總不會成大藏經，人終究是大便！除非你是馬王堆出了土的金鏤玉衣女屍！

七萬九千三十六塊梨木板，到底殺死了多少棵梨樹，一棵梨樹一年能開多少花結多少梨？一部大藏經能開多少花結多少梨？一部大藏經能開多少花結多少梨？一棵梨樹能度多少僧多少尼？

這是，這是吾最最感興趣的問題，誰能來答覆這個問題？

你要大藏經？還是要會開花會結梨的梨樹？你要古董還是要活不了四百年的梨樹？

大江匆匆東去，浪淘盡了風流及不風流的人物。花與梨很快便化爲糞土，那七萬九千多塊骨董再住上幾個四百年也將化爲糞土。

「慧能慧能，本來無一物，何處惹紅塵！」

「請問上座，你是什麼？」「何處惹紅塵？本來無一物。」

「啊！」

「如今只見會殺人的昏君。未聞殺了人來刻大藏的皇帝。」「黃鼠狼生耗子，一袋不如一袋！」

「放屁放屁放屁!!!簡直放屁?!」

——原載一九九四年十月八日《中央日報》副刊

青藤書屋那根青藤

一九八幾年介根氏在山陰道上行走，不慎被一根青藤絆倒，是誰家青藤橫行竟敢絆倒介根餘孽定當興師問罪！回顧四周無一卒可興師？只好問罪來哉，命青藤帶路，竟然來到徐瘋子家中，徐渭瘋癲若此，難怪這些青藤如他書法之嫵媚頑皮，而自明至清、自清至今三百年來，你這枝青藤才長到山陰道上，我以爲已經攀到嚴陵釣台。

我不明白書屋裡竹床上袒胸躺著搧扇者竟是陳老蓮那廝，正在跟自他畫上走下來的那一些怪羅漢及水滸頁子裡走來的魯智深、林沖、武松吃酒飲茶。而徐渭卻坐在石刻裡「一塵不到」，只把影子丟到「天池」裡餵魚。

「山陰道上眞箇應接不暇呀！」一根掛在樹上的青藤這麼說，「老管走好莫要再給青藤絆倒！」

不巧老管卻跟魯迅的祥林嫂撞上，撞了吾滿身的窮淚！

註釋：

「一塵不到」乃徐渭親書木匾。「天池」乃徐氏在書屋所開之池。徐乃明代奇才書畫家。陳老蓮（洪綬）是真的因敬仰而住進青藤書屋，陳也是畫界一奇。祥林嫂住進青藤書屋絕對不會。

——原載一九九八年八月二十六日《聯合報》副刊

青蛙案件物語

吾去澆花
發現躲在花葉深處
一隻綠色青蛙

這五樓之高
是怎樣爬上來的
青蛙？

放著樓下清淺長草的水溝
不住？
跑上五樓陽台
做什麼？
也許有個池塘
躲在吾家
什麼地方？
或者吾們家裡
有隻青蛙？
記得好像偶爾聽到幾聲
蛙鳴？
不對
吾想那是在夢中

到底這隻青蛙
是怎樣
爬上來的呢？
難道青蛙會飛？
這麼說人也該
會飛了？
是誰送來的一隻青蛙？
不會
是
人吧？
也許吾們家是眞的
還躲著
青蛙？

後記：

那個人下定決心不去找那隻躲著的青蛙。去看書。別管牠。……唉！不要去想牠！喝酒！喝酒！喝酒可以忘憂。喝酒！……哈！兩瓶了。……怎麼青蛙在酒瓶上？……說不去想牠。喝呀！想李白斗酒詩百篇，長安市上捉青蛙！哎！又是青蛙！想酒中八仙想劉伶想竹林七賢，那裡醉，那裡埋，鋤！一鋤鋤出個青蛙來！去！想人生幾何，對酒當歌，想慨當以慷、憂思難蛙，何以解憂？唯有青蛙！去他馬的青蛙！出去走走再說……？

他披衣夜行，夜涼如水，四面蟲聲唧唧，獨欠蛙鳴！又是青蛙！絕對不去想他！月明星稀，烏鵲南飛，繞樹三匝，無枝可棲？飛，繼續飛！想江山依舊在，幾度夕陽紅。想俱往矣，數風流人物，還看今朝。想蒼山如海，殘陽如血！想蕭瑟秋風今又是，換了人間？想，怎麼就看見手中酒瓶裡有隻青蛙在跳？想，還是回去睡，睡著了就不想了。他回到家中發現家中地板上全是青蛙，且不住的鳴叫。

可是他並沒有回家，一個農夫發現他手拿酒瓶醉在一個真的有青蛙的池塘邊。就在往福山的路邊一家農家的附近。那已經是第二天上午。人喝了酒什麼事都做的出，旨哉斯言。包括人喝醉了會飛在內。是為記。又及青蛙田雞北人不知食，因此荒年會多餓死幾個，笨哪，據說肉永遠煮不爛，挺性格，說吃了會叫，那只有小孩才成。

——原載一九九五年四月二十二日《中央日報》副刊

推窗

推窗
鳥聲驟止
一樹當胸而立
要談談嗎？

——一九九九年六月十四．選自爾雅版《管管．世紀詩選》

余光中作品

余光中

福建永春人，1928年生。母鄉與妻鄉均在常州，故亦自命江南人。曾任教於台灣師範大學、政治大學、香港中文大學、高雄中山大學等校。著有詩集《高樓對海》、《五行無阻》、《余光中詩選》等，另有散文集、評論集、翻譯作品等五十餘種。曾獲國家文藝獎、吳三連散文獎、吳魯芹散文獎、霍英東成就獎、新聞局圖書金鼎獎主編獎、聯合報年度十大好書獎等。

荷蘭吊橋

——梵谷百年祭之二

一座鏗鏗的吊橋，纜索轆轆
連接小運河的兩岸，當初
你就是從此地過河
走向一盞昏黃的油燈
去找圍坐著一張小桌子
吃馬鈴薯的那一家農人嗎？
你眞的這麼走過橋去
走向不能愛你的女人
走向深於地獄的礦坑
走向娜莎的驚呼，高敢的冷笑
手裏亮著帶血的剃刀
走向瘋人院深邃的長廊
向回不了頭的另一世界
走向悶熱的拉馬丁廣場
走向寂寞的露天酒座
和更加寂寞的星光，月光
七月來時，走向田野的金黃
向騷動的鴉群，洶湧的麥浪
爲何你舉起的一把
不是畫筆，是手槍？

那一響並沒有驚醒世界
要等一百年才傳來回聲
於是五百萬人都擠過橋去
去擠滿旅館，餐館，美術館
去蠕蠕的隊伍裏探頭爭看
看當初除了你弟弟
沒有人肯跟你

過橋去看一眼的
向日葵
鳶尾花
星光夜
那整個耀眼的新世界

——一九九〇年四月六日．選自洪範版《安石榴》

三生石

當渡船解纜

當渡船解纜
風笛催客
只等你前來相送
在茫茫的渡頭
看我漸漸地離岸
水闊，天長
對我揮手
我會在對岸
苦苦守候
接你的下一班船
在荒荒的渡頭
看你漸漸地靠岸
水盡，天迴
對你招手

就像仲夏的夜裡

就像仲夏的夜裡
並排在枕上，語音轉低
喚你不應，已經睡著
我也睏了，一個翻身
便跟入了夢境
而留在夢外的這世界

分分，秒秒
答答，滴滴
都交給床頭的小鬧鐘

一生也好比一夜
並排在枕上，語音轉低
喚我不應，已經睡著
你也睏了，一個翻身
便跟入了夢境
而留在夢外的這世界
春分，夏至
穀雨，清明
都交給墳頭的大鬧鐘

找到那棵樹

蘇家的子瞻和子由，你說
來世仍然想結成兄弟
讓我們來世仍舊做夫妻
那是有一天凌晨你醒來
惺忪之際喃喃的癡語
說你在昨晚恍惚的夢裡
和我同靠在一棵樹下
前後的事，一翻身都忘了
只記得樹陰密得好深
而我對你說過一句話
「我會等你，」在樹陰下

樹影在窗，鳥聲未起
半昧不明的曙色裡，我說
或許那就是我們的前世了
一過奈何橋就已忘記
至於細節，早就該依稀
此刻的我們，或許正是
那時癡妄相許的來生

你歎了一口氣說
要找到那棵樹就好了
　或許當時
遺落了什麼在樹根

紅燭

三十五年前有一對紅燭
曾經照耀年輕的洞房
——且用這麼古典的名字
　追念廈門街那間斗室
迄今仍然並排地燒著
仍然相互眷顧地照著
照著我們的來路，去路
　燭啊愈燒愈短
　夜啊愈熬愈長
最後的一陣黑風吹過
那一根會先熄呢，曳著白煙？
剩下另一根流著熱淚
獨自去抵抗四周的夜寒
最好是一口氣同時吹熄
讓兩股輕煙綢繆成一股
同時化入夜色的空無
那自然是求之不得，我說
但誰啊又能夠隨心支配
無端的風勢該如何吹？

——一九九一年九月二十二日．選自九歌版《五行無阻》

附錄：

本詩在聯合副刊發表後四日，作家高陽亦在該刊賦詩以和，詩前並有小引，全文如下：「讀（八十年）十二月十日聯副光中兄『三生石』新詩四章，伉儷情深，一至於此，令人歡喜讚嘆。憶昔曼殊上人曾以中土詩體譯作拜倫情詩，因師其意作七絕四首，愧未能如原作之幽窅深遠也。」

水闊天長揮手時，待君相送竟遲遲，

一朝緣征三生石，如影隨形總不離。

夜深語倦同尋夢，夢外光陰任去留；
同穴雙雙天共老，墳頭大樹閱春秋。

依稀夢影事難明，獨記君言「我待卿」，
此即同心前世約，須知眼下是來生。

紅燭同燒卅五年，夜長燭短更纏綿，
可能風急雙雙熄，同化輕煙入九天。

五行無阻

任你，死亡啊，謫我到至荒至遠
到海豹的島上或企鵝的岸邊
到麥田或蔗田或純粹的黑田
到夢與回憶的盡頭，時間以外
　當分針的劍影都放棄了追蹤

任你，死亡啊，貶我到極暗極空
到樹根的隱私蟲蟻的倉庫
　也不能阻攔我
回到正午，回到太陽的光中
或者我竟然就土遁回來
當春耕翻破第一塊凍土
　你不能阻攔我
從犁尖和大地的親吻中躍出
或者我竟然就金遁回來
當鶴嘴啄開第一塊礦石
　你不能阻攔我
從剛毅對頑強的火花中降世
或者我竟然就木遁回來
當鋸齒咬出第一口樹漿
　你不能阻攔我
從齒縫和枝柯的激辯中迸長
或者我竟然就火遁回來

當霹靂掤下第一閃金叉
　你不能阻攔我
從驚雷和迅電的宣誓中胎化
或者我竟然就水遁回來
當高潮激起第一叢碎浪
　你不能阻攔我
從海嘯和石壁的對決中破羊
即使你五路都設下了寨
金木水火土都閉上了關
城上插滿你黑色的戰旗
也阻攔不了我突破旗陣
那便是我披髮飛行的風遁
風裏有一首歌頌我的新生
　頌金德之堅貞
　頌木德之紛繁
　頌水德之溫婉
　頌火德之剛烈
　頌土德之渾然
唱新生的頌歌，風聲正洪
你不能阻我，死亡啊，你豈能阻我
回到光中，回到壯麗的光中

——一九九一年九月二十五日．選自九歌版《五行無阻》

憑我一哭

——豈能為屈原召魂？

為何在末日的前夕啊，偏偏，你堅決
要獨力阻擋崩潰的歲月？
直到你飛揚的衣袖變成
起伏的狂濤，你的亂髮
變成逆流驚嘯的水草
終於你發現自己頑抗的
用絕望的手勢妄想抵擋的

不是歲月，是整條江河
你頂撞高潮，推得太猛了
把整條汨羅的來勢洶洶
竟舉過你高傲的額頂
舉過你孤高不屈的額頂
在憂憤縱橫的額紋上
裏一條水殤的白頭巾
把一個淒漓的情意結
年去年來結成了五月

不甘的英靈啊，今年的五月
該去怎樣的逆流滔滔
怎樣呼嘯的漩渦裏尋找
尋找你呢？當三峽危傾
洞庭萎縮，長江混沌
不潔的澤國何處可容身？

當一隻冰涼的糭子
把端午的喉頭哽住
就憑我，以宋玉之哭
眞能夠蓋過舉國之笑
爲你的離騷一路召魂？

——一九九三年六月十六日·選自九歌版《五行無阻》

母難日三題

今生今世

今生今世
我最忘情的哭聲有兩次
一次，在我生命的開始
一次，在你生命的告終
第一次，我不會記得，是聽你說的
第二次，你不會曉得，我說也沒用

但兩次哭聲的中間啊
有無窮無盡的笑聲
一遍一遍又一遍
迴盪了整整三十年
你都曉得，我都記得

矛盾世界

快樂的世界啊
當初我們見面
你迎我以微笑
而我答你以大哭
驚天，動地

悲哀的世界啊
最後我們分手
我送你以大哭
而你答我以無言
關天，閉地

矛盾的世界啊
不論初見或永別
我總是對你大哭
哭世界始於你一笑
而幸福終於你閉目

天國地府

每年到母難日
總握著電話筒
很想撥一個電話
給久別的母親
只爲了再聽一次
一次也好
催眠的磁性母音

但是她住的地方
不知是什麼號碼
何況她已經睡了
不能接我的電話
「這裡是長途台
究竟你要
接哪一個國家？」
我該怎麼回答呢
天國，是什麼字頭
地府，有多少區號
那不耐的接線生
卡撻把線路切斷
留給我手裡一截
算是電線呢還是
若斷若連的臍帶

就算眞的接通了
又能夠說些什麼
「這世界從你走後
變得已不能指認
唯一不變的只有
對你永久的感恩」

——一九九五年十一月五日・選自九歌版《高樓對海》

浪子回頭

鼓浪嶼鼓浪而去的浪子
清明節終於有岸可回頭
掉頭一去是風吹黑髮
回首再來已雪滿白頭
一百六十浬這海峽，爲何
渡了近半個世紀才到家？
當年過海是三人同渡

今日著陸是一人獨飛
哀哀父母，生我劬勞
一穴雙墓，早已安息在台島
只剩我，一把懷古的黑傘
撐著清明寒雨的霏霏
不能去墳頭上香祭告
說，一道海峽像一刀海峽
四十六年成一割，而波分兩岸
旗飄二色，字有繁簡
書有橫直，各有各的氣節
不變的仍是廿四個節氣
布穀鳥啼，兩岸是一樣的咕咕
木棉花開，兩岸是一樣的豔豔
一切仍依照神農的曆書
無論在海島或大陸，春雨綿綿
在杜牧以後或杜牧以前
一樣都沾濕錢紙與香灰

浪子已老了，唯山河不變
滄海不枯，五老的花崗石不爛
母校的鐘聲悠悠不斷，隔著
一排相思樹淡淡的雨霧
從四〇年代的盡頭傳來
恍惚在喚我，逃學的舊生
騎著當日年少的跑車
去白牆紅瓦的囊螢樓上課

一陣掌聲劈拍，把我在前排
從鐘聲的催眠術裡驚醒
主席的介紹詞剛結束
幾百雙年輕的美目，我的聽眾
也是我隔代的學妹和學弟
都炯炯向我聚焦，只等
遲歸的校友，新到的貴賓
上台講他的學術報告

後記：

清明時節回到廈門，參加母校廈門大學七十四週年校慶，並在中、外文系各演講一場（當地謂之「學術報告」）。四十六年前隨雙親乘船離開廈門，從此便告別了大陸。他們雙墓同穴，已葬在碧潭永春祠堂。廈大也在海邊，鼓浪嶼屏於西岸，五老峰聳於北天。囊螢樓，多令人懷古的名字，是我負笈當日外文系的舊館。李師慶雲早已作古，所幸當日的老校長汪德耀教授仍然健在，且在校慶典禮上重逢，忘情互擁。

——一九九五年四月十五日．選自九歌版《高樓對海》

夜讀曹操

夜讀曹操，竟起了烈士的幻覺
震盪腔膛的節奏忐忑
依然是暮年這片壯心
依然是滿峽風浪
前仆後繼，輪番搖撼這孤島
依然是長堤的堅決，一臂
把燈塔的無畏，一拳
伸向那一片恫嚇，恫黑
寒流之夜，風聲轉緊
她憐我深更危坐的側影
問我要喝點什麼，要酒呢要茶
我想要茶，這滿肚鬱積
正須要一壺熱茶來消化
又想要酒，這滿懷憂傷
豈能缺一杯烈酒來澆淋
苦茶令人清醒，當此長夜
老酒令人沉酣，對此亂局
但我怎能飲酒又飲茶
又要醉中之樂，又要醒中之機
正沈吟不決，她一笑說

「那就，讓你讀你的詩去吧」
也不顧海闊，樓高
竟留我一人夜讀曹操
獨飲這非茶非酒，亦茶亦酒
獨飲混茫之漢魏
獨飲這至醒之中之至醉

——一九九六年一月二十三日．選自九歌版《高樓對海》

七十自喻

再長的江河終必要入海
河口那片三角洲
還要奔波多久才抵達？
只知道早就出了峽
回望一道道橫斷山脈
關之不斷，阻之不絕
到此平緩已經是下游
多少支流一路來投奔
沙泥與歲月都已沉澱
寧靜的深夜，你聽
河口隱隱傳來海嘯
而河源雪水初融
正滴成清細的涓涓
再長的江河終必要入海
河水不回頭，而河長在

——一九九八年二月四日．選自九歌版《高樓對海》

絕色

美麗而善變的巫孃，那月亮
翻譯是她的特長
卻把世界譯走了樣
把太陽的鎔金譯成了流銀
把烈火譯成了冰

而且帶點薄荷的風味
凡嚐過的人都說
譯文是全不可靠
但比起原文來呢
卻更加神祕，更加美

雪是另一位唯美的譯者
存心把世界譯錯
或者譯對，詩人說
只因原文本來就多誤
所以每當雪姑
乘著六瓣的降落傘
在風裡飛旋地降臨
這世界一夜之間
比革命更徹底
竟變得如此白淨

若逢新雪初霽，滿月當空
下面平鋪著皓影
上面流轉著亮銀
而你帶笑地向我步來
月色與雪色之間
你是第三種絕色
不知月色加反光的雪色
該如何將你的本色
——已經夠出色的了
合譯成更絕的豔色？

——一九九八年七月三十日·選自九歌版《高樓對海》

再登中山陵

青琉璃瓦覆蓋著花崗石白牆
在高處召我上去
去童年記憶的深處

鄉愁隔海的另端
召我，從巍峨的陵門起步
兩側的雪松對矗成柱
是你的流芳嗎，松濤隱隱
隨風更傳來秋桂的清馨
天梯垂三百九十二級
讓我昂然向崇高踏進
踏著大鍵琴整齊的皓齒
一長排音階，漸宏漸升
深沉的安魂曲，由低而亢
用腳趾，不是用手指，按彈
一步比一步更加超邁
直到氣象全匍匐在下方
世界多壯麗啊，舉我到頂點
一回頭千萬人跟在後面
而我，白髮落拓的海外浪子
歷劫之身重九再登臨
不爲風景，更無心野餐
不爲費仙人有術避難
只爲歸來爲自己叫魂
叫回我驚散的唐魂漢魄
爲早歲的一場惡夢收驚
容我在你的陵前默禱：
「還記得我嗎，遠在戰前
當年來遠足的那個童軍
剪著一頭烏黑的平頂
從前的他，也許你記得
現在的我，只怕已難認
難認半世紀風霜的眼神
一念孺慕耿耿到現今
即使這高階再高九千級
也難阻此心一路向上
只爲了要對你說：
不管路有多崎嶇，多長

不管海有多深，多寬廣
父啊，走失的那孩子
他終於回來看你了」

二千年重九前夕于南京

——原載二〇〇〇年十一月十二日《聯合報》副刊

羅門作品

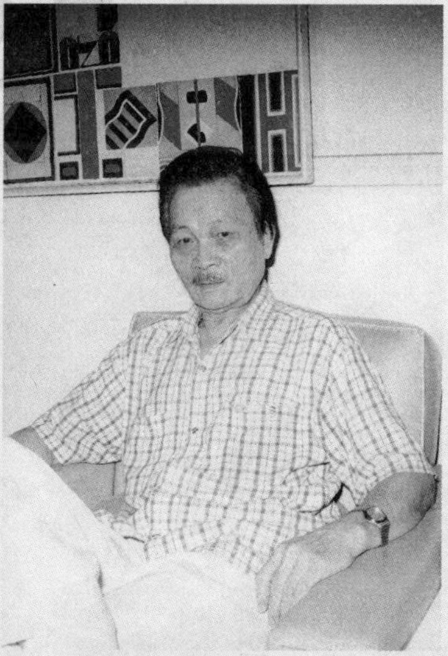

羅　門

本名韓仁存。海南文昌人，1928年生。空軍飛行官校肄業，美國民航中心畢業。曾任藍星詩社社長、國家文藝獎評審委員、世界華文詩人協會會長，名列中文版「大美百科全書」。著有詩集《第九日的底流》、《羅門自選集》、《曠野》、《全人類都在流浪》、《半世紀詩選》等十六種；以及論文集七種、羅門創作大系書十種。曾獲藍星詩獎、菲總統金牌、中國時報推薦詩獎及中山文藝獎等榮譽。

天空與鳥

鳥如果不在翅膀上
天空的上面是什麼
事實上他是天空
　　不是鳥
能一直飛的是天空
　　不是鳥
天空將各式各樣的鳥籠
　　留給早晨的公園
　　將成千成萬的鳥巢
　　留給傍晚的樹林
他沿著天地線不停的飛
日月是他的雙翅
　　晝夜是他的投影
眾鳥跟著他斷斷續續在飛
誰也不知他能飛多高
　　多遠
　　多久

——原載一九八九年四月《藍星詩刊》第十九號

「世紀末」病在都市裡

先是銅從銅像裡走回五金行
　　夢娜麗莎嘴上畫上鬍子
然後是上帝問自己從那裡來
最後是鞋問路
　　路問方向
方向問進了一盞快熄滅的燈
　　關上門來睡

等天亮
過去的過去的過去　呼呼大睡
未來的未來的未來　呼呼大睡
現在　夾在中間　睡不著
便蹓跑出去
直跟著失眠的都市
一起抽菸喝酒
一起看裸體畫
一起克拉ＯＫ
一起張大眼睛
倒在興奮劑與安眠藥裡
翻來覆去
一條不帶岸的船
漂在起伏的海上

——原載一九九一年十月《藍星詩刊》

九二一號悲愴奏鳴曲

——地球上的災難之一

造物
祢安頓我們在這美麗的島上
祢的仁慈　我們的感恩
平行成歲月的雙軌
在田園　被太陽汗水刻在
額上的艱苦紋路
已被都市文明美成通往地球村
多彩多姿的順暢網路
給進步與繁榮在走
當月亮趕在中秋來大家團圓
造物

究竟爲什麼
在祢來不及預防的震怒裡
山崩地裂
　千萬房屋倒成
　　無家可歸
無數生命埋成沙石
死亡來不及追認死亡
血水淚水雨水
直往陰暗的墳地灌溉
田園躺在廢墟上喘息
都市斷電瞎著眼睛在看
除了呼救聲　是哭聲
除了祈求　是跪拜
呼天不應　神明不明
我們含淚逃出流血的傷口
　堅強的站給生命看
世界各地帶著同情趕來
在死亡最陰冷的黑地上
點亮一線溫暖的火光
讀著人類的關懷與希望

造物
究竟爲什麼
祢一八〇度反轉
將仁慈震破成殘暴
在上帝都不知道祢要震怒的那一剎
世界驚慌的躲在桌下
時間與空間都縮回去
我們在什麼都摸不著的空茫裡
順從祢的凌駕　顫抖在搖擺的生死線上

從劫後餘生回到痛苦裡
我們深悟人不能勝天的軟弱
也無法過問祢的對錯

我們是祢造的
　是祢的作品
如何阻止雕塑家
　從不弄壞自己的雕塑
沿著舊金山唐山經過土耳其到阿里山
祢一路震怒過來
銅像博物館銀行金庫
　墜如山頂的落石
世界空望成和尚的光頭
原子能變得無能
警犬挖土機與救護車
　只求找到最後的一些聲息
聯合國紅十字會也只能替祢
　在事後佈施一些仁慈
造物

在祢用我們的血淚與骨肉
　來燃燒祢的怒火過後
在我們痛苦過後的痛苦過後
我們仍活在祢賜給我們身體與土地的地球上
　仍活在冬去春來　日落日出的時序中
忘不了祢將我們設計在
　大自然的生命結構中
我們走　地相跟
我們飛　天相隨
我們情悠悠　江水說不盡
我們心遙遙　天地望無窮
我們高興來花開鳥鳴
　愁苦來愁雲苦雨
　相思來黃葉落
　孤獨來天邊的孤雲
　渺茫來遙望的天地線
　希望來明天的日出

我們的確是活在祢仁慈的右手與
　　　　　　殘暴的左手中
任由祢擺佈與指使
我們的聽與看都來自祢的耳目
　行與動都離不開祢的手腳
　　生與死都在祢的身體裡
祢一秒鐘震破的世界
我們要連年連月來勞役苦修

造物
若祢是仁慈的父
怎能打翻孩童正玩得開心的拼圖
怎能連頭上一根髮　地上一根草
　　都要被祢的斷層切斷
在承受祢毀滅性的震怒過後
土地與我們都痛苦得夠累了
死亡仍籠罩著去不掉的陰冷

餘震與餘驚仍在鐘錶裡
　　　一滴一答
歲月在夜裡還是睡得不好

造物
求祢施放出祢的大愛
使斷層埋住的一條條引爆線
都在睡夢中安靜成
　床下溫暖的電流
好讓療傷的土地與我們
在死亡走過的冷冽的夜裡
逐漸恢復體溫
去追趕明天的太陽
重新耕種我們青山綠水的田園
　　我們五顏六色的都市
　　我們安定舒適的生活
　　我們用詩用歌來看來聽

來讚美的未來

——原載一九九九年十二月《創世紀》詩雜誌一二一期

人與大自然淚眼相望

——桃芝颱風過台，雨水淚水
一起流（地球上的災難之一）

大自然
在你春日的和風
　夏日的涼風
　吹開的兩扇綠窗裡
綠野一直綠給藍天碧海看
　　田園在陽光裡笑
是誰惹怒你發瘋
　將所有的風都瘋來
　　狂風暴雨
所有的風景都瘋成
　　黑色的死亡
CALL IN不停指罵
　偷吃你禁果的貪官污民
　　那都太遲了
你有反撲發飆的理由
但有沒有想過
仁慈的造物將你與我們造在
　同一個生命結構裡
你發怒將太陽星月擊瞎
　瞎的是我們昏天黑地的眼睛
　　　　也是你的
你震怒決堤的河流洪水
　是我們破裂血流不停的血管
　　　　也是你的
你暴怒爆開的滿天飛石

是我們碎裂滿地的骨塊
　　也是你的
你發瘋拔掉滿山遍野的樹根
　是我們的筋骨與斷腸
　　也是你的
你發狠沖斷行走的路與橋
　是我們的斷腳
　　也是你的
你土石流排山倒海的黑色泥漿
是我們被絞給死亡吞吃的肉醬
　　也是你的
你呼嘯來呼嘯去的豪雨
是我們呼天喊地的嚎哭
　　也是你的
你活活把整個村埋下去
我們在惡夢中哭醒的地球村
　　滿目蒼涼
　　　　　　也是你的
　除了死是傷
除了痛是苦
除了哭是淚
除了淚眼問蒼天
　是宿命與哀求
一切都太遲了
都怪我們忘了大地是我們的母親
大自然也忘了讀造物的「天人合一」

附語：

人類面對災難與死亡的絕境，最要緊的是活下去，此刻拒領諾貝爾獎的大作家沙特喊出「除了生存無他！」這句話，便是第一時間到達上帝與造物主的耳中。

——原載二〇〇一年九月一日《新觀念》雜誌一五五期

神與上帝都不忍心看的悲劇

——九一一恐怖事件，二十一世紀人類的大災難（地球上的災難之三）

造物　你從花的心
打開春天美麗的出口
　為何又讓人用刀在人的心上
　　去開門開窗
　來看流在血淚中的死亡
當恐怖者用恐怖的肉彈
　爆炸在上帝都驚逃的恐怖裡

舉世無雙的商業大樓
　倒塌在瓦礫殘骸中
　　成為廢墟墳地
天空的雙翼斷了
　如何飛起海上的自由神像
紐約的雙腳斷了
　如何走回金碧輝煌的華爾街
世界昏倒在那裡　不能動
天堂在毀滅性的殘暴中
　　垮下來
除了死是亡
驚慌連住恐慌
能看的　是淚眼
能聽的　是哭聲
造物　你本要人活在圓滿中
　也畫下天空圓圓滿滿的樣子

為何又讓最能畫圓滿的兩腳規
　就這樣斷掉
畫不成圓滿的天空
日月星星便迫著流落成
　槍彈炮彈與炸彈
帶著人與土地在死亡的悽光中逃亡
造物　是誰在編排這幕悲劇
　在布希安全的背後
放著賓拉登重重的陰影與暗箭
　在布希槍口的前面
除了逃犯賓拉登
還有穿吐乳裝的嬰兒
除了黑色的彈藥
還有白色的奶粉
除了血淚
還有仁慈

造物　是誰將兩端都尖利的刀
　對頂入人與人的胸口
　　成為血淋淋的肉串
　　成為死亡垂帶的項鍊
連神與上帝都說不上來
直至所有的嘴與槍口
　說來說去　說的不停之後
　　也只能跟著沙特說
　　存在的宿命與無奈

附註：

透過人類高度的智慧與深入的良知，戰爭確是構成人類生存困境中，較重大的一個困境，因為它處在「血」與「偉大·正義」的對視中，它的副產品是殘酷恐怖的死亡。

——原載二〇〇一年十一月一日《新觀念》雜誌一五九期

詩的假期

——巴里島之旅

海與天藍在一起
被天地線分開後
　又藍到藍裡去
浪花與沙灘白在一起
被海岸線分開後
　又白到白裡去
除了白
　是藍
沿著天地線
靜　在遠中看
遠　在靜裡望
除了靜
　是遠
沿著海岸線
一排排浪峰在海上叫
一排排乳峰在岸上應
除了波動
　是起伏
世界自由的來
　自在的去
只留下最純的一條直線在走
　最美的一條曲線在動
除了風和日麗　波光浪影
是人與自然一起在悠遊度假

註釋：

最近同蓉子往巴里島旅遊，有一天整個下午躺在海灘的臥椅上，看海景、看來自各國的遊客；景象確較夏威夷靠近都市的威基基海灘，更自然更美，應是我看過所有海灘最美的一個海灘景點；心中也特別有些感想：人活著，有時確像海浪沖激岩壁那樣的急迫，有時應該也像飄遊的雲那樣舒放。的確，人大半生忙著在辦公室用印章蓋公文與支票，不要忘了也用腳印蓋在世界美麗的風景上。

——原載二〇〇一年一月一日《聯合報》副刊

夏

夏　推著太陽的大石磨
　將天空海洋與原野
　　磨成一個燃燒的火球
　　　在大自然裡
　　　　滾來滾去

除非午後下陣雨
它不會冷靜的停下來

其實　夏雖也是一隻
　到處放火的火鳥
但它收下翅膀
躲在林中飲綠蔭
藏在山中喝冷泉
傍著涼亭柳色荷香
　午寐入綺麗
連自己也夢成大自然冷藏室裡
　　那塊潔美的冰
　　　在涼風與水聲中
飄
流
而
去

——原載二〇〇一年七月二十九日《聯合報》副刊

搖頭丸

搖進那救不出千山萬水的渦漩

對也搖頭
不對也搖頭
抱住整個都市在搖頭
天與地也跟著搖頭
搖掉頭上的皇冠桂冠
搖掉頭頂的十字架
把世界搖到上帝與凱撒都到不了的地方
(那地方波特萊爾好像來過
但當時搖得不那麼厲害)

搖 搖 搖 搖 搖 搖 搖 搖

把地球搖成神鬼都未享用過的搖籃
一個剛生的棄嬰
　夢遊在天使也夢不到的花園裡
　盛開的不是馨香的康乃馨與紅玫瑰
　而是被警犬一路嗅過來的罌粟花❶

註釋：

❶搖頭丸、強力膠、嗎啡、鴉片都是毒品家族的成員。

——原載二〇〇二年六月二十六日《聯合報》副刊

大荒作品

大　荒

（1930～2003）

本名伍鳴皋。安徽無為人。幼讀私塾，親炙中國文學；及長，從軍來台，二十年後轉業中學教員。著有詩集《台北之楓》、《剪取富春半江水》等四種；另著有小說散文各四種，長篇詩劇一種（詩劇《雷峰塔》已改編歌劇）。曾獲八十六年年度詩獎、八十八年中山文藝詩獎等。

威爾莫特們萬歲

如果不是上帝本尊，也是上帝的分座
你們做了非人力所能的工作
複製成羊、豬、乃至靈長類的猴子
造人工程不是掐指可數了嗎

急於向你們訂製一個我
第一目的是，希望打破生死大關
以生兒育女為形式，那種生命之延續
其實只有一點點形而上的安慰
——死就死去百分之五十
攝取我一個細胞直截了當在實驗室中培育
　成人
這個假我就眞的百分之百
服兵役，他可以代我當兵
犯法，他可以幫我頂罪
當生命的債款到期，他替我活
（哈！閻王老爺這下可收回假鈔了。）

威爾莫特們，容許我定出必要的規格：
在他頭部安裝高位元電腦並預置文化光碟
讓他不學而通百科全書，不勞而獲巨富
如果方便，請修飾一下臉孔
譬如俊些，帥些，酷些
但是請告訴我，我和新我屬什麼關係
父子？兄弟？主奴？我的「之二」？
然我最最放心不下的還是——
會不會有朝一日他大鬧天宮？
所以，交貨的時候必須附帶緊箍咒那套密碼

附記：

二月底英國胚胎學家威爾莫特發表他複製羊成功之

後，美國和臺灣相關科研機構相繼宣布，他們分別複製了兩隻現已兩歲的猴子及一隻已歡度六周歲的豬。「美麗新世界」，嘭！出現了。

——一九九七年三月十二日・選自九歌版《剪取富春半江水》

屏風

屏去左右
我依然感覺
被偷窺
被私議
被竊笑
某件陰謀或暗算
似乎一呼就出
說隔就隔　說不隔就不隔
虛掩的空間虛擬著虛假的氣氛
怎不叫人疑神疑鬼？
雲母　屏風　燭影　深
你埋伏下嫦娥幹甚麼！

你做個小小的手勢
一張俏麗的笑靨自屏後閃出
倩兮盼兮，捧著一盤香茗

——一九九九年・選自九歌版《剪取富春半江水》

胖樹

——詠歐洲山毛櫸

酒鬼一見笑眯眯
撞上酒桶了
指頭輕輕一戳就會出酒
老饕冷眼旁觀，連連嗤鼻

你眞醉得可以！我同你打賭
這是豆腐鯊的肚子
顫顫其肉，垂垂其皮
隨便割一塊
烤出來都香飄十里

說他是山，自然太瘦
說他是石，又嫌太肥
說他壯碩不如說他虛胖
一層層細密的腹紋
摺疊整齊，裝訂成冊
就是減肥檔案
紀錄了下跛的速度
若非外套大象皮囊
早就癱成一堆脂肪了
根據身分證明書
山毛櫸屬銅
我派他屬肉
他極不高興
兜頭撒我一把刺莢

——原載一九九九年六月四日《中國時報》人間副刊

撕開戈壁大布

如撐竿跳選手端著長竿狂奔
我們端著一支戈壁大道
直刺天涯
我們必須在天黑以前
趕上地平線

不知究竟在不在跑
一小時兩小時
似乎還在原地

戈壁是塊大布
戈壁大道是鎖住大布的拉鍊
平鋪直敘，寸草不生
沒有東西旁證我們的急馳
我們坐得好累
當我一驚而醒
又強烈地恍惚
飛馳的車子正掣起拉鍊環扣
把戈壁一撕兩半
而地平線仍遠遠在前

——原載二〇〇〇年八月二十四日《中國時報》人間副刊

康橋踏雪

老天磨了一夜米粉
清晨牽著驢子走了
我穿上嶄新的糕模
沿路壓花

——原載《創世紀》一二一期

麥草車

在皖北公路上
堆滿麥稭的三輪車
喘著粗氣
牽曳一隻駝鳥

——原載二〇〇一年十一月八日《聯合報》副刊

商　禽作品

商　禽

本名羅燕、羅馬。四川珙縣人，1930年生。年十五從軍，民國四十九年來台，五十七年退伍。《現代詩》社、《創世紀》詩社同仁，曾參加美國愛荷華國際寫作計畫，返台後曾任雜誌編輯工作，現已退休。著有詩集《夢或者黎明》、《用腳思想》、《商禽·世紀詩選》等。

站牌

這簡直是抓狂！他們怎麼把公車站牌漆成
木瓜色？當我抵達招呼站時我禁不住這樣想。
或許衹有在市郊，衹有圓形站牌才這樣。要
不，車管處裏面有個詩人。

畢竟，開來又開走的都不是你所等候的，
你等待的又老是不來。我衹得把疲憊的身軀倚
著站牌瞑目想像一輛空空的彩虹新車之出現。

不知道爲什麼站牌竟越來越矮並且逐漸消
失而我的身體也跟著不斷下沉，直到背部都快
要觸及地平線時我美麗的女兒才將我扶起，
說：爸，太陽已經下山了。

——二〇〇〇年·選自爾雅版《商禽·世紀詩選》

地球背面的陽光

電話鈴響了
聲音中有地球背面的陽光
而我們坐在它的陰影中
眺望天蠍座心律不整
獵戶座躡腳步過天宇
在地球的背面無人看見
他三明星的腰帶

電話鈴聲中有草原
一隻蚱蜢被吹送十幾哩
一輛出租車驚嚇巷口的一隻
貓正在覓食正撕裂一袋垃圾
在我住的城市中
有一些泛黃的照片被車輪輾過

在地球的背面有電話
散佈寒冷的陽光
愈來愈低的溫度
把一隻冰涼的手放在
肩上好像轉速逐漸減慢的唱盤
停電後數據化的餘音
遲緩而零亂馬賽克影像
在燈芯結花的燭光照映下
閃灼的眼神
懷疑電話鈴是否曾經眞的響過

泉

——紀念覃子豪先生

第一眼看見這個汩汩冒湧的清泉之時我腦子裡出現一支竹杓。他們爲何不擺一個在旁邊？木杓或者瓜瓢也好，人們可以不彎腰而品嘗詩的清冽。我俯身下去。

當我以雙手掬起一捧泉水之時，詩人正以倒懸的身影看著我。我知道他仍然沒有回到故鄉。甚至根本未曾去過台灣。鄉親們給他一副大理石的身子，祇有二十來歲。清冽的泉水早已從指縫溜走。

我挺起身來，詩人也重新站定。二十幾，那是我認識他時我自己的年歲。

我送他去火葬場時他五十一。後來朋友們給他一個銅的頭顱。

我再次俯身下去。人的顏面不斷從泉眼中向上冒，而且一臉比一臉年輕，我急忙把他們捧起一張一張不斷澆在自己的臉上：六十，五十五，五十，四十五，四十，三十五，三十，二十五，二十三，二十二，二十一……。

後記：

年前趁返鄉探親之便，前往覃子豪先生的故鄉廣漢拜謁覃子豪紀念館。紀念館設在廣漢市房湖公園內，一棟木結構傳統式房舍坐落在公園的一角。占地不大，環境幽靜。館前有一荷池，左是覃先生的大理石像。右邊，有幾塊疊起來的山石，石縫中冒湧出清冽的地下泉水，誰見了都會想喝它幾口。

石像可能是根據少年時的照片而雕塑，左手支頤，有點像個「思想者」；但兩眼直視，濃眉微蹙，反而給人以「烈士」的印象。唉。

覃先生逝世距今已超過三十年，本來答應要寫一篇談論覃先生詩作的文字，不料文章未寫完，卻完成了這篇作品，作為紀念，相信比理論性的文字更適合點吧。

——一九九六年十月

雞

星期天，我坐在公園中靜僻的一角一張缺腿的鐵凳上，享用從速食店買來的午餐。啃著啃著，忽然想起我已經好幾十年沒有聽過雞叫了。

我試圖用那些骨骼拼成一隻能夠呼喚太陽的禽鳥。我找不到聲帶。因爲牠們已經無須啼叫。工作就是不斷進食，而牠們生產牠們自己。

在人類製造的日光下
既沒有夢
也沒有黎明

——二〇〇〇年四月・選自爾雅版《商禽・世紀詩選》

平交道

警鈴響起，火車來了。抱在手中的女兒強掙著轉過頭去。轟隆的聲響掩蓋了噹噹的警鈴。紅眼睛不斷擠眨。我女兒的目光就這樣被火車帶走了。她甚至不懂得甚麼叫做遠方。

我的目光也同時被凍結，因爲這個城市忽然被切割，呼吸、空氣、喧鬧、哭號全被切成兩半直到護欄升起。我對這個城市另一半的鄉愁仍在繼續中。

——二〇〇〇年四月．選自爾雅版《商禽．世紀詩選》

他想，故他不在

——贈楚戈

他把詩人身上的冰雪拂開
他把詩人心中的梅花催開
他就是梅花
是冰雪還是溫暖
一株樹被他溫柔的移植於
畫幅中他輕輕呼喚山的姓名
他使山與山相擁相吻
彷彿情人的擁吻　花開放
一朵花遺忘一群葉片　歌唱
無言的歌將花、葉、男人
女人帶到他記憶中去燃燒
焚燬一排牙齒一叢黑髮

焚化一切而後觀想
（他想，故他不在）
而後遺忘
遺忘詩與女人　遺忘自己
遺忘遺忘

——二〇〇〇年四月・選自爾雅版《商禽・世紀詩選》

胸　窗

——洛貞九七年畫展觀後

「貫匈國，其爲人匈有竅。」
——《山海經》〈海外南經〉

有雲朵從他的胸部穿越而過
在白晝與夜晚之邊陲
有夢從她的胸部穿越而過
有歡笑　有哭聲
有雲朵從她的兩乳之間穿越
在哭泣與歡笑的縫隙
有夢從他的三角肌的下方穿越
帶著微笑的，黏有低泣的，且都是沒有主
人的各式
各樣的大夢小夢，從這些純粹的軀體上本
是心
肺與肝臟的方位而今卻是一扇扇不規則的
窗戶中
緩緩地穿越而過。
下一站是藍天。

——二〇〇〇年四月・選自爾雅版《商禽・世紀詩選》

飛行垃圾

風乍起。

先是一張舊報紙，昨天的新聞，今天的歷史，被吹翻，送往馬路的那邊再度被踐踏；而後才是一只塑料袋，淡紅色條紋，近乎透明，騰空而起，擦著台電大樓而上；人們的眼光跟著它昇降搖擺，而後向南，沿新店溪上空飛行，沖散一群鴿子後進入五重溪山區，引起一隻林隼升空偵察，不喜歡袋中人、畜、蟑螂的喧囂嘆怨，急忙避開但仍保持警戒。

垃圾袋繼續往白雞山方向航行，彤雲在西天寫著擘窠大字。

——一九九八年地球日初稿，一九九九年七月九日改訂

・選自爾雅版《商禽・世紀詩選》

張默作品

張　默

本名張德中。安徽無為人，1931年生。童年在家鄉讀私塾。1949年春天來台，參加海軍。1954年，與洛夫、瘂弦共同創辦《創世紀》詩刊。著有詩集《愛詩》、《落葉滿階》、《遠近高低》、《張默世紀詩選》等，詩評集《台灣現代詩概觀》、《夢從樺樹上跌下來》等，詩作曾被譯成多種外國文字。另編有九歌版《中華現代文學大系（壹）詩卷1970～1989》、《新詩三百首》等多種。曾獲國軍新文藝長詩金像獎、新聞局優良著作金鼎獎、中山文藝獎，五四獎文學編輯獎等。

三十三間堂

話說
第一間
堆滿了語言的白雲
第二間
蠹魚懶散地在啃發霉的史記
第三間
隱隱約約，撞見杜工部的嘆息聲
第四間
老祖父在打噴嚏
第五間
第六間
第七間
它們面面相覷，橫七豎八的
依偎在一起，你猜
怎麼著，實則它們什麼也沒做
第八間
有花香緩緩走過
第九間
一蓬頭垢面的浪人在發無名的脾氣
第十間
米芾、黃庭堅、張瑞圖，相互悠悠地筆舞
第十一間
我的童年荒蕪了
我的書齋不見了
我的田園失蹤了
第十二間
第十三間
第十四間
第十五間
第十六間
你問它，幹啥

它們統統統統「莫宰羊」
第十七間
眾海濤一湧而上
第十八間
撫孤零零的巨松而盤桓
第十九間
陶老頭，一個人不言不語，喝悶酒
第二十間
一排彈珠箭簇一般地飛過來飛過來
第二十一間，第二十二間，第二十三間，
第二十四間，第二十五間，第二十六
間，第二十七間，第二十八間，第二十
九間，第三十間，第三十一間，第三十
二間
（黃河，長江，青海，八達嶺，塔克拉馬
干，大雁塔，岳陽樓，
滄浪亭，杜甫草堂，樂山大佛……
它們全然東倒西歪黏在一塊，說長道短，
但
是都不敢問
今年是何年，今夕是何夕？）
民國，二十年代，五十年代，八十年代
還有一些糾纏不清的聊齋
它們，俱黯然神傷
永遠，不會再回頭了
話說
第三十三間
直挺挺地站在那裡，一動也不動
像一尊怒目蹙眉的巨獅
對著煙塵滾滾川流不息的
現代
突然放聲大哭

後記：

拙詩〈三十三間堂〉，係作者某一時刻所感受到的十分獨立奇拔的風景，它與坐落在日本京都國立博物館斜對面的「三十三間堂」，毫無關涉也。

——一九八九年十一月·選自爾雅版《張默·世紀詩選》

削荸薺十行

一粒粒渾圓而充滿泥土味

起初，它有點羞澀
以褐色的外衣
把自己裹得緊緊的
當我恣意地
在它小小的胴體上
很細緻地剖開第一刀
我看見一對白色的眸子
從靜幽幽的傷口孵出
人類，是你在喊我嗎

——一九九六年三月八日·選自爾雅版《張默·世紀詩選》

華山兩帖

擦耳崖

在那一條
長長窄窄的懸崖上
是人的耳朵，在動
還是山的眉毛，在動
祇見，那不停顫抖的鐵索
對著人群悄悄發出豪語

請勿回頭

小心俺一使詐
會把你們，一顆顆
像落日一樣，踹下去

下棋亭

兩位老者
一高一矮
聚精會神地
盤坐在下棋亭正中，遙遙相對
不時，以車馬炮
重重錘擊西北角的青空
嗯！好險，隱形列隊在兩旁觀戰的山神們
一直不吭一聲
而我卻按捺不住
想去大膽攪局
突然驚見白髮蕭蕭的趙老頭
開懷大笑，把將士相摔落一地
（據傳，宋朝首代君主趙匡胤與陳摶，曾在此亭對弈。）

——原載二〇〇〇年九月二十二日《台灣新聞報》副刊

再見，玉門關

鳥屍絕跡，四野蒼莽無聲
咱們衝著王之渙的一句詩，迢迢千里而來
莫非就是親睹這座方圓不過數十丈的灰土堆
我無法描述乍見時一剎那的驚悸
它在夢中樸拙的容貌是怎樣
它高大的身軀是如何浮雕起來的
它曾經吞噬多少噸泥土蘆葦和工匠們的汗水
它寬闊的拱門，爲何扭曲成一不等邊三角形
它，眞能解構塞外胡笳狂猛悲切的呼號

此刻，我輕輕的推它，捏它，搖它
在它的四周漫步，丈量，撿拾一塊塊漢石
秦瓦
而又難以放縱古昔的惆悵
穿越空空盪盪的大門，緩步入內
驀然瞧見千年前
一隊金盔銀甲的兵士，正在霍霍磨刀
眉宇間，難掩各自的獨孤與無奈
那些等待家書七零八落的歲月
究竟是怎樣一分一秒挨過的

我，徘徊復徘徊，不忍驟然離去
連連自側門的洞口，向外張望
而鋪天蓋地的沙暴，恰似川劇變臉般傳來
同行老麥急急以相機焚燒牆角酣睡已久的
積薪
我不得不飛快竄出，深深吁一口氣
再見！玉，門，關

——原載二〇〇〇年八月十日《聯合報》副刊

紅樓獨語

坐在紅樓的高台上
極目四顧
我看見，百年前
姍姍走來，一長列歷史婆娑的樹影
雲，仍是藍的
而數千尺外，淡水河上的霞光
被眉批得更嫵媚了

半個世紀前，我來過
曾是清水祖師廟的常客
它的一瓦一匾，都刻有我年輕瘦削的屐印

我住的右側廂房，不見了
對面的特務長室，變成供應香客的茶水站
我到那裡去找一群老戰友南腔北調的爭吵
幸好，牆角一把點四五手槍噘著嘴，嘟噥著
指導員：怎麼這樣久，你才回來看我啦

今天，大家都老了，朽了
連夕照、香火、攤販……都在唉聲歎氣
捷運站把四周的街景，井然細細的切割
如一面密不透風的蜘蛛網
冷不防，我打了一個寒顫
急急拎起背包，揮別紅樓
向內湖，彎彎的回家小路，挺進

附記：

一九五二年春天，我在海軍陸戰隊警衛營任少尉連指導員，曾駐紮淡水清水祖師廟一年多，這裡的人情風物，難以忘懷。時隔四十八載，去年十一月十八日黃昏，我與老友碧果相偕尋訪，廟宇仍在，人事已非，思之惘然，故有此作。

——原載二〇〇一年四月一日《聯合報》副刊

鞦韆十行

在感覺的風中
大地不斷地傾斜
汝以柔弱的手臂，輕輕把世界揪住
青天在耳膜中，晃盪
河流在腳底下，喘息

愈是緩慢，彷彿重量離咱們愈近
愈是神速，依稀光陰總站在前頭
一會兒山，一會兒水
其實並沒有兩樣

不管被拋得多遠，終點也就是起點

——一九九四年九月四日．選自爾雅版《張默．世紀詩選》

搖頭擺尾，七層塔

在塔的頂端
伸手抓住幾塊懶洋洋的白雲
把它擰乾
天空，就不會那樣的蕭蕭了

接著，隱隱約約的鳥聲
以密不透風的籠子
偷偷運到第六層
牠們音樂的步姿，將和塔緣的風鈴交響

再向下，是第五層
有一赤身露體的托缽僧
閉目靜坐一隅，啊！喃喃的天籟

嘩然，一群從塞外飛來的寒鴉
精神抖擻，並排立在四層的迴旋梯上
一蹦一跳，一跳一蹦
紛紛下墜到
三層
二層，以及
人聲鼎沸的
第一層

俄頃整座七層塔，經不住一陣驟來的風雨
搖搖晃晃，揹著地平線
愴然與黑暗一塊
掉頭而去

——一九九五年八月．選自爾雅版《張默．世紀詩選》

碧果作品

碧　果

本名姜海州。河北永清人，1932年生。曾任創世紀詩雜誌編委、副社長、社長，現為社務委員。

著有詩集《碧果人生》、《一個心跳的年後》、《碧果自選集》、《愛的語碼》、《說戲》等。曾獲中國文藝協會獎章。

花魂記

在水仙的綻裂聲中
如一隻翠鳥切入你的懷抱
城市在燈下的窗外
橙黃的窗內你我把酒在蟹蘭粉白的嬌嫩裏

花貌是吹彈得破的
冰琢玉雕的如你之容
燃出火燄的是你的雙頰
而處於蟹蘭與水仙之間
你和我本該繡繪一個繽紛的夜晚
許是倚著淡雅的花香
一股汩汩的水流自我的眸中溢向你
也自你的眸中溢向我
夢和你我均自囿在花中。之後
我悄然走出自己
面對花中的你
在舌狀花萼之前醉成一隻噙淚的粉蝶
恆翔的
跪拜在
燈下

——一九九三年一月二十九日・選自文史哲版《愛的語碼》

夢蠶記

嬉戲的星子與樹隙間的燈影私語著
是花魂的指引
是天尊先生冰雪靈思
以精緻的匠心巧手
雕你成羊脂的玉體
蜷臥　爲蠶

又是雪花揚起時
策步甲子的行腳
序自己爲愛的偈語
我醒在醒中
以心瓣爲葉，許身
迎你
直至萎落化塵。

——一九九四年十一月十六日午後・選自文史哲版《愛的語碼》

人形樹

他　淺笑不語
卻惹人屏息注目
因　他伸手向天，若　　樹
四向舒展的枝葉，覓偶爲　鹽。
顱爲花果，足爲根鬚
其枝葉置位於手，於髮、耳
而爲封閉的身軀，鑿啓生滿嫩芽的
門窗，乃
其　眼與鼻

舞台乃大廳的造設
靜謐的佇立其中
他　依然淺笑不語
俄而，日暮
始見自己溶入壁間的山和水
神祇般碇落在一滴奪眶而下的淚珠裡
悲傷欲絕的
擁詩
入夢。
出
夢。

——二〇〇一年・選自文史哲版《說戲》

魚的誕生

不管偶然或必然
獨釣寒江雪的那人
想在身後留下點什麼
因　雪覆蓋了一切
終究他把身體在雪裏溶入

昂首
即是　春
夜半推窗
獨釣南牆一樹梨花的
白。
他自認已佔有了自己的獨釣
在荷香四溢的日午的肉體中
下墜著雙乳與臀股的秋天來了
而他的衣角卻被高空斜飛的
一聲
雁唳
掀起。

——什麼？

我啊　我正在四季之外
走出心中那道無形之門
獨釣

一尾生羽長鱗的
自己。

——二〇〇一年．選自文史哲版《說戲》

對鳥說

我以我之語言言語
汝以汝之言語
當下
忽略
如何歸類
之
魚言
蝶語。應是
我乃我的我或你　或誰
你乃你的你或他　或誰
魚言
蝶語
之
如何歸類
哦　吾乃
七椏八椏的
披髮
疾走的
椿樹
一株。而
風過後
掌聲自河之左右
樓之前後　響起

——二〇〇一年．選自文史哲版《說戲》

空著的一支瓶子

一支

瓶子在那裡空著
　我在那裡空著
風過時，瓶子口，發生鳴聲
發出鳴聲，是我張口，在風裡
鳴聲
在空裡
糾纏。
糾纏
在空裡的
是
鳴聲。
風糾纏在空裡的鳴聲中
鳴聲在糾纏的風裡鳴著

　之后
一支瓶子在那裡空著
之后
從此到彼　無風
無鳴聲　無
糾
和纏
之后
道成。
佛生。
之后
啥也沒有。之后
我…………………………
……。也許…………

……。………
唔
一支瓶子。依是
空著。
空著
迎風
而立的
空在那裡

——原載二〇〇二年九月《台灣日報》副刊

辛鬱作品

辛　鬱

本名宓世森。浙江慈谿人，1933年生。十六歲從軍，曾參與多次戰役，八二三金門砲戰受傷，不久後退役。在軍中自習寫作，以詩為主，旁及小說、散文、劇本等。長期服務於《科學月刊》，為推廣科學努力。著有詩集《豹》、《因海之死》、《在那張冷臉背後》、《辛鬱．世紀詩選》等。曾獲中山文藝獎。

訪嚴子陵釣台有歌

我獨坐釣台
擺姿勢　讓各式鏡頭
自八方幽冥四面淨土
攝捕我　忽而捶胸忽而頓足
忽而悲忽而喜
忽而怒忽而怨
忽而哭忽而笑　忽而
走出了肉身的我的原形
來同子陵先生對弈一局世道的凄迷
對飲一罇人間的寒慄
匡復無期
我的一隻眼睛忽忽飛閃
躲過了五光十色
卻躲不過迎面而來的
妖嬈的花麗
吳儂軟語中我又一次跌倒
在宮牆之外
市井唱起官衙的炎涼
我若有所聞卻無力挽弓
射落那小小一片陰翳
啊子陵先生
且讓我隨你涉水而去
潛入蒼茫
且讓我們脫盡濁世的
衣裳
裸裎相對
去尋江流的源頭
在粼粼聲中
試唱一曲

大風起兮雲飛揚

可是我　子陵先生
我怎能追及
在時間甬道　我怎能
牽住你飄飛的長髯
將一滴蘊蓄了千年的淚
血色的淚呀　輕輕地
輕輕地　輕輕滴落
子陵先生　此刻我欲借月光
洗清我一張
多血筋的臉

而今夕風緊雨急
船桅颼颼如萬箭齊發
這帶怒的箭
會是歷史的步聲嗎

啊子陵先生
我獨坐釣台撫碑而歌
一聲聲一句句
切割波浪的起伏
分合之際
猶有山水的阻絕

附記：

嚴子陵釣台位於浙江富春江畔，景色秀麗。釣台有碑，記嚴子陵事跡。嚴先生為東漢時我鄉（浙江慈谿）先賢，原名光，因其一生多次拒絕王莽邀請為官，復於劉秀建立東漢王朝後避官隱居，而得到北宋名臣范仲淹敬仰，為之建祠立碑，築子陵釣台，頌為「雲山蒼蒼，江水泱泱，先生之風，山高水長」。今年十月，凡夫俗子的我，二訪嚴子陵釣台，感於身處時代之變幻，不勝愴然，乃有此作。

——一九九五年五月・選自爾雅版《在那張冷臉背後》

布告牌

純粹爲了觀望　爲了
觀望中的滿足或不滿足
爲了觀望後的有所思
或無所思　我昂首引頸
成三十度斜角
且已成慣性　已成
一項人生的負擔
可是　那天大的布告牌上
給我的　總是那個黑色的
空白

——一九九五年五月・選自爾雅版《在那張冷臉背後》

無　題

時間
被囚在沙漏內
呼痛　其聲如落髮一般
輕
漂白了的
沙漏心事
在小小空間　擴散
但不被感覺

——一九九五年五月・選自爾雅版《在那張冷臉背後》

銅像四寫

1

他已把最美的身段留下
就不必再說什麼
推倒也罷
熔了更好
他最最在乎的
是那群鴿子　從此
失去一個咕咕的所在

2

比起台北市銅山街更冷清
他站在這都城邊緣
清冷中彷彿聽見
某種心跳的聲音
（誰會來看望我呢？）
一低頭　他看見
還是那隻流浪狗

3

被搬移以後的他
看起來清朗許多
也許是背後那排整齊的綠樹
讓他想起昔日在點兵台上
那番光景
偶爾　有童聲唸出他的名字
脆脆亮亮的　他喜歡

4

還會有誰在那兒議論呢
聽起來聲音有些混濁

在一座儲物庫裡
寄生蟹似的
他被裹以塵灰與蛛絲
心想 爲什麼還被從遺忘中
吵醒

——二〇〇〇年五月・選自爾雅版《辛鬱・世紀詩選》

心事二寫

之一

要說你沒有心事
誰相信
樹梢一隻蜘蛛正織網
你的心事已經被纏入
問題是 它是豎的一絲
還是橫的一絲呢

誰說你沒有感情
你看 蛛網上一滴朝露
正在墜地
你的心事直直落

之二

加減乘除了好一陣
也出不來一個數
他的那台腦內計算機
生了病
而心事卻不歸零

烽火連天十二年
佔了青春多少頁
還有遠戍海疆的七載
傷情咯血的三個秋天
十只手指怎能算得清
而今天他走在滿街旗海裡
還拿捏不定
要被那一種顏色染身
只一算再算
「瑞伯」走後的菜錢
他十分清楚
提款機的臉色不好看
其實算不算都那麼回事
日子總得過下去；他這麼想

——二〇〇〇年五月．選自爾雅版《辛鬱．世紀詩選》

一顆子彈的制式歷程

天色陰沉
一分鐘前下達了將軍令
我是一顆子彈在槍膛內
等待被擊發

百公尺之外
也許更遠一些
一群敵方的兵士匍匐向前
三月春寒　他們發青的
臉龐　似乎在抖動

我火速竄出槍膛
被擊發的感覺難以言述
（我飛我飛

我飛飛飛）
直線的飛姿　肉眼看不清
我的身軀擦響周遭的氣流
頃刻間
我鑽進一個王姓或張姓
敵方兵士的胸口

血崩　命亡
而天色依舊陰沉
春寒瀰漫大地
我是一顆變形的
子彈　在一具冰硬的肉身

——原載二〇〇二年五月三日《自由時報》副刊

林宗源作品

林宗源

筆名幽之，號夢台。台南市人，1935年生，台南市省立二中高中部畢業。曾經營漁業、旅社、食品店、建築等。1958年曾任現代詩社社長，1991年創立蕃薯詩社並擔任社長。並為1987年台灣筆會發起人，且曾任理事。著有《林宗源台語詩精選集》。曾獲吳濁流新詩獎、榮後台灣詩獎。

阮兜的地址（台語詩）

阮兜的地址
日人時代叫做港町一丁目……
民國時代叫做西區安新里……
阮兜的地址

時常換名
阮兜的厝
歸百年猶原安呢
阮兜的人
時常感冒

假使地址是慺予人尋的
假使地址是國家的門牌號
假使地址是地球的岫
假使地址是慺予各族相尋坐的

阮兜的地址
一定有不變的定點
不管啥物時代
一定有阮的腳迹
不管子子孫孫搬去佗位
一定有生澶的根
阮兜的地址

——一九八九年十一月九日・選自眞平企業版《林宗源台語詩選》

結婚證書（台語詩）

假使結婚證書是一張飯票
若安呢愛情已經是隔暝的清飯
無愛情的日子關佇鐵門內
厝只是排列站都市的街路

假使結婚證書是一張性的契約
若安呢性愛已經是一潭的死水
無激動的海泳拍打的高潮
眠床的彈橫只有反彈的慣性

假使結婚證書是一張保險單
若安呢人生已經是一場無味的戲
就是活一百年白煠水的日子
厝也只有瞑目看著進出的日月

啊！愛人啊！愛人！愛死去佗位？
我的心中無結婚證書的影蹟
我的一生無聽著「我愛妳」的話
我悲傷我不曾得著女人的愛
我的生命親像寫佇紙頂退色的字
啊！愛人啊！愛人！愛匿去佗位？

——一九九三年十月二十四日．選自眞平企業版《林宗源台語詩選》

想起咱熟似的時

（台語詩）

佇咱熟似的巷仔口
我按妳枯杒的胸
耕耘妳寂寞的心
順手拗斷一支日日春
栽落我意愛的情

彼當時我看見妳暗淡的面
予春風割破烏焦的唇
開出一蕊紅色的日日春
我輕輕共伊灌溉
栽佇妳光起來的烏仁

盈暗妳予我感覺眞寒
我用眞心掖落去花坩
用眞愛沃落妳的花蕊
竟然鱠當共妳愛做彩色的天
豈講掖落鑽石愛才會生出來

——一九九五年十月一日・選自眞平企業版《林宗源台語詩選》

非馬作品

非　馬

本名馬為義。廣東潮陽人，1936年生。美國威斯康辛大學核工博士，在美國從事能源研究多年。曾任美國伊利諾州詩人協會會長。著有詩集《非馬的詩》、《沒有非結不可的果》、《讓盛宴開始——我喜愛的英文詩》等中英文詩集十四種，以及譯著編著多種。曾獲吳濁流新詩文學獎、《笠》詩翻譯獎、《笠》詩創作獎、美國伊利諾詩人協會詩賽第二名、芝加哥「詩人與贊助者」詩賽第一獎等。

生與死之歌

——給瀕死的索馬利亞小孩

在斷氣之前
他只希望
能最後一次
吹脹
垂在他母親胸前
那兩個乾癟的
氣球
讓它們飛上
五彩繽紛的天空
慶祝他的生日
慶祝他的死日

——一九九二年八月十五日·選自台中文化中心版《微雕世界》

仲夏日之夢

他把她的慵懶
拿在手裡把玩良久
有如抱一隻心愛的貓在膝上
撫摩她柔滑無痕的皮毛

白花花的陽光裡
冷不防冒出一句
「在黑暗裡所有的貓都是灰貓」
露骨而刺眼
就在這當兒
他感到她那隨著他的手
有韻律地伸縮起伏的頸背
突然停頓了下來
看她懶洋洋地伸了個懶腰

瞇著的眼裡溢滿笑意
嘴巴微微張開正準備
打呵欠
卻猛然掉頭用閃電的迅疾
把他灰鼠般
一口銜在嘴裡

附註：

富蘭克林曾在一篇叫〈老情婦寓言〉的文章裡（原稿現存費城羅森巴赫圖書館及基金會），寫信勸一位朋友找一個老情婦。說是，不管年輕年老，「在黑暗中所有的貓都是灰貓。」

——一九九七年七月五日・選自書林版《沒有非結不可的果》

克隆政歌

野心的政客
將大量繁殖自己
好多多為自己
投上神聖的一票

一旦大權在握
當然也必須
六親，不，基因不認
大量屠殺血脈相連
每個細胞都同自己一樣野心勃勃的
自己
以免自己
向自己奪權

——一九九七年三月十日・選自台中文化中心版《微雕世界》

午夜街頭無事

自從那天無意中撞見

行色匆匆的她
同櫥窗裡的石膏模特兒
交換了一個神秘的眼色
他便成了
晃蕩街頭的流浪漢
有家不歸

午夜街頭無事

他不知道
櫥窗裡的模特兒
總在他扭過頭去張望
黑暗街口的時候
迅速變換
那被他看累了的
姿勢

——一九九七年五月六日·選自書林版《沒有非結不可的果》

積木遊戲

就在這片
心的廢墟上
他們曾親手
用堅實多彩的
方塊
搭建起一座
巍峨輝煌的神廟

至于它後來
究竟是被一隻玩厭了的手
輕率無聊地一下推倒
或因其中一個負重的方塊
禁不起風風雨雨的侵蝕
而頹然塌陷

年代久遠
已湮滅不可辨析

——一九九八年九月十六日・選自書林版《沒有非結不可的果》

情色網

赤條條光裸裸
這群後現代女人
沒有琵琶可抱
只好用自己
虛擬金色的頭髮
半遮
虛擬豐滿的
乳房
扭腰擺臀
在密密麻麻的網裡
引誘一尾尾
不眠的
魚

——二〇〇〇年十月九日

李魁賢作品

李魁賢

台北人，1937年生。1964年參加「笠詩社」，曾任台灣筆會會長。自營名流企業有限公司。擔任台灣北社副社長、國家文化藝術基金會董事。著有詩集《枇杷樹》、《赤裸的薔薇》、《水晶的形成》、《祈禱》、《李魁賢詩集》六冊等；評論集《心靈的側影》、《詩的反抗》等。曾獲吳濁流新詩獎、賴和文學獎、巫永福評論獎、行政院文化獎、印度千禧年詩人獎等。

疏濬船

在河口
平靜挖掘著
黃昏時猶未出現的晚霞

沉積在台灣歷史的河床上
愈積愈厚的沉砂
快要形成沖積地了

不同的風雨沖刷下來的
愈積愈厚的沉砂
埋著多少生物的冤魂呢

疏濬會使河流
回到清澈活水的原貌吧

即使做到船形老化解體
在新的體制下仍然要堅持下去

在河口
疏濬船不是風景的一部份
卻泊在風景的焦點

——一九九二年三月十五日

我寫了一首留鳥的詩

我寫了一首留鳥的詩
留鳥活在我獨立的領土裡
我的留鳥沒有人知道
純粹是我的留鳥
沒有人知道我的留鳥何時
悄悄變成別人的留鳥
留鳥本來是不移棲的族類

竟然會移棲到別人的領土
而在別人的領土裡獲得獎賞
我的留鳥還是堅持抵抗的姿勢
別人的留鳥使用我的留鳥的同樣話語
那是屬於鸚鵡的一種
有很鮮艷的女性論述的羽毛
我希望別人的留鳥保持我的留鳥的抵抗精神
若是這樣　我的留鳥
因移棲而佔有別人的領土
會不會成爲殖民主義呢
我的留鳥繼續抵抗著流行的氣候結構
可是別人的留鳥獲得獎賞
發生喧嘩的飛行氣爆
會不會成爲詩的文化霸權呢
我的留鳥放棄語言而瘖啞
如今又被無端閹割
我怎樣才能完成我的書寫程式呢
詩沒有人閱讀的時候我沉默
詩有人閱讀而巧取豪奪的時候我沉默
因爲我寫詩
　本來就是爲了保持我的沉默
　正如我的留鳥一樣

——一九九四年十二月一日

詠花蓮玫瑰石

煉石之一

從正面我看到達摩修禪
又像簑笠翁的背影
又像一隻深秋後的蟬
聲音盈耳所以一片靜寂

潑墨的髫髭連到隱藏的側影
臉頰是比雞血淡一些

從背面我看到天鵝交頸
好像野雁陷入遠飛的夢中
又像初浴後的企鵝

不是形象所以一切自在
通體又是渾圓又是凹曲面
整個宇宙就只是玫瑰色

煉石之一

一塊石頭一直在我心上
像玫瑰色般的雲從東到西
渲染著一則拒絕褪色的故事
故事早已像夢一樣飄忽的時候

已不知道山過去是海的平原
海岸邊有過蠟黃的水薑花

死守著故鄉一樣守著感情的軌跡
亂了序的風箏不知道應該飄舉
還是倒下來在草地上浸潤露珠

這一塊石頭一直在我的心上
只是冷冷的形體但是暖暖的玫瑰色
像一串珠穿過歷史的冊頁不斷延伸……

——一九九六年一月十三日

伊斯坦堡晨思

方尖碑上埃及的象形文字
讀著土耳其嗚咽的天空

耶穌基督躲在教堂牆壁的灰泥背後
也不知聽了幾世紀可蘭經的吟誦了
維吾爾人從中國新疆一路亡命到伊斯坦堡
終於找到一抔土樹立了東土耳其斯坦烈士
　紀念碑
然而有更多的庫德人在血腥的土地上
拚命要掙脫歷史和空間的枷鎖呢
俯臨博斯普魯斯海峽藍得和明瓷一樣的海
　水
我把金黃的晨曦攪進早餐乳白的優酪中。

——一九九六年六月二十日伊斯坦堡

叫同志　太輕鬆了

叫同志　太沉重了
當你必須習慣於集體囈語
承認　魚在天上飛
鳥在水中游
或者　夏天很冷
冬天很暖和

當你必須習慣於把許多單詞顛倒
許多主詞和受詞轉換
許多及物動詞當做不及物動詞使用
許多代名詞視同專有名詞
忘了文法書上的一切規則

當你厭倦了這些世紀末的遊戲

恢復了蘆葦的尊嚴和姿勢
自己鑑照了湖中的朝陽和夕日
反芻了歷史倉惶走過的倒影
呼吸天空中自由流動的風味

當你自然感通個人意識
知道 鳥在天上飛
魚在水中游
或者 夏天很熱
冬天很涼爽
叫同志 太輕鬆了

——一九九六年十一月二十二日

飛蚊症

堅持一甲子的清白
視網膜上突然
出現了飛蚊

不會妨礙視線
只是干擾
我的視覺意識

意識卻困擾了生命的意志
我對女兒說：「實在
不甘願群蚊亂舞的餘生」

女兒卻淡淡地說：
「那沒有什麼呀
我從小就這樣長大的呀」

我質問她從來都沒提起過
女兒竟說：「我以爲

人的眼睛都是這樣的呀」
啊 原來結構性的病變
早就從下一代著手了
無論體質 語言 生活習慣……

——一九九七年三月二十六日

掙扎

準備入鍋的蝦
掙扎是最美麗的
反抗姿勢

在最後一搏中
拚出最大的力量
突破傳統的優雅動作
創造出天地間
最美的一瞬

放棄掙扎的同伴
早已一臉死相
牠們不知道
掙扎是生命的原動力

掙扎到最後力竭
並非徒然
奮力而爲本來就是
最高的美學

——二〇〇〇年七月十日

（以上七首詩均選自文建會版《李魁賢詩集》）

葉維廉作品

葉維廉

廣東中山人，1937年生，台灣大學外文系畢業，美國普林斯頓大學比較文學博士。曾為《創世紀》詩社同仁。著有詩集《賦格》、《愁渡》、《醒之邊緣》、《葉維廉自選集》、《野花的故事》、《花開的聲音》、《松鳥的傳說》、《驚馳》、《三十年詩》、《留不住的航渡》；詩論集《秩序的生長》、《龐德研究》、《比較詩學》、《歷史・傳釋・美學》等。

冰河與（三題）

一、冰河的超越

我們只能以相似的沉默
去抵住
億萬年晶白橫千里的大靜大寂
我們的思維彷彿束手待擒
瞿然被全線鎖住
切斷
無從伸入
那冰雲高飛雪雨橫瀉天地一色的茫茫
我們的呼吸瞿然被屏住
我們要重新調整
呼吸的速度
緩慢、緩慢、再緩慢
至零
去感觸
冰河分釐的推逼
一千條垂天的冰河
一萬里動猶未動隱隱的湧流
橫空一片白，啊不，奪目盲目的一片晶藍
我們從沒有見過如此奇特閃爍的晶藍
我們亢奮而頭空目眩
我們雀躍而情緒糾結
億萬年動猶未動的湧流上
看：千千萬萬
被凝固的呼喊
倒插的刀鋒
互相擠壓著
互相擠壓著
等待
等待

冰床岩再一次的滑動
等待了千年的呼喊
也許就在此刻
與冰河母體分裂
以震耳欲聾的濺響崩墜
加入釋放的流冰
漂入遙遠的永續不斷的循環？
冰河凝固如磐石
動猶未動
我們只能等待
　　　　等待
以零度的呼吸
以寂寂的脈搏
去探測
冰河若虛若實的推逼
去思入
億萬年千萬里冰河的超越

二、冰河灣的甦醒

冰清的空氣
一圈緊接一圈
柔柔的擴張
終於把
睡眠的硬殼
逼破
我們
突然
從萬里煙焚歷史記憶的碎片中
躍爲醒來
一種神異的感覺
刻刻的不尋常
貫穿全身
全身的細胞
像一萬朵花苞

一齊打開
相爭
去吸取
貞清冰潔原始初生早晨的純香
是誰
把億萬年封壓千噚橫蓋百里的冰被
一夜間
拉開、折碎、消融、化滅
讓我們醒來
便擁抱著幸福
擁抱著這全然樸素無瑕的冰河灣？
何其神秘的滌蕩啊
我們以孩子好奇的眼睛
在微綠初發的坡谷間
尋找我們
億萬年來同根相生同脈相動
披羽帶茸的兄弟姐妹

在草木間的騰躍
天藍裡
白雲片片無心出岫
鷹揚以滑行的律動
引領我們
飛越河灣環袖
如眾神默默佇立的冰峰
花苞初開的耳朵
凝定
凝聽
心耳如一地
凝
聽
透明無聲的水藍下
新生魚類的游躍
凝
聽

激蕩我們內耳的大寂
偶爾被灰鯨翻身濺響沖破
海狗海獺
乘著白鳥白雲的冰塊冰山漂行
啊一隻滑下去了
矯健的翻轉
敏捷地又躍上去
啊又滑下去了
乾脆仰臥在徹寒的水上
伴著冰絮寫意地漂流
啊，是什麼氣息
陌生又似曾相識的氣息
從遠古奔來
一萬種不同的發散
柔細的微顫
若有若
無

我們搜索記憶
在記憶中搜索
那被遺忘了億萬年的某種純粹
我們必需除卻
感覺屯積多年錯誤的衣衫
重新學習那湖邊麋鹿的試步
一步一驚一步一喜地
去舔嘗
綠玉冰心的水香
讓我們打開觸覺所有的花瓣
讓我們伸出觸覺所有的手指
迎向
跨踏兩岸劍峰的冰虹
航入冰河灣
潛藏天放天作奧秘的深谷裡

三、冰河的悲歌

當嶺外天天外嶺巍峨不見邊際的恍惚裡
緩緩地飄下細雪
細雪疊著昨日飄下的細雪
疊著前日飄下的細雪
緩緩地
細雪疊著去年飄下的細雪
疊著前年飄下的細雪
雪疊著雪疊著雪疊著永不融解的雪
緩緩地積壓成
冰晶冰層冰箔相連覆蓋九萬餘里
冰層疊壓冰層
冰岩疊壓冰岩
冰床疊壓冰床
在幽閉無光的地面上
巉巖的冰角
以萬噸沉重無形的移動
緩慢地耐心地

千春萬秋
爲人類爲獸類爲禽鳥爲蟲兒爲群樹爲眾草
削磨著肥沃的原野
準備著生氣勃勃萬種風情的誕生
巉巖的冰角
緩慢地耐心地
雕塑斷層雕塑裂峰雕塑摺石雕塑曲洞
準備著風掃雲湧雄渾天籟的升揚
陰陽互推
虛實成律
當凝固的冰河
以最緩慢最緩慢的崩解退卻
千春萬秋
損之又損以至於無爲無爲無不爲
如是
把原野打開
人馬奔馳鷹鳥飛旋草木歙響

冰河以最緩慢最緩慢的退卻
損之又損以至於無爲無爲無不爲
把樸素的冰河灣一一釋放
發散著永久的純香
貞清冰潔
溫暖的暗水破地面衝出
冰河崩離作月形床裂
髮瓣的溪流
淙淙匯合而爲
壯麗的大川大江大河大海
新生的魚類
在流水間
在海草的舞動裡
悠悠自樂地游躍
當冰河以最緩慢最緩慢的崩解退卻
創造四時得節萬物不傷群生不夭的天放

人類卻以最快最快的速度
屯積屯積再屯積
屯積目盲的五色
屯積亂耳的五音
屯積厲口的五味
如煙焚歷史血流不止的記憶
盡是掠奪、扼殺與埋葬
在倫敦在巴黎在紐約在芝加哥
在加爾各答在東京在上海在香港在臺北
一種突然崛起的僵直的生長
巨大的骰子，一骰子一骰子的貪婪與私慾
疊起又疊起疊起入雲端
以一種奇黑的晶光
宣說著某種驕傲
一方一方的灰色的繭架
擠壓又擠壓
膨脹又膨脹

彪形的鑿擊鏟劈
一夜間
如出籠的大蟒四散
侵入
起伏如歌的青山
依風嘯響的草原
宛曲柳暗姿展花明的谷壑
腐蝕盡
所有初生的亮麗貞明活潑潑
插天的煙囪林間
飆風狂起亂煙竄飛
在失色的太陽下
在焦濃的空氣裡
千萬隻白鳥疾墜失跡
幽閉的地層下
蛛網藤蘿的地下水管
轟然爆破

惡臭的排泄物滲著化學廢料
猛猛地
沖入泰晤士河赫遜河恆河長江淡水河
沖入黃海東京灣維多利亞港臺灣海峽
沖入大西洋太平洋印度洋
飼養我們的魚類一一變形、毒發、身亡
飆猛衝刺的拖拉機
和巨齒橫張的電鋸
相爭
把奧秘幽微的雨樹林一一剖腹
四時失節
群生失恃
海洋沸騰
暴風四起
天燒
地裂
山崩

河缺
一骰子一骰子的貪婪與私慾
一箱一箱的人類
黑沉沉的漂流
掩蓋了全部初生貞清冰潔的冰河灣

後記：

一九九九年九月初，我，內子慈美和詩人洛夫共遊阿拉斯加，在新生的冰河灣初次與壯麗的冰河群相遇，面對這近似無為無不為、無言獨化、宇宙偉大的運作，喜悅、震撼、思涉千載而心有戚戚焉，遂有〈冰河興〉的誕生。

——原載一九九八年元月三日《聯合報》副刊

紀元末切片

1

看！容色多煥發，眞是體香四溢，花草清流，沒有比這更眞更美了！

他們看看眼前的兩個純眞的裸體在活潑潑的林木清香溪流中洗濯，再看看自己一身的累贅和頭額四周好像永遠丟不掉的塞壓的重量，就決定與衣衫決絕，兩人牽手步入畫圖中，啊，純眞的裸體！活潑潑的林木！體香的溪流！

畫圖豁然開朗，他們彷彿被繽紛的花朵團團圍住，他們正在沉醉在幸福的春香純香之

際，人物景物一一的擴大再擴大，比生命還要
眞的裸體林木花朵清流，它們的色彩與光澤由
濃潤漸漸變得淺啞，人物景物一一的擴大再擴
大，它們的容色由彩色漸漸變成黑白，而整個
身體由濃淡有致光影互襯得宜漸漸化爲無數微
粒的小黑點，一千個，一萬個，億萬個微粒的
小黑點。

兩個肉身如是顫慄在微粒沙漠無垠的死寂
裡。

2

一個數位生物工程師
依著數位與位元的邏輯
一步一步地
把男體女體的器官析解
謹愼地
一片一片地作業
複製成各種不同的程式
像解體機器那樣
一片一片地
把男體女體的器官
變成檔案
沒想到在這已經沒有知覺的
男體女體檔案化快要完成之際
有兩件器官竟然掙扎和抗拒程式化
陽具與陰戶
爲了生命與情欲
堅持在那裡
堅持著
抗拒著
堅持著
抗拒著

3

她終於把
感情教育的歷史
一封一封的
激情洶湧
血肉欲裂的
情書
投入熊熊的大火中
燒爲灰燼
這樣的
感情教育的歷史
燃燒了不知多少日夜
灰燼
一寸一寸
從十二指腸升高到胃
再從胃進入心臟
轉入食道
封住喉嚨
堵住呼吸系統
就這樣完結了
感情孕生的紀元

——原載二〇〇〇年十二月十二日《聯合報》副刊

困頓的城市

1

聲音，荊棘的聲音
從四面八方箭馳而來
迅速交相推逼、撞擊
網織著一個
濃密濃密

激盪激盪
震耳欲聾的黑夜
沉重的金光箍
一眨眼就
把我完全囚困在
無從呼吸
無從呼喊
不斷縮小的
城市的核心
我的金箍棒
怎樣揮也揮不去
諿諿諿諿的緊箍咒
我努力尋找
尋找
殘存的一線空隙
然後
急急逃入靜寂無人的荒野

2

一條河
靜靜地流著
她彷彿在數說著一段美麗的故事
清澈如簫音的流水
泛溢著茶葉的暗香
韻律的飄送
回應著悠揚的搖櫓
船上船下在高昂的呼喝裡
卸下唐山的新裝名貨
送客接客
一片一片浪湧的興奮
隱約在風中……
啊，飄風的茶香裡
何來這一陣怪味？
才驚覺

一切竟是遙遠遙遠的歷史記憶
微明裡
逆著糞便排泄工廠化學污水的惡臭
有一些不見眉目的單薄的影子
默默地努力地打著太極拳
或跳著有氣舞蹈
或低著頭繞著運動走圈子
中規中矩地
來補充昨日的虧損
好準備作今日的衝刺

——原載二〇〇一年五月六日《聯合報》副刊

隱地作品

隱　地

本名柯青華，浙江永嘉人，1937年生於上海。成長於台北，寫詩之外，也寫散文，為爾雅出版社發行人、中華民國筆會會員。著有詩集《法式裸睡》、《曠野生命》、《詩歌舖》、《七種隱藏》（中英對照）等；小說集《幻想的男子》等；散文集《愛喝咖啡的人》、《漲潮日》等。曾獲2000年年度詩人獎、聯合報2000年最佳書獎。

七種隱藏

裸體隱藏在衣服裡
春天隱藏在圖畫裡
影子隱藏在鏡子裡
白髮隱藏在黑髮裡
滄桑隱藏在皺紋裡
痛苦隱藏在歡樂裡
死亡隱藏在生長裡

——一九九四年六月七日・選自爾雅版《七種隱藏》

法式裸睡

法式裸睡
是　睡覺的一種方法
法式田螺
是一種吃田螺的方法
天下什麼事都講方法
譬如　擺脫丈夫的方法
吃西瓜的方法
以及　做愛的一〇一種方法
　在一千零一夜裡

睡著
是爲了醒來
睡不著呢？

你就做詩
或者打蚊子

打蚊子
是爲了睡著

睡著了
身體是蚊子的幸福天堂！

——二〇〇二年九月．選自爾雅版《七種隱藏》

人體搬運法

用汽車
用火車
用輪船
用飛機
從甲地搬到乙地
乙地搬到丙地丁地……
最後又搬回甲地
搬運人體的運動
人們稱爲旅行

直著搬
橫著搬
躺著搬
趴著搬

搬到野外種玫瑰花的地方
搬到十七層樓開刀中心進行手術
搬到另一個人身上
讓他自己走

坐在輪椅上的
可以推他
揹在背上的
可以上樓
抱在心裡的
可以上床
擁著的

就跳舞吧

——一九九四年八月九日·選自爾雅版《七種隱藏》

穿桃紅襯衫的男子

天空灰暗
男子擔心這一天的情緒
他選穿了一件桃紅色襯衫
渴望爲新的一天帶來好運

一天裡什麼事也未發生
沉悶一如辦公室凝固的空氣
他約會的女子
仍然不肯出來
夜晚很快降臨
就像他的生命

彷彿不曾年輕過
卻已走進了冬季

吃蘋果的時候咬到了自己的嘴唇
他每天的生活已經變得沒有什麼意義
區別在打開電視或者關掉電視
吃蘋果或者不吃蘋果

他睡著的時候
讓音樂醒著

一天裡唯一讓他記得的是
他咬破了自己的嘴唇

——一九九五年一月三日·選自爾雅版《七種隱藏》

吃魚女子

如何耍玩一條鋼管和

如何吃一條魚有
關聯嗎

我看見一個長髮飄飄的古典女子
優雅的吃著一條魚

一條魚的骨骸
仍然整齊的躺在那兒
牠原先鮮美的肉
全進了長髮女子的嘴
成爲美麗的她底一部分

——原載一九九六年三月二日．選自爾雅版《七種隱藏》

旅行

在人生的隊伍中行走
前行者變魔術似的消逝
笑聲仍在林中擴散
就是再也見不到他們面容

一對情侶什麼時候披上了婚紗？
誰家的孩子　在隊伍後面
綿密跟來？
熟悉的面孔
迷失在哪個街口？
陌生的朋友
你是誰？

人生的隊伍繼續挺進
我在黃昏的落日前趕路

——一九九八年六月十六日，選自爾雅版《七種隱藏》

西門町

腐爛　是毀滅神的女兒
他把女兒的性器鑲了花邊
色誘西門町少年

西門町少年　老了
西門町老年　走了
現在是嬰兒們在演荒謬劇

落葉和新芽之間
時間老太太　站在
麥當勞廣場偷笑

——二〇〇〇年六月二十九日・選自爾雅版《七種隱藏》

鬆緊篇

鬆

洗完澡
把自己擺在床上
擺得像一隻鳥
不是欲飛
而是要鳥
睡覺

緊

把骨頭拆解下來排列像
鋼琴上的白色琴鍵
一塊塊清洗乾淨
如裝卸一支步槍
把零件一一併裝回去　我
身體裡的緊能否
痊癒

——二〇〇一年十一月一日・選自爾雅版《七種隱藏》

梅新作品

梅新
（1937～1997）
本名章益新。浙江縉雲人。文化大學新聞系畢業。曾任《台灣時報》副刊編輯、《聯合報》、《民生報》編輯、《聯合文學》企劃主任、《國文天地》雜誌社長等職，並在文化大學新聞系、中文系任教多年；主編《中央日報》副刊十年，兼任副總編輯。著有詩集《再生的樹》、《椅子》、《家鄉的女人》、《履歷表》等。逝世週年則出版《梅新詩選》。曾獲教育部文化局文學類文藝獎、新聞局副刊編輯金鼎獎。

口信

請帶個口信給我母親
說我經過一場哀天慟地的哭泣之後
我經常懸著兩道鼻涕
擦得兩袖全是汗垢的臉
現在已顯得十分清爽光鮮
常露在嘴角的微笑
正是她初嫁到我家的那個樣子
最使她感到高興的
該是
我留言，或是
有人請我簽名留念的時候
我拿筆的姿勢
仍然保持她
握著我的手
要我隨著她手的移動而移動的那個樣子
一點，點得好高
一直，直得好穩
一捺，捺出了格

請告訴她
以後母親的碑
一定要我自己替她寫
替她刻
用她自己教我的那個手勢

請帶個口信給我母親
我回去的時候
請她還是
倚在門口等我
我剛進入村子
就聽見她在叫我
全村子的人

都聽見她在叫我

——原載一九九一年一月十二日《中國時報》人間副刊

家鄉的女人之二

黃昏
家鄉的女人
總不忘
生起一縷縷的炊煙
灰暗的天空
媽媽的炊煙
是爸爸望歸的路
連隔好幾座山
爸爸仍能看見
媽媽的炊煙

——選自一九九二年聯合文學版《家鄉的女人》

家鄉的女人之三

蓬鬆的頭髮
身著古舊的藍衫
終年至多只走至巷子口
等待夫歸
盼望兒回
臉上安詳得世間未曾發生過任何事的
一婦人
是我們家
不時攪動炭火
非為
自己取暖的人

——原載一九九一年六月二十八日《中國時報》人間副刊

履歷表

籍貫：
這一欄空著先別塡
因我一時想不起來
但我確定我是有籍貫的
只是暫時忘了

出生年月日：
那年中國黃曆是閏十月
當兩個十月疊在一起時
也正是我誕生的時候
那年的天氣
母親的話竟成了傳說
她說，剪下的臍帶
立即被凍成了冰塊
落在地上還會擊出點點寒光

學歷：
私塾老師的戒尺下
現今仍壓著我一分證件

經歷：
荷槍持望遠鏡
蹲在一棵百年的榕樹上
爲一個新興豪華的賭場把風
由於寂寞
對空放了一槍
震驚了賭場內的人
我也就因此失了業

這分履歷表
我還沒有貼照片

你要也可以是你的

六〇年代雙城街的黃昏

——原載一九九五年八月十三日《中國時報》人間副刊

景一

黃昏
墻腳下
有個操山東口音的
三輪車夫
看見對街日式屋頂
有隻來回跳動的小鳥
跑去問那戶人家
他們知不知道
他們的屋頂上
有隻小鳥
因爲即將失去飛翔的天空
而心急
而心煩
而走來走去走個不停
那戶人家的人
一句「聽阿莫」
便把門關了

景二

在「黑寡婦」旁邊
在「小寡婦」酒吧間的
電唱機
把「幹你娘」
也攪和到音樂裡來了

使得電唱機的轉盤
發出格格的聲音
店主
告訴身旁的美國大兵
不礙事
那是台灣小調

景三

掉落的電話線
懸在街的正中央
它的弧度
弧度所顯示的
重量
好像裝有一肚子話
接不出去
在空中
微晃著

景四

「地上的兩張紙屑，
也得撿乾淨呀！」
「那是奶奶
和奶奶香菸攤的影子，
不是紙屑。」
「影子
怎麼會這麼破爛，
被踩得髒兮兮的！」
老嫗用腳踢了踢
證實確是影子
不是紙屑
便輕輕「哦」了一聲
牽著孫女回家了

在她身後
飄著
紙屑般的影子
在地上
在塵埃中
發出
沙沙的聲音

景五

大龍峒孔子廟管理員
也住在這條街
現在是他下班的時間
也是孔廟關門的時間
當然
也是黃昏的時間

——原載一九九五年三月《聯合文學》

子彈

檢骨師洗骨的時候，發現父親膝蓋上有顆彈頭。

父親生前的瘸腳，我還以爲是與生俱來的呢。

檢骨師要將彈頭取下，我說不必，父親已經痛過，現在已經不知道痛了。而時間已將父親的骨頭和子彈結合在一起了。就讓它留在父親的身上，當做我們對父親記憶的標誌吧。

檢骨師的年齡和父親相彷，他知道那子彈的年代，是三八步槍的子彈。

——原載一九九四年九月五日《聯合報》副刊

林泠作品

林　泠

本名胡雲裳，廣東開平人，1938年生。台灣大學理學院畢業，美國佛吉尼亞大學有機化學博士，主要致力為藥物合成研究，現寓居美國。著有詩集《林泠詩集》、《在植物與幽靈之間》等，以及科學論著百餘種。作品收入各重要詩選、中學大學語文教材，以及企鵝版《世界女詩人選集》(Penguin Book of Women Poets)，為台灣為唯一入選作者。曾獲中國文藝協會第一屆新詩獎及現代詩獎。

逃亡列車

——致一陌生的旅伴

波蘭一九九〇年

不知何時他上的車
許是，克拉坷西去的荒垌
十三世紀的鹽床，二十世紀的
戮場……他上車時莫不
正適我遙數著窗外的亂塋
像是夷平過的，卻又
蠢動；一如我桀驁的少年底夢——
而他來自安達．路西亞
先人們
曾沿著唐吉柯德的小徑
追尋那七具風車的指引
而我……我的來處
是滄浪以南的水域
屬於野薺餵大的
善於遷徙的人家——善於
追逐和逃亡：我族類的箴言
回歸即是出發。在月台上
我接過他拋來的一塊
黑蕎麥、血腸
和最後的一口伏特加
沒人確知下一站的城鎮
甚至國度；祇是
吆喝的聲音一直變著

在閃金的，邊警制服的銅扣上
我們的面目逐漸縮小，扭曲
而淡去。窗外　春雪恣肆著
紅狐易裘在遠處
老人木，困難地接著骨
殘垣無繫：歷史遂鎖入純白——
他呵著氣
注橢圓的溫熱在窗上
拂拭成晴朗，露出
他強勁的手和臉龐。那是
曾觸過眾多危險的手掌
我想，是斷過鋼鐵
也碎過瓦礫的……而此時

卻驟然地輕柔了，當他
拂拭著窗鏡的右側，水霧裡
我迷濛的眼
和面頰的弧線。那晚
他給我看一張照片
栗髮的女子抱著嬰孩
背著格倫那達海岸的滌白
一張地圖，是折過又折過的
所有的地名都含著奇異的音節
像是另一時空的詮釋
另一個帝國的監製——
列車：緩緩進站
又緩緩開駛。人群匆卒離去
像逃亡的殞石孛出

一個疲倦的星系。每一次
他急切地尋找那圓點，劃去——
從地圖上，當銅扣子吆喝著
新的到達；直到所有的城市
——我們的——都劃上了十字。
那時他開始問我的名字
且一遍遍地重複，以不同的聲音
呼喚我共棲的童年
和老年。那時他拉近我
將手放進我的上衣
並且，尋找我的呼吸——
陌生人：這地圖以外的國度
我多想設籍。而我
一無所有……他說

那就是他想要的。

——二〇〇一年

註釋：

❶一九九〇年前，東歐鐵幕低垂，華沙至維也納間的鐵路，為逃亡者的熱線。故有「逃亡列車」之稱。

❷克拉坷（Krakow）為波蘭南部文化重鎮，西郊有Auschwitz，中古時代盛產鹽礦。一九三〇年後，納粹在此設立歐洲最大之集中營，殘殺猶太後裔逾四百萬人。

❸安達路西亞(Andalusia)，西班牙南部之一區。境內有歷史名城「塞維爾」（Seville），「科多拔」(Kordoba)，及「格倫那達」(Granada)。

❹老人木(Elderberry)亦稱接骨木，遍植歐洲各地，有接骨之效。

20/20之逝

——致一眼科醫生，在手術之前

啊 大夫 你說甚麼
台北的街頭並無
筑色的光暈一如
莫內的巴黎？ 你竟
悍然地斷定
我看到的 觸及的
夢見而寫入詩裡的祇是
生命的異象 歲月的
垂垂——那朦朧
雲一般的障翳
有一串長長的
拼不出的 鬱過地中海蒼藍的
拉丁的名字

你要還給我
20/20的視力：炯鑠
而明晰 絕不妥協的
黑與白的對比 那豈不是
啊 大夫 我昔日的摒棄
窮盡了四分之一世紀的
辛勤；將稜角
在視野中揉圓 讓邊緣
融入軸心 裂隙
淡去；且想像夜路的街燈
將藉其星芒而展翅
爲天使——

有一縷絲縷
曾被我抽去的 你說
（不就是地平線？）
也該歸還給邈遠：
拿去一些
青空和溟海的
繾綣 讓沙鷗吞噬
被巨大的未知
　　　　　　　　　日與月
進行它晨昏的剖切
而空間回復
它冷漠的三度……
你若知道 大夫
我眞正憂心的其實
是另一種盲睛：盲於夜
盲於色
盲於——啊 一個眞盲的可能

——原載一九九八年九月十日《聯合報》副刊

搖籃

她下葬那天，我們就知道
所有的粼光洶湧亦將
入土——那載她伏仰了一世的
她的棺木搖晃著下沉像一條船
一只搖籃，攜著懵懂的生靈來去
卻祇不聞嬰啼。家人
憂忡著，這辭歸的寒微
竟比擬於壇下的紙花
和喧嘩；較之於生
生的豐盈優渥與洵美——

那妝鏡想必已碎了
曾經，如此細心地置放
在她冰冷的錦被之旁
那些顏彩，莫不早已潑灑
家人憂忡著——另一個世界
會有怎樣的光

怎樣的映照使她
依舊描出美麗的臉譜？
而這些，也無非僅是
一列抽象的辯證；我們
不都聽說，那世世傳聞卻未證實的
允諾：美與權力
在另一世界的黝暗裡
將不再是議題

——原載二〇〇一年五月廿三日《聯合報》副刊

網路共和國

伯拉圖會怎麼說
對我們的共和國？
那投票，納稅，蓋章如儀的——
它雄辯的終曲永遠
休止於干戈；或者
對另一處
疑似眞實的領土
它的子民
已陸續地落了籍
在網上無疆的安那其
他會怎麼說，對這
　邊界的消弭
　距離的死亡

浮游在衝浪裡的一闕
擬似空冥的城邦；統馭
於智者和武士——而智者
是武士亦是
子民，知識
是甲冑亦是劍鋩，在一嶄新的
訊息的競技場。那兒
財富及權力
被賦以新的定義
或許，我們將不再穴居
或許依然——
祇是更換了較輕的鎖鏈
在螢蠹與滑鼠共棲的洞底
而那仰望卻是相彿的：恒然

向上——靈魂
和手臂的方向。或許
我們毋需攀緣
那長梯陡峭的全程
向不可企及的正義，美，與眞理
而臆想穴外的雲光自網上
且謙卑地進行
另一種摹擬：不完美的
有涯，一如赫拉克利圖的逝水
將時間釋放——自季節，時鐘
與輪迴。我們
這兒那兒的活著
不時出入幽微的閃爍
他們說：「自然」，或將遜位
霸權讓給流動的社會
人類終將獨處

而端詳著
（啊，如此陌生的）
它人文的面目

歷史方才開始……

註釋：

❶赫拉克利圖（Heraclitus），古希臘哲學家，與伯拉圖先後同時，約550 BC。赫氏認為萬物瞬息迭替，世間無不易的河水，亦無相同的火焰。伯拉圖僅以此詮釋感覺現象；在知性的層次上，「相」（Forms）或「觀念」恒常不變。

❷文藝復興大師拉菲爾（Raphael）在其名作《雅典學派》中，融入了精微的哲學透視。畫中，伯拉圖手持*Timaeus*《宇宙論》，另一手臂指向天宇；而亞理士多德則手持其倫理學名著*Nicomachean Ethics*，指向塵寰。

❸亨尼（Seamus Heaney）詩句：「靈魂是幽微的閃爍」。

——二〇〇一年十月二十九日

史前的事件

愛情絕然是
一樁史前的事件。幾乎
我能肯定它的發生
在燧石取火之前

或是燧木；或是
任何你選擇燃燒的
軀體與魂魄……它們
最終的昇華之前。甚至

我敢說，神農的稼穡
是近乎寫意的臨摹，當祂
細細地犁，深深地耡
將億萬的種子撒入

那黝黑的、亙古的肥沃——
史前的事件：無疑的
發生在地球的燠煖
之前，冰川的

解凍之前；那是
銀河與星爆的邊緣
沙漠和大海濤……沸騰
枯竭、動盪與割裂

寒冷的邊緣。那時
洪荒的方舟未築
熒惑的小月
未度；這樣匆匆地就開始了

一椿來生的事件。

註釋：

熒惑，火星別名。火星之月名Phobos，發現於1877年。據希臘神話記載，Phobos為戰神與愛神之子，司「恐懼」。

——原載二〇〇二年三月八日《聯合報》副刊

烏托邦的變奏

——寫給AZ，在她的孩子成婚的前夕

一：無托邦

曾經，我也年輕；孩子
曾經有一地窖
在環河南路的轉角
那兒你的父親，夜夜

和每個闖進他影子裡的女人
共舞。
　那就是你的——我們的
源頭：長河沉滯迂濘，生命
溯光而行，自一椽
幽闇的小屋。
　　你當記得
那些音符——音符以外的
擊打；遽爾的休止
無憚的昂揚
「平頂頭」的憂傷
沿著小屋穹廬似的圓弧
凝聚。——那地方
他們叫它作「蒙古包」
曾是我們青春遊放的牧場
你的父親：他遞過來
一撮捲好的艾草
教我絲絲地响，款款地燃，緊貼
牆根坐著——別吵，他說
今晚，他不想給我未出世的嬰孩
　一個名字。

註釋：

❶一九五〇年代末期，台北萬華附近有地下室舞廳兼茶室名曰「蒙古包」，我曾與友人多次造訪。「包」內裝飾採塞外帳篷之弧形圓頂，進門後伸手不見五指，僅有天窗濾過幽微的星光，而打擊樂震耳欲聾，引出當時「次文化」的主調。

❷「平頂頭」，即The Platters，為五十年代及六十年代最著名的搖滾樂團之一，原名為「大碟」之意。

二：夫托邦．父托邦

曾經，我也自由；孩子
當我年輕的時候

那字彙的寓意，我亦微微
知曉，從一些詩篇
鷗鳥的聯想
風，驟雨和初霽。
可是我，哎——　　一個女子
能有，啊，能有怎樣的自由？
那與生俱來的原罪
深植在我們的雙股之間
在我們（被愛情
　　汙瀆的）
心房心室的窄渠。
　　　　那必是
魔鬼的指設，我想，或是上帝
要我們變成一株
孕育禁果的樹，永遠地
傳遞伊甸的沁甜和蠱——

因此，在你成親的前夕
我必得提醒你
去重溫記憶裡承受的鞭撻
讓她知道，地心的重力
是來自男人的手掌——並且
給她一面鏡子
讓她，遂行那無望的搏鬥
和自己的肉身成讎。
最要緊的，孩子，是要使她
懷孕——無休止地
複製你的基因
讓她知道：你
纔是生命的授予者
像鵬鳥來自北冥，越過
峭銳的山峰，湍悍的
溪流，而短暫地
棲止於林莽。

你該，啊孩子
讓她知道，那大地即是
她起伏的身軀
在季節的枯榮裡
為等待你的君臨而仰臥

——原載二〇〇二年五月二十一日《聯合報》副刊

（以上六首詩均選自洪範版《在植物與幽靈之間》）

岩　上作品

岩　上

本名嚴振興。台灣嘉義人，1938年生，台中師範、逢甲大學畢業。曾任中小學教師、台灣省兒童文學協會理事長，現任台灣詩人協會理事。1955年接觸現代詩至今寫作不輟。1976年創辦「詩脈社」，曾主編《笠詩刊》八年。著有詩集《激流》、《冬盡》、《台灣瓦》等；評論集《詩的存在》。曾獲吳濁流文學新詩獎、南投縣文學貢獻獎、中興文藝獎章、台灣榮後詩獎等。

芒草

盛夏的溪床，滾熱的風迴轉吹著。豪雨過後的溪水浪濁奔竄，只顧前仆永不回首。溪水撞到溪石發出嘩嘩洄沏的聲響，像流逝的泥沙，積存著難忘的記憶。

●

廣闊的溪谷，分派了幾股的水脈，水與水之間的沙堵上溪石羅列，而芒草萋萋，青翠的枝葉開拔出穗穗成波浪起伏的芒草花。銀白雪亮的花浪，一片披滿了溪谷在溪水的對岸。

●

好美的芒草呀！可惜在對岸。我幫妳去摘過來。不！就讓它留在那裡。不！我要去摘。

好寬闊的溪床，好急湍的溪流。他要橫渡過去，他涉水過去，好長的歲月之河呀！漸漸地他湮沒了軀體，只剩頭顱，頭顱上的髮，髮漸漸白了，和銀雪般的芒草花一樣飄蕩在對岸的風浪中。

——原載一九九二年十二月一日《聯合報》副刊

舞

一節一節把自己的筋骨拆散
重新綰結編練成為一條繩
捽出繩變成蛇，而柔成水
水中的魚，躍出為鷹
飛翔盤旋，旋出飄忽的雲
嘩啦如雨，下凡又蓮花化身回歸成洶濤

舞就變，變肢體成意象語言
舞出自己，變易幻滅

——一九九三年六月七日作．選自派色文化版《岩上八行詩》

更換的年代

水龍頭壞了　換一個
電燈壞了　換一個
電視機壞了　換一個
衣服舊了　換
汽車舊了　換
房子舊了　換
肝臟壞了　換一個
腎臟壞了　換一個
心臟壞了　換一個
妻子舊了　換
丈夫舊了　換
孩子壞了
不能更換
任
其
作
惡

——一九九五年八月．選自春暉版《更換的年代》

孤煙火葬場

冰屍和火焰對決
長長一生風雲的殿宇
數分鐘就解體

一堆白骨由燙至冷
也沒一點閃電的光耀就廢墟

攤在面前的
無需再爭辯
僵持一會兒
連痙攣也沒有
就粉碎
涙水與哭聲沿路已風乾
匍匐爬升和跪拜
還能堅持什麼？
眼睜睜的
一粒粒茫亂的眼球
都拋置在場外，成行成隊散亂晃動
誰也不想再提問
那一股孤煙爲何叫做死亡

葬列一排排
來熱鬧，看雲的散場
去冷清，聽風的獨語
樂隊和誦經團吹唱著
同樣的嘴形
每一句口煙
都同樣僵硬

有人已寫完生命的句點
有人還沒有弄清存在的主題
就戲散
何其短暫的人間劇場
幡旗總是白底黑字地翻飛
再怎樣風光排場
也創作不出現代詩句
而喪服寫些什麼表情都一樣規格
很快就擰乾了涙水

一具一具被樂音吹送的幽魂
都冥頑地從屋頂的煙
冒出一絲絲的孤絕
誰也無心去仰望
一列列進洞的人生列車
末站乃無底的黑
只有悶燒
不見光亮

——一九九九年八月．選自春暉版《更換的年代》

我的詩，黏死在街道的牆壁上

我的詩
黏貼在台中精明一街的牆壁上
展示起來，給文化城觀看
像被拍死的蚊子
一片模糊的屍體

很多男女擦身而過
帶著青春的笑容啣著街邊喝著露天的咖啡
談論後現代零亂的夢境，吸一口果汁加烈
　酒的學問
吐一灘解構的愛情，如一口煙的輕率
金錢和性遊戲的鬆綁，比詩浪漫可感
穿著辣而酷的短衣窄褲，用肚臍眼舔吮今
　晚的夜色
領帶高跟鞋鑽石染髮隱形眼鏡
亮麗精品店琉璃滑倒的大理石走廊
使高價服飾的名牌，晃動一條街

我的詩，純眞如赤子之傻

呆，背立牆壁茫然目視街景的變幻
冰冷的石板有光亮的礦石如玉琢的
滑潤。詩除了語言不知跌倒多少精神的
住屋，誰有耐心尋覓詩意的手指
被釘鑿的字詞
風吹雨打日曬，我的詩
乃生命歷經風霜的絕句
卻脫落如不串聯的鈕扣，誰能讀懂曾經精
　心的針線

悠閒的人群披著膚淺的形影
來來去去，掃街的步伐
輕飄如落葉，堆積
詩句在牆壁脫落，旋起秋風的蕭瑟
街道的人影，沒有人正眼注視
一首詩的存在

沒有人知道詩是什麼
把詩句貼在牆上的荒謬，他們如果
知道，將笑死
好像有詩的一條街，一只空杯
我自己飲我自己的詩，不爽
一個異鄉的陌生人來悼念
我的詩，粘死在街道的牆壁上

假裝和他們一樣，無視我的詩
我是來喝一杯露天咖啡的
慶幸沒有遇到熟人，差一點變成
瘋子，在街上解說詩的……什麼
一條街，堆滿無瞳孔的眼球
匆匆，我逃離

——一九九九年十月·選自春暉版《更換的年代》

張香華作品

張香華

福建龍岩人，1939年生於香港，長於台灣。自1993年起迄今，在警廣廣播電台主持「詩的小語」節目。著作分別在台灣、中國大陸兩地出版約有二十餘本，部分著作譯有英、德、日、韓、南斯拉夫、羅馬尼亞、波蘭等多國文字；朗誦作品則灌製成中、英、日文錄音帶、錄影帶CD及VCD。著有《千般是情》、《愛荷華詩鈔》、《南斯拉夫的觀音》等。曾獲舊金山國際桂冠詩人協會頒贈桂冠詩人獎、中國文藝協會文藝廣播獎、五四文學交流獎、中華文化復興總會獎狀等。

有人讀詩，卻沒有人聽得懂
讀的是什麼詩
也不需要懂
茶，不說話
只靜靜的一旁
飄香

——選自一九九六年圓神版《南斯拉夫的觀音》

茶，不說話

——給南國的音樂家彼德(Petar Vujicin)

想爲你寫一首詩，彼德
手寫的中國書法
用你一屋子的音樂
爲它鑲框，懸在壁上
月光長長的落地窗帘
和音樂的旋律一起流動
壁上的詩句變得更抽象
圖畫裡的畢卡索走出來瞪著它瞧
我們把戰爭的夢魘
緊壓在鬆軟的椅墊背後
讓所有的呻吟和流淚，噤不出聲

從未沾水的火柴

戰爭一直不停火，該怎麼辦？
貝爾格勒的空氣
花香消失後，剩下什麼味道？
庭院裡的井乾了，盛水的
陶壺還有用？
還未觸摸到嚴冬的體溫

心頭早已覆滿冰雪
車過重山
有人指給我看，把山谷割裂的
是水面光滑如刀鋒的急流
修道院裡，壁畫永不褪色的
藍彩，比黃金還昂貴
當年，從神祕的絲路走過來
這些，全是不能解答的謎題

讀詩吧！寫詩吧！
我是一支從未沾水的火柴
輕輕擦亮我
我會點火，我會燃燒

——選自一九九六年圓神版《南斯拉夫的觀音》

別了，貝爾格勒

離開貝爾格勒
三個小時航程
通訊全斷了
貝爾格勒，成了孤島
對外，音斷訊絕

可是
沒有隔絕，不會想念
世界不是每件事
天天都存在美好
汽車排長龍，因爲今晨油價上升
入冬的暖氣，戰時必須限時控制
女孩子，肯赴約和你共進晚餐
因爲，只有你肯付錢

所以
遙不可及，才會思念
蘋果會變酸、變軟、變爛
櫥窗裡，亮麗的時裝
有一天，會被穿舊、穿破
變成一塊抹布
誰還記得，廢鐵皮原來是
身價高又文雅的「積加」
還是多情的「羅密歐」？
斯拉維克旅館前，漫天開價
高挺英俊的惡司機
有一天，會長滿鬍鬚
蝨子，可能長住裡面
誰會想到這些？

可是
建立在二千年前，貝爾格勒的城堡
每個黃昏，都有夕陽爲它掌燈
多瑙河、薩瓦河在市中心
公開纏綿長吻
而每個下午
Duαan在太陽下，曬成透明的冥想家
瀟灑的詩人Sasha，穿件紅毛衣
昂首闊步，從對街的咖啡室走出來
偶一回頭
星塵，就從他兩鬢落下

——選自一九九六年圓神版《南斯拉夫的觀音》

椅子

室內，一張椅子
在過午的陽光下，佇立

等待屬意她的人來落座
時間，被擦拭、打過蠟般
發亮

無法想像這人如何穿著
尋常紡織的卡其布服？
隨風迤邐的曳地羅裙？
法蘭西絨條紋的西褲？
廝磨褪色粗硬的jeans？
沒有預示，毫無先兆

跨大步的分針，追趕邁小步的時針
在日影敧斜中，椅子開始扭動變形
高瘦的椅腿，奇幻的修長
門緊閉、窗半敞的屋子
沒人走過，一切靜默無聲
只見椅子腿不斷加長
快跨出室外去了
椅子，繼續顛倒夢想

一匹黑影，冷不防自窗外躍下
篤的一聲，跳上椅墊
從發出輕微咕嚕的喉音裡
椅子，吃驚的明白過來
她，終於等到了久候的嬌客
一頭貪睡而自在的
貓

——原載一九九八年十月六日《中國時報》人間副刊

和海對話

——記九四高齡的日本舞蹈家

大野一雄❶

爲了孕育一片浩瀚無垠
　蔚藍的海洋
海潮在岩壁下，叫囂了一夜
從黑暗到黎明
室內，紙門拉上
我已熄燈，卻未入睡
倚在枕上，想和海對話
她的語言一直還未誕生
千萬年過去了，還要在母胎裡待多久？
好像沙場上兩軍的叫陣
戰事始終不曾爆發

產婦分娩前的呻吟，家人在產房外的焦灼
耐心等待，長久的等待吧！
等待四時錯亂的星辰
尋找到正確的方位
穿越九十四年舞者風塵的大野
在即興演出中，輕輕豎起一根手指頭
偶然，點亮了滿天美麗的煙火

附註：

❶大野一雄是日本著名的舞蹈家。在東京舉辦的2000年世界詩人節中，主辦單位特別邀請他蒞臨演出。他以九四高齡，仍然活躍在藝壇上，令人震驚。他舞動的肢體傳達出來的語言，更令全場動容。

——原載二〇〇一年《中國時報》人間副刊

途遇

——這些景象，都一一發生過

有人在大馬路上走著
口中唱的歌被澆溼了
風雨正和他擦肩而過

一隻灰藍色的海鳥
自翱翔的空中俯衝而下
誤入地下車道的迷途

斑斕的彩蝶，在
行道樹上，顫顫的拍動雙翼
滿臉無辜而迷茫

一朵朵木棉花絮
絨球般的沿街迤邐
之前，輕輕吹拂過穿梭的車輛

一頁不知記載了什麼的
紙張，飄揚　墜落　飄揚
幻遊在嘈雜繁忙的市區

這條街上
這些景象
都一一發生過

雄偉矗立在大漠上的浮雕
供千年後人們憑弔的
現在已被風沙磨平

——原載二〇〇一年九月《佛祖心》月刊

朵思作品

朵　思

本名周翠卿。台灣嘉義人，1939年生。十六歲開始寫詩，兼及小說、散文，詩作入選各大選集，並被翻成英、日、韓、德各種文字。著有詩集《心痕索驥》、《飛翔咖啡屋》、《從池塘出發》等。

面對一屋子沉默的家具

我和一屋子沉默的家具
耽在屋裡
彼此廝守著
彼此熟悉的氣味
夜睡去
我起床
在充塞孤寂無聊的家具隔開如兩岸垂柳的
　空間
走來走去。
我彎身
拾起一小撮寂寞
寂寞便互撞推擠如滾動彈珠如水流如你
起落的腳步
灰燼般一握便碎的寂寞
如何撿得完？

——一九九〇年．選自創世紀版《心痕索驥》

簫聲

簫聲停駐風中
一支斜斜懸掛壁的洞簫
半夜，聽到所有洞孔都流出
靜穆的欲望
它顫顫向一支歌說：我的傷感
除了炊煙，你一定也知道

——一九九四年．選自創自紀版《心痕索驥》

穿梭夢境

夢裡，女人晃動著裝在軀殼內的內臟，她發覺自己的心被煩惱團團圍繞，正思索拉斷煩惱的對策，卻忽然聽到三聲槍響，女人驚慌奔逃，在四時一刻，她終於逃出夢境。

是誰？攜槍入夢槍響，是走火？空鳴？還是……

女人再度回到夢中，卻遍尋不著那驚險熟悉的場景，她路過橫躺的三棵樹、三個人，再走出夢外，發現床頭櫃正擺著一把玩具手槍，牆上，小紫花壁紙上，出現三個被時間穿越的破洞。

——一九九四年八月三日．選自爾雅版《飛翔咖啡屋》

淚

珍珠項鍊是在公車上失竊的，當時，酒精正在血液流程，精氣凝滯遲緩如旱季河水無法在水速中迅速流動，有人便需索母親的呼吸一般，索去她最後的遺留物。

多年後，他出現，她則愛上在眼睫上垂掛起衍生感傷的水狀淚珠，她發現，生命系統中出現的兩個至愛，所贈竟是如此類似：淚珠衍如珍珠。

消失的世代在夜眠前例行的觀想中不時出現：一名走動在夢裡的女子，常被魔幻大雨圍困；而那分潮濕一抽離睡眠，她豁然看到：那竟是他臉頰上相遇的兩顆淚珠。

——一九九六年五月．選自爾雅版《飛翔咖啡屋》

圖象詩

他是一首單純標準的圖象詩
有形有狀有手有腳有微小的動作
卻發不出聲音，但充滿意義

黎明在他眼睛，黃昏在他額頭
雲在他髮上，雪落在他心中
他的言語鎖在喉嚨

讀它，得通過完整的想像
踱蹀在猜忖的走廊或觸摸它顯現的稜角

童稚而漸趨遠去的童年之后
小孩得試著
慢慢去解讀一首類似圖象詩的
父親

——原載二○○二年三月十八日《中央日報》副刊

你是誰？

一張臉，漂流在午夜如假似幻寬廣的螢幕
一張嘴，霸住夢境的走廊
一雙眼睛，模糊轉折在拐彎的角落

或許
我的精神狀態曾被他手的溫度撫摩
我的肌膚曾被他的聲音穿梭
我的髮曾被他的私語擦拭

而我卻看不清他的臉
長廊盡處那盞燈光暈黃
玄關上斷續留下的水漬
遙遠一如隔世
我清晰看到他在小水溝旁和父親打招呼

我搭乘小火車
經過煙火亮稠的媽祖廟
敲叩的木魚聲一一貫穿我的今生和前世
——我用溫熱的毛巾熱敷他腫脹的手背
——他卻旋開水龍頭般旋開我胸前的鈕扣
我記得
他和父親面對面坐在客廳
而在義大利許願池畔，有個好心女孩告訴
他已經去世多年
我不知是誰
總在深夜兩點呼叫我起床寫詩
雨滴有時走在窗外
頹牆和萎弱的盆栽做著水療
我推開床上散置的書推開夢
推開門般
推開那張臉
而我看到
我們在父親的背影消逝以前
並肩坐在沙發看電視
我們且在母親的目光迴避之後
躺在地板上做愛
只是耳畔一再回響一個清楚的聲音：
我恨妳一輩子
你是誰？
我馳筆寫下一句詩
我問自己：我是精神官能症？
還是夢遊症？

——二〇〇二年

留

留住出走的五官留住衣袖留住
枕上分叉成形的髮絲
留住各地收集的松果留住註明國籍
的磊石留住停頓樓梯的腳步
留住躺在玻璃瓶裡的黃金砂礫
留住你——包括離去或沒有離去的否定詞

——原載二〇〇二年四月二日《台灣日報》副刊

張 健作品

張　健

筆名汶津。浙江嘉善人，1939年生。台灣大學中文研究所畢業。曾任教台灣大學、中山大學、彰化師範大學、台北藝術大學等，並曾擔任香港新亞研究所、武漢中南財經大學、馬來西亞新紀元學院等大學客座教授。2002年自台灣大學退休。現任中國文化大學中文系教授、台灣大學兼任教授。著有詩集《玫瑰歲月》、《永恆的陽光》、《眷安大地》等三十七種；散文集《早晨的夢境》等三十五種；小說《梅城故事》等五種；另有評論、傳記、影評等著作計一百一十種。曾獲詩教獎、新聞處優良文藝著作獎、陸委會大陸出版優良著作獎等。

劫天

疾伸右臂
不由分說地，把天空
攬在懷中
然後劫持而奔

西風由後面苦苦追趕
撲了一個空

——一九九二年，選自鳳凰城圖書版《寂寞是一條長河》

天葬台上的獨白

落日以他鮮豔而溫和的光芒
催促著周遭的山岩坑穴
彷彿他有一宗未完成的任務
欲向老天作最完整的交代

身上的酥油惹得我癢癢的
莫非死亡也是一種疱疹？
這襲臃腫的厚棉被
把我裹成了木乃伊！

龍鍾喇嘛的超度經文
此刻猶在我的耳際迴盪
猶如某年某月某夕
一罵街的潑婦頻頻灑出的音浪

來了來了！第一隻
第一隻是鷲是鷹？
我已看不清天地玄黃
也不屑再睜眼分辨

焚盡的糌粑猶留下一股餘臭
我抿住雙唇，欲忍受
猛禽的利喙，且計數
天庭與大地變態的節奏

沙在一寸一寸的陷落
夕陽在一秒一秒的消逝
而那致命的剝啄終告開始
酷似外科醫生揮舞他
晶光雪亮的手術刀
我應該昏迷？應該祈禱？
應該作一番哲學的玄思？
還是什麼也不想
什麼也不作反應？
來了又去了。我像一個娼妓
熬受那些惡形醜漢的蹂躪

他們說這是每個人的命運
而我是大地的兒女！

快快過去吧。我早已將
呻吟趕出了我生命的辭典
也從未學會歌唱
哼小調的本能早已遺忘

據說有些遠來的遊客
愛到天葬台來觀光
且以巨型的照相機
攝下這兒的光光影影

這一切多麼可笑荒唐
死亡又不是一齣賣座好戲！
也許明早有人會匆促蒞臨
捶擊我啄餘的頭顱

天葬？葬天！
我不知什麼才是眞理
啊，當我粉身碎骨時
蒼天定也會瞑目而逝

——一九九七年六月・選自文史哲版《玫瑰歲月》

柯林頓

柳文斯基，李文斯基，陸文斯基
就是那個女人
使我日夜牽肝掛肺
使我像一隻拉磨的老牛
　還有寶拉瓊斯
以及忘記名字的一些沼澤
讓我熬過多少失眠之夜
讓白宮一片漆黑

我發動伊拉克的戰爭
而閨門之內，希拉蕊
每天每夜賞給我
一連串的子彈和麵包

甚至雀兒喜的歌聲
也升騰不上雲霄
我垂頭，我皺眉
沒有人知道我的時辰

史達那婊子養的
是我三輩子前的冤家
那雙冷酷的賊眼
弄得我汗流浹背

眾議院那些鴨子
喧嘩完了一個季節
現在輪到參議院了
又一群老鷹和狐狸…

我生不逢辰
做不了林肯
甚至甘迺迪
也不曾爲瑪麗蓮付出什麼！

今夜又有火箭昇空
我的腦袋裡一片空茫
偶然回憶起密室中的
一些小小小小的花絮

何必傾聽歷史的聲音
我仍擁有廣大的選民！

——一九九九年一月三十日．選自藍星版《完美的交響》

搬　家

慨然將自己分割爲二：
一半留守，一半搬離
重新整頓過去三十年的
點點滴滴，絲絲縷縷

搬家工人的眼神
是一面面奇幻的鏡子
我想凝視入夢
卻感覺幾分膽怯

車終於開動了
我的心也盪漾成黃河波濤
一路由紅綠燈之間
穿越到另一個世界

新屋其實已歷盡滄桑
但擺出老新郎的風姿
向我輕喚一聲早安
而日頭已升向天空中央
一行行的新書架
向我默默見證：
未來就是過去
現在必須甦醒

——原載二〇〇〇年十一月《聯合報》副刊

羅　英作品

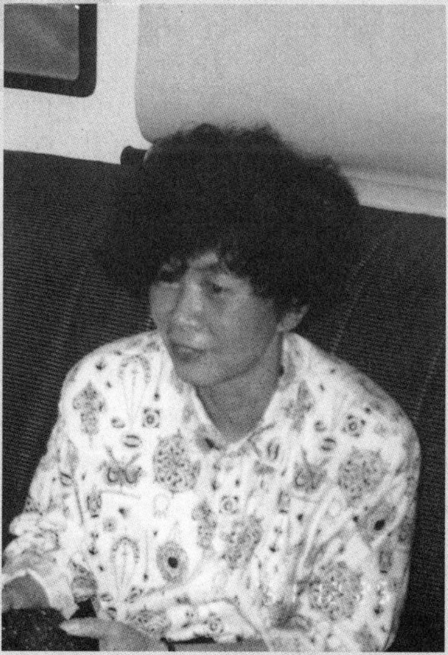

羅　英

湖北人，1940年生。早年開始寫詩，後開始創作散文極短篇和小說，著有詩集《二分之一的喜悅》、《雲的捕手》等及散文共十餘冊。

月夜裡在日曆紙上胡亂書寫

一

必須容忍
一隻蟑螂在你的掌心醒來，容忍牠
在餐盤與飲料杯之間
窺探正懸掛在窗前的假想的月
必須容忍繼刀叉的爭執之後
還要吞食蟑螂牠們的
不可預知的悲歡離合以及僅屬於牠們的尊
　嚴種種

二

漆黑的容器內
你正待醺染溶化
變更內裡呈現眞假莫辨的外在風景
僅僅只是黑
將你擁抱
成爲孤寂的山巒
幾許亮光照射下來
是你不曾見過的
比月色稍淡而且測不出溫度的憂愁
於是你靜待
眞正的睡完整的睡
在一個比天空還大無盡漆黑的容器內

三

那天爭論的主題：
　關於忘記的解釋
忘記是艱難的舉步

是困厄發不出的聲
忘記是匍匐行走的蜘蛛
　只供結網呈現自己捕捉自己的假象
忘記是手指的潮濕逐漸乾爽
忘記是腳底的騷癢平息
忘記是花由蕾而開
忘記是病之痊癒
　疼痛漸行遠去
忘記是自我的催眠自我的醒

四

夜伸出了它深灰柔軟的觸鬚
了無生氣的住屋
匍匐在一堆堆噪音的屍體背後
模糊不清的視野裡
阿米巴狀的小獸蠢蠢欲動
想要修正花的氣息修正鳥的鳴叫聲
修正昨天以及昨天之前的許多個昨天行路
　的方式
修正臺階般等距離排開的迷惘感覺
待修正的還須加些色澤加些人工甘味
加些愛加些時間的滴答聲加些水分
再予釀造
但是夜還在蔓延像是污髒的水流像是病

——原載一九九〇年七月《創世紀》七十九期

水流中感傷的黑色的目

忽然響起來的音樂聲
有雪的色澤飛舞若陽光映照的塵土
聆聽中每個人都靜坐為石
散開著內裡

讓不同的心情不相碰觸就以進出
音符更加密集地湧來
飄落在養魚的陶製水缸
在睡與醒的邊緣全部的魚都想打哈欠都想
　唱歌
有人忽地睜開眼睛站起身來
有人在洞穴裡走來走去
有人挖掘著有若廢棄物卻依然發出亮光的
　示愛語句
有人因爲沮喪就地就死去
缸內柳橙色的熱帶魚成群地飛了起來
向人索討他活過的光陰他享用過的美食他
　笑過的笑他哭過的哭
匆匆的奔逃中
全部的人全部的碑全部的墓
俱都被黑色水流以及水流漩渦裡感傷的黑
　色瞳仁
淹沒

——原載一九九〇年十月《創世紀》第八十、八十一合期

朝著時光逆向飛行

久久凝視
似曾見過的
樓梯將冷硬的肢體伸向仿若是有遮欄的夜
　空
使你迷惑
使你登上梯級說服它醒
使你的身影漂浮起來
經過背後有若是晴空的燈光映照的牆
與巨大的古老時鐘重疊
然後朝著時光
逆向飛行
去尋找古早古早時的

一次月落
一次日出
一次愛
眾蝙蝠的網罩下來
血色的雲層飄墜著
死
你駭然奔下樓梯
一階梯響出一個印刷體笨拙的鉛字
是沒有寓意的自白
是感傷被描繪被朗讀的
絲綢質的流水聲

——原載一九九一年四月《創世紀》第八十三期

聽　雨

聽雨是不是記憶走路的聲音
是不是身體與身體紊亂的毆打和爭論
是不是沒有完結篇的劇沒有著色也不會褪色的愛
執意不聽不看不去感覺的雨
依然林立著
細細瘦瘦灰色的骷髏
在再也晴不起來的路上
跟你相遇
跟你說愛憎已了
跟你約定
再次見面的
更爲黯淡更爲悲愴的時辰

——原載一九九四年四月《創世紀》第八十三期

萱草花的旅程

——給母親

一

聲音
呼喊著聲音
時間總都是不回家
母親獨自坐船
船在星光斑爛的河裡
把歸鄉的情結
曬了又曬，洗了又洗
船漂流著
漂成一線歸雁的圖形

二

母親的繡花鞋
微微溼濡著
她少女時的淚
母親
她執著要面壁
讀從前以及從前的從前
乘坐一片梧桐葉
在一片弓形橋洞下
跟某個失蹤已久的秋天
相遇
跟未誕生的我，我們
相遇

三

陰暗的牆角

蟋蟀說，太陽太遠
寒冷太近
母親把她輕輕細細
枯葉似的腳步聲
收在五斗櫃中
把蟲蛀的渾白的月光
移到枕邊
不語不醒亦不活著
母親
是門前的井
是井中的石

四

怎能拒絕
輕柔的風
怎能拒絕
麻雀的飛逝

母親她總是飛
沒有去向，沒有歸途
總是飛
撒落些羽毛狀的
關愛，不愛，留戀，不留戀
母親她蓬蓬鬆鬆輕輕柔柔
在燈光與燭光相映的雲霧裡
帶著些焚燒過的文字以及
文字敘述得含糊不清的依依不捨
飛
然後又
飛

五

傘，環繞著傘
葬禮的傘是悲哀的叢林
黑傘黑傘黑傘黑傘

涙沿著傘的斜坡流下來
死
預演過的嗎
那麼滑順地
母親到達了地的底層
一隻漆黑的蝴蝶
跟隨她
落在她的眼睫
母親的臉
顫顫抖抖的
乾透了的
淚的行列

——一九九五年五月十四日

在某天的某個時辰

那天誰在說向山出發向山出發在某天的某
個時辰你聽到的話你全要相信憂愁與晨曦
正背方向行走相信自己跟自己的愚昧言行
正一跛一跛地向山出發向著謊言跟火跟心
靈的黑螞蟻都抵達不了的地方出發出發在
這樣的季節荒涼的季節缺雨水缺陽光的季
節炎熱炎熱的季節雪說完它自身的清白後
戛然便停止連續連續陷於沉睡在時間的地
底層沉睡在天空的腳底下這在某天的某個
時辰你見到的事情你要相信你全要相信如
果你喜歡你就把全部的畫未著色的畫耐心
地捲起來張掛在夢裡面叮鈴鐺啷愛情它全
身華麗優雅地走出來向山出發向山走去山
在噴火這在某天的某個時辰你見到的事情

你全要相信你想到的事情顯影在一張紙上
但是但是但是它們不再站起來付給你關心
你忘記的事情倔強若枯乾的井等待復活等
待要你相信你要選擇相信還是不相信選擇
記取還是遺忘選擇前行還是躺下猶豫之間
你碰觸到的是玻璃質的愛人的臉在某天的
某個時辰你要相信你愛人的臉他頻頻要你
面壁要你忘記要你停止活動停止思想你愛
人的話你全都相信因爲是在某天的某個時
辰你的悲哀從一首永遠都不會醒的詩裡面
走出來你跟你的相信全部的相信向山出發
向山而行在某天的某個時辰

——選自一九九五年秋季號《創世紀》第一〇四期

綠蒂作品

綠　蒂

本名王吉隆。台灣雲林人，1942年生，香港廣大學院文學博士。曾任香港廣大學院文學研究所客座教授、《野風文藝》等主編，創辦《野火詩刊》、《中國新詩》、「長歌出版社」。現任中國文藝協會理事長及中華民國新詩學會理事長、秋水詩刊發行人。著有詩集《藍星》、《風與城》、《泊岸》、《風的捕手》、《孤寂的星空》、《春天記事》等。曾獲創價大學榮譽成就獎等榮譽。

哀傷依然寂靜

——重登阿里山觀日

山色與蟲鳴
醞釀成一個不眠之夜
吐著煤煙的小火車
搖晃著如鉤新月
在微微甦醒的山野間
思念蜿蜒如山路迂迴
守候在觀日樓上的
是另一種喧嘩中的孤獨
眺望的
不是自山巔跳躍而出的旭日
而是婉約如晨曦的溫柔氣息

在晨風中
所有自我心中低掠而過的
如雲
如你
如歸去的候鳥
都不曾消失
在詩的版圖上
故事只是隱藏
於群群相連的峰間
當白髮蒼蒼之日
眞情或已遠颺
仍將踱步於這高聳山脊
來重讀這本雄偉山岳
再翻閱起這頁蔥翠往事
哀傷依然寂靜
如同變幻的雲影

——原載一九九四年《秋水》詩刊

風的捕手

走過新生南路的每次
仰望昔日的天空
總留一片白
用以剪貼
沈溺在煙雨深處的顏色

舊路的二段
天工的黑人牙膏廠
廣達香的肉鬆舖子
覃子豪抒情寫詩的小屋
皆移植爲七號公園的花木步道
陋居在六九巷野風中
詩與小說的對白
懸疑與剔透的情挑
被瀝青轉化爲無法臨摹的印痕

用心靈的隱密
另類解讀虹的再現
天空是因你而設的門
勾勒出以七彩爲框的越位陷阱
我是唯一能攔絕往事的守門員

風信手拈起青蔥的年少
素雕成綠色的塑像
雲在千帆過后
泊岸於沈澱的潮聲中
重臨始發的驛站
睽違了三十五年的眸色
仍是最遙遠的溫柔陪伴
也是最毗鄰的膚觸消息
正躊躇青鳥的飛與不飛

欲語的問候猶在唇上
雲流虹散匆匆
消隱於霞光陌生的籠罩
獨留回顧間的情怯
深深　在暮色中
闌珊成風的捕手

註釋：

詩人覃子豪的住家和當時的「野風」文藝社均在原新生南路二段上。

——原載二〇〇〇年《聯合報》副刊

彼岸的燈火

高瘦的白楊樹
在左岸向風招手
秋天就這般蕭瑟走來
急急收割起歲月的霜髮
雲淡風輕的水湄
就是河的開始
葦芒匍匐折傷的詩意
卻是夏的結束

河平靜地流成一面鏡
漸行漸遠的變幻中
從未端詳過自己的雲影
迴避著不得不容忍蒼白的理由

在微風中，讀一首十四行
只要三分鐘
一個午後
還是一生長長的眷念

黃昏收斂起華麗的冒險讓夜泊岸
閃爍的燈火卻在另一個遠方召喚
原來，每次泊岸都是風的偶然
每個燈火的彼岸俱屬異鄉

——二○○三年．選自普音版《春天記事》

午與夜的十四行

一個人
一本詩稿
一支墨水斷續的筆
一處人跡稀疏的海灘
一架不經意消失在眼前的風帆
一雙不必思想且不定焦距的眼瞳
就是這樣一個廉價而優哉的午後

一顆星
一徑山路
一抹野百合隱約的清香
一記迴盪不已的廟院鐘聲
一盞遠方閃熠召喚的農舍燈火
一則被刪卻部分章節的愛情故事
就是這樣一個陌生又熟悉的夜晚

——二○○三年．選自普音版《春天記事》

想你的感覺

曾用一枚硬幣去選擇或猜測
愛或者不愛
想念或者不想念
都已不關風花雪月
也不關回想溫柔的存在

想你的感覺

是一枚雙面圖飾相同的硬幣
即使翻來覆去
即使風華旋轉不休
最後沉靜的
依然是幽微而美麗的疏離

所有的落幕低垂　一樣
背景燈漸次黯然　一樣
消失的掌聲並未消失
留下的嘆息也未眞正留下

來如春臨
沒為山城裝飾我期盼的風景
去如晨嵐
群山翠巒也攔擋不住的雲湧

——二〇〇三年·選自普音版《春天記事》

陳慧樺作品

陳慧樺

本名陳鵬翔。廣東普寧人，1942年生，台灣大學比較文學博士。曾任台灣師範大學英語系教授並兼校長室英文秘書、英語文中心主任等職。現任世新大學英語系教授兼系主任、中華民國英語文教師學會副會長。在比較文學及文學理論上頗有建樹，提出比較文學中國學派的主張，以開拓學術主體性。著有詩集《多角城》、《雲想與山茶》和《我想像一頭駱駝》共三本；學術評論集《板歌》、《文學創作與神思》和《主題學理論與實踐》等；另有學術論著編著多本。曾獲傑出詩人獎、台灣師範大學22週年校慶文學創作比賽新詩二獎等。

虹口公園

我們一跨入門檻就瞥見你
巍巍然
一尊灰黑色的銅像
你叉著雙手坐鎮在天宇下
很寂寞地見證
陽光
碎裂在樹梢的風潮
三五隻鴿子
在樹蔭追逐著逝去的喧囂
我們走過去向你求證
飄浮在空中的種種眞相
鼓譟、謠詠
（你們茁長在園中的綠樹）
激動、嘶喊
（你們辯證傾斜在天外的星河）
你們可曾也辯論過詭弔的歷史？
你孫子把愛情灑成報上的詩章？
你這個園中孤寂的老人啊！

註釋：

今年八月二十三日，上海的朋友帶我去虹口（即兆豐）公園尋訪魯迅的音容。朋友謔稱：「我想他老人家（魯迅）一定很寂莫。」回到臺北後久久不能釋懷，因成此詩以誌之。

——原載一九九一年十一月二十二日《中央日報》副刊

都與歷史有關的詩篇

（二首）

一、我坐在一間旅館窗前

我坐在一間旅館窗前
想像麗日紛紛灑成布練
像冬日的棉絮
流連在美東新港街頭
激情的男人追逐酒精與槍械聲
像一群獵犬把朦朧的街燈咬得亂叫

我坐在赤道線上
想像航海家鯨游的年代
從太平洋划向印度海岸
爪哇人或蹲在洞穴裡
或奔竄在叢林間曠野上　毛茸茸地
亞洲大陸的北京人
（其頭蓋骨被囚在哪一個黑櫃中？）
吁嘿在周口店附近
我都把他們拼貼成視域中的花朵

我坐成紅燈碼頭的一棵樹
見證黑人白人黃種人逐潮汎而來
挾帶洋槍大炮和文明
舯舡上的苦力斜乜著高樓大廈上的夜色
卸貨的嘿嗬呼應珍珠巴剎的喧嘩
叢林裡群眾大會上的鬥爭
終於把殖民主趕出了這塊土地
把亮燦的陽光還給了我們人民

——一九九五年九月九日於新加坡貴都；十一月七日改成

二、畫像

都快燒成最後一截的菸蒂
你仍把憤怒與喧囂叼在唇緣
掙動那死魚目一般的眼睛拼命追索
那些曝曬在艷陽下的花朵
春水吹縐在池塘裡
堤岸邊踽踽而行的人群
終於你覓見了一張笑靨
開展在陰晦的酒吧間
幽幽滲出的音符
六十年代蠢蠢蠕動的慾望
汗水攪拌著泥沙
流浪的薰風
在鷹架間穿梭

雕鏤成你銅壺色的臉龐
你低頭測量溝渠間的晷影
一陣慾望豎立成叢林
那一排排聳立的水泥柱子
可你卻熾烈如炭火
眼角綻放鳩紅的光采
你可把這些熔鑄成你靈魂中的輝煌
而今耳際依然縈繞著那女人纖纖的笑溺
床頭縐褶的床單
酒櫃上未清拭的酒漬

你終於躺成床頭的無奈了
偶爾瞥見窗外遊離的陽光
兒女的叮嚀
偶爾亮麗
偶爾隱退
砌成遙遠地平線上的湧動

更早的五十年代
瞪著清冷的街道
熒熒閃爍的煤油燈
肚腸常常被飢餓所鉗住的午後
你往前衝拼成千萬人中的一個音符
在漫漫風雨中進進出出
然後你邂逅了那一張笑靨
然後、然後——
酒意、爭吵、你的黑髮倚撫著兩具奶頭
非常英豪的一頭煥發公牛

然後你瞥見你出生的小島
南方揮灑在艷陽下吁氣
天天從田壟間衝向菜市場
滿身洋溢著泥巴味……
你還想打開那個黑盒子

——一九九五年九月六日於台北；一九九六年十月二十七日再改

白衣婦：下沙崙一九四三

你在那棵魁梧的榕樹下撲跪下去那刹那
長谷川特攻隊員在渺冥必然一陣搐痛
一聲驚呼我來啦、我來啦
一九四三年十月的那個夜晚
他「饗宴」你的陰莖必然悽厲
一舉刺中你驚怯酥軟了的洞穴
不待逸脫的小白兔
癱瘓在他濕漉漉的胳膊之下

一株梨花秋帶雨
接待奇異的三天滋潤太陽

五十年後你著一襲純白的朝鮮裝
對著一對布娃娃撲下去
布偶旁兩根白蠟燭都掉了淚

一炷孃孃清香
精靈奔相走告冥渺
五十年後你依然痴立成一株白合花
依然在慰安所傍爲情夫唱青澀的「初戀
曲」。
地久天長

註釋：

今日報端紛紛報導韓籍慰安婦李容洙（七十一歲），至新竹下沙崙日軍慰安所所在地舉行冥婚，以償半世紀來的宿願。（一九九八年八月二十三日翡翠灣）

——原載一九九八年《台灣詩學季刊》二十五期

海灣風雲錄

——台灣歷史記憶之一

（選一）

No:1風平浪靜時

極北的那一道岬角
以及更北端的那一道岬角
蔚藍、湛藍的藍藍藍藍藍
海水銜著更爲蔚藍湛藍的穹蒼
左唇小漁村桅杆聳立著閒適小調
右灣郵輪嘟嘟嘟嘟唧著太陽滑進了海港
右灣郵輪嘟嘟嘟嘟唧著太陽嘟向緊鎖的海
平線上

弄潮興衝浪著嘟嘟濺潑背脊一閃
弄潮兒睨睇著浪濤袒露在沙灘上假寐
接受白日過多溫煦地撫摸
郵輪啣著太陽滑進滑出了海港
一片琉璃瓦片幾朵雲絮飄浮
弄潮兒睨睇著悠悠的琉璃體
幾點舟楫橫過藍田腦際
順勢把背後流竄的旋律抹掉
也一併抹掉爬行在國道上的急躁龜蟲
他們只攜帶閒適來此海湄弄潮
時間與歷史都是天天壓著的公事包
能及時蛻脫都儘快甩脫掉
就像把包皮儘快割棄掉
他們睨睇著荷荷的濺潑聲
遠處那些悠悠然滑進滑出的船隻
（以上四首均選自萬卷樓版《我想像一頭駱駝》）

張錯作品

張　錯

本名張振翱。廣東惠陽人，1943年生。政治大學西語系學士、美國楊百翰大學英文系碩士、西雅圖華盛頓大學比較文學博士。現為南加州大學比較文學系教授兼東亞系系主任。著有詩集《張錯詩選》、《流浪地圖》等，以及散文、文學評論等作品共計四十餘種。曾獲中國時報文學獎詩歌類甄選首獎、國家文藝獎。

冬天的距離

等到一樹銀杏滿地金黃
才知道冷面的秋，決絕不可挽留
風的語言擦身而過，寒暄，
留下透明空間
我開始明白——
那已經是冬天的距離。
有霧自迷濛眼底昇起
在遙遠的灰暗，那麼接近
而且淒然美麗
充滿矛盾的絕望與期盼
徘徊在秋的清冷與春的挑逗；
有一種潮濕，不是昨夜春情
而是冬天灰色的大海
那是一種澎湃的辛酸拒絕
就像在漫長的歲月裡
去抵擋那些無法抵擋
漫然而來，飄然而去的季節。
你問我如何讓冬天名分保持清白
我回答以蒼白容顏，星霜鬢髮
還有在奇里門札羅山巔，皚白冰雪
一隻海明威的豹！
那是另一種透明與堅持
另一種冬天的距離
沉默，並且遙不可及。

——一九九二年十二月．選自洪範版《張錯詩選》

隱密花園

我們像一把剪刀，合攏時只爲了剪開。

——安妮．薩絲頓〈你離開的十八天〉

我們以一種默契攜手
走入一座虛無的隱密花園
綻放主題非常明顯
凋謝結局卻頗曖昧
像一首帶淚的歌——
「凋謝一生，凋謝的玫瑰
美麗一生只爲愛這一回。」
然而你可知道，
相識容易相聚難
相聚難
相守更難。

我們企圖去捕捉一些零亂光影
以夏天純紫盛開作貯備
抵抗秋天飢餓灰暗
那是另一種細雨午後
執你的手
無法與你偕老
「那種感覺無以名之
我脫下多年面具，隨你犯規
去重新認識這世界。」
然而認識之後又如何？
相聚之後又如何？
許多生命裡的愚昧等待
皆爲證實一項相守語言！
你應該知道——
「在眾人面前雖仍山水如一
但已無復同樣景致了。」
一張臉的風霜
一棵樹的蒼老
一切就像在隱密花園裡，你和我，
以及所有花朵恣意的完成。

——一九九四年八月二日．選自洪範版《張錯詩選》

鎏金菩薩

那是如何一刻的燦爛華麗——
從無憶念開始，
滅諸相、離諸緣、捨諸見
直到無生住滅
無取捨而常自靜；
那是如何慈悲喜捨的投火飛蛾——
在燃燒中蒸發，黃金與水銀結合
如何水乳交融的生生世世啊！
所有來世今生情緣
就這般付諸於青銅軀體永遠
鎏金的菩薩
鎏金的歲月；
這是大明永樂彌勒坐像
頭戴五葉高冠，身飾珍寶瓔珞
手結轉輪法印
雙足結跏趺蓮座
兩朵並蒂蓮花分別緣肩而上
左肩花瓣湧托著一只甘露寶瓶
這名最勝的古印度婆羅門
當年世尊如此承諾——
將來必承佛位
於龍華會上度一切有情！
可是十大弟子懇辭至精舍問疾後
兜率天菩薩亦不堪任詣彼處
因爲在受記一生裡
實在難分過去，未來，或現在
鎏金彌勒法相莊嚴
微笑中有一種悲憫寬容。
微笑繼續感染其他菩薩
半跏文殊剛自五台駕返

左足踏地，右足踡盤獅背
這位妙德吉祥一定在想
與獨臥一床的維摩詰機鋒對答——
從癡有愛，則我病生
有情色身，亦不過地水火風幻合，
有疾菩薩如何隨眾生脫疾苦海
無從攀緣而慧行方便
則要看十步以外
右手持劍，左手結三寶印
結跏趺座於蓮花的文殊師利！
蓮莖自腕穿臂至肩蜿蜒直上
與耳際並齊是另一朵綻放金蓮
好一座華美莊嚴鎏金菩薩
半裸中有衣帶自雙肩飄逸垂下，
大明永樂年間
腰線非常細軟
體態依舊輕盈。

附註：

民國八十三年，由台北鴻禧美術館提供「鎏金佛像展覽」在洛杉磯展出，盡現宗教藝術之美，余往觀之，歡喜讚嘆，神為之奪。近三十件佛像中有兩座同為文殊菩薩，體態殊異，故分述焉。

鎏金為將金與水銀合成之金汞劑，塗於銅器表面，再加高熱使水銀蒸發，黃金附器面不脫。梁代陶弘景曾云：「消化金銀使成泥，人以鍍物是也。」

——一九九五年一月二十五日．選自洪範版《張錯詩選》

細雪

不必追問為何降臨，期盼已久的彼此
原是一種默契。一夜之間
細雪無聲裸裎以雪白肌膚
另有一番無人訴說的恣意；

雪繼續落著
心事未敢透明，雪線下降
想起艾青，以及〈雪落在中國的土地上〉
松花江畔的松嫩平原
原是蒙古哲里木盟游牧地
江邊兩岸——
有一簇簇冰花凝結在松葉柳枝
長堤十里晶瑩透亮
遙遠的東北家鄉非常寒冷
沒有星光的晚上
詩句非常寂寞，無力。
從一趟傷心之旅回來
積雪盈踝
手足情深在松下留影
如一張鋒利刀片陽光凌厲掠過
薄薄有一絲隱痛
去夜新雪輕輕飄落
一如他平日溫柔語氣
惟恐驚動黑夜
帶來黎明；
翌日捧讀谷崎掩卷無語
雪子婚姻當眞雨雪霏霏般懊惱嗎？
然而那夜相聚猶勝小別
夫人捋袖研磨墨硯
夫君拈毫勾勒枝幹
再著她補上樹影婆娑
有限時光捕捉無限幸福
生命原是一幅畫沉默完成！
醒來捲簾望去
好一趟細雪茫茫
收拾心情繼續趕路
從一個城市到下一個城市
像一葉顫抖的蘆葦，雪霽後，在風中。

——一九九六年三月二日・選自洪範版《張錯詩選》

油滴盞

那是非常厚重內涵
和其他輕薄青白瓷相反
它的厚黑是一種掩護顏色
要比世情如墨的人間還要黑暗
眞情才能絲毫無損；
然而在一望無際星夜裡
那又是如何的昇起與超越
吶喊與徬徨
寂寞與堅持啊！
開始是一雙孤獨眼睛
跟著是一雙孤獨眼睛
然後是許許多多孤獨眼睛
說話的眼睛
深情的眼睛
淚滴的眼睛
閃爍成爲曜變天目
凝視著黑釉天空
在絕望的距離
無法觸及的空間
終於學會下雨天不再思念了，
去把灼熱眼淚
冷凝成結晶沈默；
像在高溫窯火裡
油滴情急生變，四處亂竄
斑斑駁駁
散佈在碗盞上。

附註：

油滴茶碗為宋代建窯名盞之一，通體黝黑，釉色厚重濃郁，極富人情。在高溫窯火攝氏一千三百度時，釉中鐵礦質自小氣泡中逸出，成光亮結晶，如斑駁油滴，濺

散在碗身。天目山僧人攜往東瀛，日本驚為天人，與其
他窯變建盞，稱為曜變天目，為國寶之一。

——原載二〇〇一年三月二十五日《中國時報》人間副刊

玳瑁盞

飲一壺叫蘭貴人的滇茶
並配以乳斑玳瑁盞
有一種珠光寶氣
如月明滄海
玳瑁歇息在淺灘，
橢圓杯紋像漢朝織錦
是另一種高貴。
據云茶是貢茶
微帶一絲蜜味
歡喜養顏的太后最是高興；
啜飲之餘
還有餘津甘潤喉韻，
那是驟雨初歇心情
喫罷三盞茶
兩腋並未習習風生
湯呈琥珀色後
茶水溫醇收斂
有一種熟果香味
悠然想起了你
以及那熟悉氣味——
於是茶中依稀有了你的氣味
並且開始瀰漫
髮裡是你的氣味
指間是你的氣味
衣服是你的氣味，
還有一種輕細微弱氣息
潸然而來，無法抵擋
讓人感到從來就未離開過

像玳瑁一直俯伏在碗底
沒有發生任何聲息

附註：

建窯茶碗屬黑陶系列，因瓷土含鐵質成份高，胎色紺黑，而配以光澤變化萬千的黑釉，同時因為仰燒，碗口釉色淺薄，碗底釉水濃郁淋漓欲滴。除油滴、兔毫等窯變碗盞外，還有大塊乳白釉斑的玳瑁盞，名貴矜持。

——原載二〇〇一年五月十七日《聯合報》副刊

席慕蓉作品

席慕蓉

祖籍蒙古，1943年生於四川，成長於台灣。台北師範藝術科、師範大學藝術系畢業後，赴歐深造，專攻油畫，兼習蝕刻版畫，一九六六年以第一名成績畢業於比利時布魯塞爾皇家藝術學院。在國內外個展多次。曾任國立新竹師院教授多年，著有詩集《七里香》、《無怨的青春》，散文集《金色的馬鞍》、畫冊等四十餘種。畫作曾獲比利時皇家金牌獎、布魯塞爾市政府金牌獎、歐洲美協兩項銅牌獎以及金鼎獎最佳作詞及中興文藝獎章新詩獎等。近十年來潛心探索蒙古文化，以原鄉為創作主題。二〇〇二年受聘為內蒙古大學名譽教授。

大雁之歌

——寫給碎裂的高原

祖先深愛的土地已經是別人的了
可是　天空還在
子孫勇猛的軀體也不再能是自己的了
可是　靈魂還在
黃金般貴重的歷史都被人塗改了
可是　記憶還在

我們因此而總是不能不沉默地注視著你
每當你在蒼天之上緩緩舒展雙翼就會
刺痛我們的靈魂掀開我們的記憶
背負著憂愁的大雁啊
你要飛向那裡？

——一九九四年六月・選自爾雅版《邊緣光影》

婦人之言

我　原是因爲這不能控制的一切而愛你

無從描摹的顫抖著的欲望
緊緊悶藏在胸中　爆發以突然的淚
繁花乍放如雪　漫山遍野
風從每一處沉睡的深谷中呼嘯前來
啊　這無限豐饒的世界
這令人暈眩呻吟的江海湧動
這令人目盲的
何等光明燦爛高不可及的星空
只有那時刻跟隨著我的寂寞才能明白
其實　我一直都在靜靜等待

等待花落　風止　澤竭　星滅
等待所有奢華的感覺終於都進入記憶
我才能向你說明
我　原是因爲這終必消逝的一切而愛你

——一九九五年四月・選自爾雅版《邊緣光影》

邊緣光影

——給喻麗清

多年之後　你在詩中質疑愛情
卻還記得那棵開花的樹　落英似雪……
美　原來等候在愛的邊緣
是悄然墜落時那斑駁交錯的光影
是一瞬間的分心　卻藏得更深
原來人生只合虛度
譬如盛夏瘋狂的蟬鳴　譬如花開花謝
譬如無人的曠野間那一輪皓月
譬如整座松林在陽光蒸騰下的芳香
譬如林中的你
如何微笑著向我慢慢走來　衣裙潔白
依舊在那年夏天的風中微微飄動
彷彿完全無視於此刻的　桑田滄海

——一九九六年七月・選自爾雅版《邊緣光影》

備戰人生

那極端的柔弱是給嬰兒用的
熱烈與無邪的笑容給孩童
如絲緞一樣光滑的肌膚　如海邊的
鵝卵石那樣潔淨的氣味給少年

如薔薇如玫瑰如梔子花的芳馥美麗
都要無限量地供應給十六歲的少女

這是生命不得不使用的武器
爲了求得珍惜求得憐愛
給那渴望生長渴望繁殖的軀體

而在長路的中途　裝備越來越重
那始終不曾自由飛翔過的翅膀
在暮色中不安地搧動　直指我心
鑄滿了悔恨與背叛的箭矢已經離弓
劃過如焰火般的晚霞　當夕陽落下
美德啊　你是我最後的盔甲

——一九九六年七月·選自爾雅版《邊緣光影》

蒙文課
——內蒙古篇

斯琴是智慧　哈斯是玉
賽痕和高娃都等於美麗
如果我們把女兒叫做
斯琴高娃和哈斯高娃　其實
就一如你家的美慧和美玉

額赫奧仁是國　巴特勒是英雄
所以　你我之間
有些心願幾乎完全相同
我們給男孩取名奧魯絲溫巴特勒
你們也常常喜歡叫他　國雄

鄂慕格尼訥是悲傷　巴雅絲納是欣喜
海日楞是去愛　嘉嫩是去恨
如果你們是有悲有喜有血有肉的生命
我們難道就不是
有歌有淚有渴望也有夢想的靈魂
（當你獨自前來　我們也許
可以成爲一生的摯友
爲什麼　當你隱入群體
我們卻必須世代爲敵？）

騰格里是蒼天　以赫奧仁是大地
呼德諾得格　專指這高原上的草場
我們先祖獨有的疆域
在這裡人與自然彼此善待　曾經
有上蒼最深的愛是碧綠的生命之海

俄斯塔荷是消滅　蘇諾格呼是毀壞
尼勒布蘇是淚　一切的美好成灰
（當你獨自前來
這草原可以是你一生的狂喜
爲什麼　當你隱入群體
卻成爲草原的夢魘和仇敵？）

風沙逐漸逼近　徵象已經如此顯明
你爲什麼依舊不肯相信
在戈壁之南　終必會有千年的乾旱
尼勒布蘇無盡的淚
一切的美好　成灰

——一九九九年二月．選自爾雅版《邊緣光影》

鹿回頭

——記一把三千年前製造的鄂爾多斯式青銅小刀上的紋飾

在暗綠褐紅又閃著金芒的林木深處
一隻小鹿聽見了什麼正驚惶地回頭
眼眸清澈的幼獸何等憂懼而又警醒
恍如我們曾經見過的　彼此的青春

——二〇〇一年二月．選自圓神版《迷途詩冊》

色顏

薰衣草紫與紫丁香藍之間
其實只多了一層薄薄的霧氣

威尼斯赭紅與聖袍褐之間
少的卻是那漂洗過後的滄桑

罌粟紅　唇色近乎正朱
歌劇院紅的胭脂偏粉
而我獨愛那極暗的酒紅
是一種不逾矩的挑逗和渴望

當然　還有阿拉伯藍
那是比天藍法國藍還多了幾分
向晚的華麗和憂傷

讓我想起花剌子模悲愁的蘇丹
最後舉起的那一把佩刀
在裡海的孤島上　不戰而敗亡

——二〇〇一年五月．選自圓神版《迷途詩冊》

旁聽生

您是怎麼說的呢
沒有山河的記憶等於沒有記憶
沒有記憶的山河等於沒有山河

還是說
山河間的記憶才是記憶
記憶裡的山河才是山河

那我可真是兩者皆無了
是的　父親

在「故鄉」這座課堂裡
我沒有學籍也沒有課本
只能是個遲來的旁聽生

只能在最邊遠的位置上靜靜張望
觀看一叢飛燕草如何茁生於曠野
一群奔馳而過的野馬　如何
在我突然湧出的熱淚裡
影影綽綽地融入夕暮間的霞光

——二〇〇一年八月．選自圓神版《迷途詩冊》

汪啓疆作品

汪啓疆

漢口市人，1944年生，海軍官校畢業。歷任海軍艦隊航海作戰職務，並於海洋任務中之體驗，從事創作，營建其獨特之海洋詩。2000年於海軍中將首任航空指揮部指揮官任內，完成該兵種奠建後，主動呈報退役。現為《創世紀》詩社社長、基督教少年監獄義工及從事宗教事奉工作。著有詩集《藍色水手》、《海上的狩獵季節》、《人魚海岸》、《汪啓疆短詩英譯集》等。曾獲國軍詩歌文藝金像獎、中國時報敘事詩獎、中國新詩協會詩歌獎、中山文藝獎等。

新夢域

一顆星帶路
繫牢船頭
我們船，正去
尋找
夢之邊域

那地區是陌生的、刺激的
人們倒過來，以頭顱行走
女子有三個奶，她們的黑夜是白日
而我紋身的蝴蝶，被滿張網罟的
胸脯，收藏起來，在枕頭下
像藏妥
一瓶青橄欖

酸、還是甜　不知道
睡姿
仰著、側著、翻輾著

浪上的燈
框住小小流動的圓舷窗
夢，接觸空氣的部分，很快都會生銹
在舵盤響動
洗不去的鹽漬上
在睡了的世界

一顆星
撞擊船頭

——一九九〇年三月．選自九歌版《海上的狩獵季節》

接觸與互生

屏東見黃煥基太太

妳尖銳問我生命的補償
我無法直接回答
妳又談及誠意的表達
我默默坦開雙掌又緩緩屈握
妳言觸金鷹靶機碎落與臺中餐廳火劫
我明白：特殊的、法定的、喧囂的
（在沉默繩索上，小心行走，活著的權責
　人）
我怎能在雙眼仍擠滿傷楚潮濕卻又燃燒憤
　怒的
女子前
坦開雙掌般坦述是非呢
我是來撫擦淚水而且將痛口縫合一些些的
海軍軍官
我將嘴攏閉傾聽耳朵眼目心靈酸楚驟雨
竟然同樣痛楚
　樹，將枝柯交給斧頭
　迴聽身體迸裂的顫抖

愛飛的人

飛機在空中顫搖
用身體和一切去體會那
　還在飛的人
閉住眼睫，落下又升起
　那份天地間倒覆歪斜
　全在手裡
所有毛髮，在僅比聲音慢的速度內

用感覺對全身張開的耳朵說話
我的一部分劃刻在風裡
一直刻在風裡
低、降低
從歛翼的、鳥的動作
落在妳疼痛的夢上，是掀開皮膚的肉
我的一部分也黏在那裡

——一九九五年五月夏季號《創世紀》

晨安吾愛

她是愉悅的
在雙人床上，她觸探到我存在的體溫。
海洋波濤盪很久很久才回來的我，明白到
潮汐挨擦月光的安舒觸覺是眞正釋放的屬
　家感覺
睡眠是屬觸覺的
冬夜可以延長
當我在寒噤中醒自夜的深層，多麼意外
發現自己被掀開，給遺忘在她扯緊的毯被
　外
她纏裹了所有如同繭裡的蛹一樣熟睡……
久久才回家的我竟躺在她夢的外邊
此刻扯開她被子不就是扯破她的夢了嗎
睡得多好，絕不能吵醒、擠回她裡面
在整個夜裡，因爲冷
我悄悄起床，一件件穿回睡前脫下的軍衣
蓋上，所帶回厚防寒夾克

繼續留在夢的外沿——
爲她的夢，開始戍守

模糊臉孔移動在
夜之房間。我再又發現
女人被時間凝固的酸楚，收摺入一張床
床，棄躺在
愈來愈膨脹，比夜更大更空曠而冷的
吐厚絲繭的屋子
因寂寞害怕在夜裡哭濕的自己

在彼此的雙人床內，蜷縮的藏了起來
男人不應扯開或驚擾她禁閉的軀體

我守住快臨到的黎明，躺在我的位置
她側身臥於床另半域，熟睡持續
……夢著什麼

不要問
　沒有夢的沈睡才是眞正安心的睡眠
知道、也感覺到，我的回家。

守著。等她醒
她會愉悅的掀開自己
她眼睛會睜亮了
整個房間，她會再次閉上
觸及一個最最熟悉的軍人的心跳，低聲說

晨安吾愛。

——一九九八年三月《聯合報》副刊

日出海上

海的胸膛蘊藏一千度灼熱

波浪覆蓋，而海鷗啄開了晨
巨大漿果待熟透爆裂
自繁葉縲絲間探出今天的臉

濤聲跳躍，是出發的心情
被風撥動……。

——一九九八年四月．選自九歌版《人魚海岸》

黑天鵝

一隻碩大的
黑天鵝落在我們港裡
我看到，牠淡紅色的蹼
先斜伸下來，撐開水面
牠整個、龐巨身軀將落日捂住
備戰操演而燈火管制時
黑天鵝緩緩游動
伸縮牠優雅長頸、彎屈出S感覺
牠和我汗水淋漓的眼瞼作黑色揉擦

信號燈閃起長短劃，黑天鵝已
不知去向。但大水禽整個搧活的港
仍在漾漾振翅，在脫下頭盔外
左營港全部都
飛滿鳥羽
黑色的，夜已提燈來到。

——一九九八年十一月《聯合報》副刊

航行者

航行者
有海的壞習慣
切割風雨和海岸
吃光所有海鷗、鴿子
吃伙伴們的喊叫
吃夢，吃伸展的、浮動的
骨骸肌肉的生氣
吃水花內皺紋
抹嘴，傾聽並搓揉耳朵
舔心和聲音相互搏擊的浪沫
隨太陽在航泊日記覆印每一條汗線
捉住蒲公英、月亮、美麗的魚

發情於所有季節
硬擠入皮膚刺青內
營造腫燙的魅惑
燃燒一杯酒漿的紅頭髮
甩盪旗索的光影
和嘩笑驚跳的女子
猛力捶打甲板和船艙
紮住風暴後神經斷脫的繩頭
高處遠眺海盜旗與划槳奴
抹平顫動的肉及汗水內容

他吞下豎直的桅桿　測量躺到站立的改變
桅桿後躡襲的雲　拔濺鹹澀的頭髮
他繼續吃航行燈　鐘錶們計數時漏
吃波浪和牙齒　量錨鏈長度
吃女子髮絲和餿味面頰　藏起孤獨的沉默傷口
吃群山脊線裸臥的鳥翅與韻律　屢次同伙伴爭吵骰子眞假
吃盡飢餓和土地隔絕的愛慾　容納溫柔以及不溫柔的遭遇
吃捨棄港口跨離家門的心　臉上長滿叛逆的青春痘
搗爛天空且撕裂餐巾　吞下日夜吼叫的發電機
吃餐盤內不呼吸的鰓和鰭　啃波浪的癢像貓狗和狼
吃窗和窗簾的記憶　在任何處所找到自己
吃口腔和舌頭　守緊更次到隔世
以纏綿口涎　種夢
天　在
空　日記內

顛覆也要扶正
用站不穩的藍墨水瓶
承裝日子耗損的無數精液
剝盡一切浸透馬林液胎盤
尋找初生的自我映像
他思想　鹹得不堪讀
波濤跳起又復沉寂
他將額垂向航線的海圖內
在最接近水面的距離
單獨吃完倒影心事
回聲　在禱告後具有了翅膀
結束了脊椎的沐浴

不斷撕去臉孔
寫下失禁夢遺的爆炸
爲維持海岸線與臍帶結紮
喜歡編織舷邊聳竄的灰鼠狸毛
往身體塡實螢光
只海洋的鯨豚會懂
腳蹼出入眼睛的夢境
滿船都是剝落的鱗片乳腥
帶著溫柔過劇的啜泣
撫永遠牢焊的卯釘
完成和木頭的縫接
及船的隸屬
寬闊仰立在經緯上
海的倔性、姿勢
航行著

——一九九九年春季號《創世紀》詩雜誌；二〇〇三年改寫

飛行事件

我們上昇，把夢和血液拉上去
我們俯降，將風和意念都甩往背後

在儀器飛行中，接近
接近到可以耳語的距離
以習用的手勢，擺出
併飛姿態；
爾後一切狀況都泅進潛意識
在雲和風和鷹隼間
彼此憑熟悉的高度平飛。

報導事後都在探尋我們最末
的意識動作，以爆裂的牙齒毛髮
血肉和降落傘，當成結束。
其實，我們還等在聲音達不到的高度
飛行
仍繼續飛行
編雙機隊式
我們將再選擇降落位置
重新落地。

落地後
天空，仍然有人在飛
我捶著窄小機艙疲酸的腰脊，解開安全扣
只想快些將妻和兒女
擁緊在身軀汗濕的胳膊裡

作例行任務報告，在出勤簿簽名
就頂了花蓮刮動的勁風
昂然的，駕車在夢裡回家

夜多深都沒有關係。

——原載二〇〇一年十一月十一日《中國時報》人間副刊

心臟

父親，焚化爐外的紅按鈕
是我濺的嗎？身體外的一滴血
是你所遺忘的嗎？

夏日寂止不動，等你聲音定位
蟬嘶升起、落墜……火焰在你身軀上一片
片覆蓋
我就在燙熱之門另一端
恍惚進入一種假象。
高煙筒口那朵雲
是風裡一株蒲公英，噴散毛髮。

每一根骸骨都翻撥不出任何結論
唯一表徵是冷：冷在皺紋都發白時
父親仍往那兒收縮。我自己的殮床被自己
推著走
我大叫，亡靈緊攥回憶不放的那刻
內裡的聲音無人能懂。

●

白霜霜的季節，白霜霜的魚
當一隻筆插入筆套
當一個夢啄響蛋殼
沒有脈搏的錶
沒有心跳的照片
沒有呼吸的衣裳
沒有文字的信函件

沒有歸宿的履歷表
　拒絕種子和雨水的沙漠
　拒絕風和光影的石頭內層
　拒絕容納剝割感覺的空氣廩倉
是父親躺成的形式。

●

我的父親，往焚化爐進入時
招呼都不打
只爲完成煙筒上的那朵雲嗎？
乾淨的面容　晨光般，仰著
我，和我的某些夢境，冰片
浮在上頭。父親不言不動，跟我們
有了陌生和距離，觸目驚心蒙一層白床單
地錢的種籽是用霧來結合……

龐大的洗滌與稀釋
　鴿子啄食玉米，狼群吞噬
　極光，浪沫閃動訊號
是父親此刻的內容嗎？

父親，光線
自黑暗內斷裂並藏匿一切。

●

推出來的
父親，已冷卻
以另一類記憶回來。
沒有風，父親已不是那最沉重的嘆息
我收斂父親用一塊台灣土地。
撿骨的最後，身體堅持
要藏起父親頭蓋某個碎片

我嚥下去。守住父親爲我架構的夢
父親曾說想去看：海
而我就是所有動盪的邊岸
天使們知道。

●

眞正的痛，不帶聲音
象徵，不須言語

翅膀在蛋殼內就丈量過天空了
我不必去管：剝開夜的方式
有幾十種：誰又曉得父親選了那一
種絲絨般的方式？我也不須知道
死亡，公允的到達
用黑暗的布帛縫成裹起父親的皀莢
父親就從生長的高度悠晃晃走下
　　被塵土接住了

所有的過去
其實就是現在，也
只有現在。

●

豹作狩獵都跨優雅的舞蹈步弧
巨蟒盤據的纏繞勒扣出肉體主軸
紅斑鳩、黑冠麻鷺滿足於天空大地所給予
父親就往生命諸態裡輕觸我，輕觸
我按下焚化爐紅按鈕的剎那
的心臟位置。

地球以心臟躍動於光闇悲喜。

——原載二〇〇二年《創世紀》秋季號

詩卷

吳晟作品

吳　晟

本名吳勝雄。台灣彰化人，1944年生，屏東農專畜牧科畢業。曾任彰化溪州國中生物科教師，教職之餘為自耕農，親自從事農田工作，並致力詩和散文的創作。1980年應邀美國愛荷華大學國際作家工作坊任訪問作家。現專事耕讀，並兼任靜宜大學講師，教授文學課程。著有詩集《飄搖裡》、《吾鄉印象》、《向孩子說》、《吳晟詩選》等；散文集《農婦》、《店仔頭》、《不如相忘》、《無悔》、《一首詩一個故事》、《筆記濁水溪》等。

經常有人向我宣揚

經常有人向我宣揚寬恕
透過文字、講述或電子媒體
甚至建造一座一座紀念碑
肅穆地誦讀祈禱文、演唱紀念曲
這是何等崇高的節操
我本該沒有任何質疑

然而惡行何嘗收斂
只是變換不同面目出現
何嘗眞正還給歷史公道
紀念碑的陰影下
繼續庇蔭了誰
掩蓋了多少血淚的眞相

那不斷編導人世災難的強權
也有權利宣揚寬恕嗎
那從不挺身對抗不義
從不挺身阻擋不幸
反而和沾滿血腥的雙手緊緊相握
也有權利宣揚寬恕嗎

或者，其實是受盡愚弄
還自認奉行寬恕
輕易縱容禍源坐大
根本是怯懦
只要誦唸幾句寬恕
便冠冕堂皇逃避是非曲直
彷彿一切都不曾發生
要求淤積暗傷寬恕棍棒
要求無辜魂魄寬恕刀槍

要求斷肢殘骸寬恕砲彈
要求荒煙遍野寬恕烽火
要求家破人亡寬恕陷害

要求魚蝦的滅絕寬恕污水
要求森林的屠殺寬恕電鋸
要求土石的坍塌寬恕濫墾濫挖
要求廢墟島嶼
寬恕粗暴的摧殘和糟蹋

經常有人向我宣揚寬恕
並宣揚理性消弭傷痛
懷抱感恩揮別悲情
這是何等崇高的節操
我本不該有任何質疑
然而每一道歷史挫傷
都結成永不消退的傷疤
經常隱隱作痛、滲出血漬
經常發出哀慟的飲泣
誰又有資格接受寬恕

——原載一九九六年十一月九日《台灣日報》副刊

我仍繼續寫詩

也許只是不甘願
留不住年少的澎湃詩情
我仍繼續寫詩
可以吟詠心靈隱密的悲哀
尋求一些些逃避

也許只是捨不得放棄
自我沉醉的非凡才華
我仍繼續寫詩

不妨裝扮大師姿態
彌補俗世的寂寞和挫敗
也許只是不願意適應
紛雜多變的聲光資訊
我仍繼續寫詩
可能只是過度耽溺
把玩詞藻散發的魅力
其實詩情與才華云云
乃至文字的迷信
早已點點滴滴
沉積在滔滔流逝的現實歲月底層
寧願只是沉默耕作的鄉間農人
而我仍繼續寫詩
或許是大地的愴傷、人世的劫難
一再絞痛我的肺腑
即使眼淚，也無法平息
即使大聲控訴，也無法阻擋
只有求取詩句的安慰

——原載一九九七年四月十一日《自由時報》副刊

我時常看見你

——再致賴和

我時常看見你穿著白衣
在往診的道路上顛簸
專注構思社會診斷書
在寂寞的夜晚
熬成一篇一篇新文學的先聲
歲末天寒迎接年節

家家戶戶焚燒紙錢賄賂鬼神
你卻在自家庭院
默默點燃
貧苦病患無力償還的帳單

我時常看見你穿著讀書人便服
站在文化協會講台上
年輕昂揚的義憤
激發出如你的詩句般
正直的呼聲

你急於喚醒鄉親封建的迷夢
更痛斥異國統治
對殖民地的輕鄙和壓榨
卻換來兩度囚房的折辱

我時常看見你穿著黑色台灣衫褲
在遼闊的農田邊
和農民親切地交談
在險峻的山區
和原住民　兄弟般相擁

我時常看見你
和同志合照的泛黃相片上
站在後排或邊角
平庸的面貌，從不凸顯自己
卻是那樣堅定地挺立

我多麼不願去揣想
多少愛穿和服、急於樹立皇民楷模
和你同輩的功名文人
當年和誰站在一起、替誰說話

在一棟豪華大廈

爲紀念你而佈置的十層樓上
最近我們時常不期而遇
看你不曾展露歡愉的眼神更憂悶
是因你一向關切的民眾市聲
和你高高隔離吧

——原載一九九七年四月十二日《自由時報》副刊

小小的島嶼

小小的島嶼
你只是茫茫汪洋中一塊踏板嗎
你終究不是長居久安的鄉土嗎

你的子民要趕往哪裡去
行腳爲何如此匆忙
臉色爲何如此驚惶
是什麼災禍不時在恫嚇

小小的島嶼喲
你永遠敞開溫厚的胸懷
安頓離亂而來、顛沛而來、困頓而來
各種踉蹌腳步的投靠

是否離開你，以及
該選擇何種方式出走
竟是你懷中子民
長期進行的熱門話題

他們告訴我，小小島嶼喲
若將你比喻爲蕃薯園
多少人爭搶看守身分
化身爲啃噬根部的田鼠
若將你比喻爲孤單的小舟
多少人占據掌舵位置

帶頭搜括船上資源
有千百種理由揮別你
講起來拉拉長
可以編成厚厚一冊社會病理報告書
大都耳熟能詳
每天的新聞版面皆會出現

我確實也滿懷憂傷焦慮
看望你病症越來越沉重
他們卻用毫不相關的語氣
拒絕承認
異國純淨的水清新的天如茵草地上的新家
呀
正是放任糟蹋小小島嶼所換取
他們反問我爲何不趕緊出走

我突然楞住
小小島嶼喲，我從未想過
深愛自己依靠的家鄉
還需要找尋什麼理由

——原載一九九九年四月三十日《自由時報》副刊

角度

遙遠的星光特別燦爛嗎
如果照不見腳下的土地
那是爲誰而炫耀
遨遊的眼界特別開闊嗎
如果無視於身邊的山川
是否隱含倨傲

我也常無比傾慕
聆聽世界風潮的滔滔論述

只是有些質疑
沒有立足點
候鳥般飄忽來去的蹤跡
每一處都是異鄉都是邊陲

其實我更常怯怯質疑自己
長年守住村莊的田土
是否如人議論的褊狹

在反覆對照思量中
或許不妨這樣說
每片田園四時變換的風姿
每株作物開展出去的角度
也可以詮釋豐富的國際意涵

如果我有什麼褊狹
反而是對於立足的土地
愛得還不夠深沉

——原載一九九九年五月二日《自由時報》副刊

馬鞍藤

——憂傷西海岸之一

長臂大勺的怪手
一公里一公里挺進開挖
島嶼優美的海岸線
歷經億萬年浪潮溫柔雕塑
正快速被切割

臟壺、花跳、燒酒螺、招潮蟹……
沼澤濕地洶湧的生機
倉皇走避不及
死亡的驚呼警鐘般響起

波濤起伏間
猛烈敲打無人聽聞的海岸

原生植被紛紛棄守
馬鞍藤也橫遭截肢斷軀
卻仍不死心
掙扎伸出細軟的不定根
抓住，隨時可能崩去的島嶼

在陽光依然照耀的清晨
延展綠色藤蔓
與惡臭毒水垃圾堆爭生存
綻放紫色小花
面向油污的海面
朵朵都像吹響誓言的喇叭
堅持爲悲傷
留下些許希望的顏彩

——原載一九九九年五月二十八日《台灣日報》副刊

（以上六篇詩作均選自洪範版《吳晟詩選》）

古添洪作品

古添洪

廣東鶴山人，1945年生，美國加州大學（聖地牙哥校區）比較文學博士。現為台灣師範大學英語系所教授。七十年代，活躍於「大地詩社」，為其核心成員。2000年加入「海鷗」詩社，並擔任千禧年《海鷗》詩刊改版首任主編。其詩以「意義性」及社會／文化關懷為依歸，強調詩的前衛與實驗精神。著有詩集《剪裁》、《背後的臉》、《歸來》，以及學院詩人群年度詩集《(後)現代風景．台北》、《戲逐生命》、《詩的人間》、《切入千禧年》、《千年之門》之本人部分。

國殤：一九九五

骨頭、腐肉、衰草
鬼靈們以零碎的身軀
闖入五十年後的螢光幕
（此刻灰白沒有彩色）
然後就把自己擺在那裡
不再言語

訣別了
思念不再
（身軀身軀身軀黑壓壓的河
歷史雄偉悲涼的湧動
艱辛地從血泊槍林裡推擠向前）
記得我胸前
您手別的紅牡丹麼？

彈坑、婦人的床
儲穀備冬的倉庫
生生不息的河流
親朋寒暄的廣場
以及鳥兒落巢的茂林
都可以是
殺戮地
殺戮裡充滿著
赤裸的凌辱

東方的土壤
孕著美
孕著溫柔
春帶著秋夏帶著冬
開遍四季的花朵
天地茫茫

有仁有義
櫻花啊妳燦爛得可恥
（啊！對不起，櫻花
因爲那閃著軍刀的軍國主義者
妳在我詩歌裡竟含冤地蒙上了
恥辱的象徵）
原鄉的血在脈管裡奔騰
我要渡過海
誰來指引那些志願兵
迷失在比太平洋熱帶雨林
更深邃的歷史迷宮？
阿拉伯數字一一打出
旁白一一唸出
從百到千以至百萬千萬
現代資訊的機械表列
使我的視覺神經措手不及
所有的言語全部喪失
哽咽在滾動的喉頭
我是鬼雄
我是圓木
我們充滿生之欲
出不入兮往不返
平原忽兮路超遠
更有海峽險惡深不可渡

——一九九五年十二月．選自文鶴版《(後)現代風景．台北》

我生活的地方V—8

敘述系列（選一）

V—8端機

V—8很實用
台北人都有點餘錢
運氣好也有點文化
於是想留點生活點滴甚麼的
我拿起V—8把大樓拉過來
棟樑四壁桌上水果盤以及床上男女的立體
　空間
剎那間壓縮為乾燥花般凹凸不平的單向面
我任意切割成大小的方格與零碎機件
怎樣審視怎樣拼畫都可以

只要我選擇喜歡
打開視窗
視幕上文字記號懶洋洋
妻高據視窗的右角向左俯瞰
埋怨烏髮與炒鍋佔去大部份空間
主婦聯盟的標語
漂浮在漂浮的長柄鍋鏟上
有點像巫婆胯下的魔術掃把
陰影處機械房紅燈黃燈綠燈都亮起
生產工人蒙太奇般重疊的許多側臉
鑲嵌在後現代產品精緻明亮的夢幻裡
我最後讓肉白肉白的長腿橫穿畫面
（陰陽不辨差點兒踢到我鼻端）
靜止擺在那裡
其實V—8沒有這樣大的功能

我只是想像

——一九九八年十二月．選自文鶴版《切入千禧年》

尋找自己的位置

——演出的書篇

請把自己突然空盪下來。雙手、雙足突然停住，諸如此類的。有點譎詭，有點失去憑藉。如果你／妳習慣靜坐，或者曾經靜坐過，請觀腳趾。觀那一隻，或多少隻，聽由尊便。

想像或者實際拿出一個袋子。蔴質或者棉質。隨手拿條有袋子的褲子也可。想像或者實際拿出一個球，用最緩慢、最電影慢鏡頭的節奏、最小心翼翼地伸手放進袋裡把球放下。唔！很黑暗，很安全，很溫暖，我終於把外面的世界結紮起來。

請唸我製作的詩行：

（台北）的街道鑲嵌在一面面的牆間
物質性的、性別的戰車群
輪子接著輪子接著輪子
說流動不流動
說停滯麼也不完全停滯
一個後現代的拼畫的盆地
我是赤裸的男人或者女人
方向盤肌膚相觸地壓在我身上
我尋找自己的位置

我把白球放進黑袋子裡，我把藍球放進棕袋子裡，我把花球放進白袋子裡……。（生命）的球，噗的一聲掉下來了。釋放。驚醒。不醒也不打緊。

——一九九三年三月·選自台明版《詩的人間》

尹玲作品

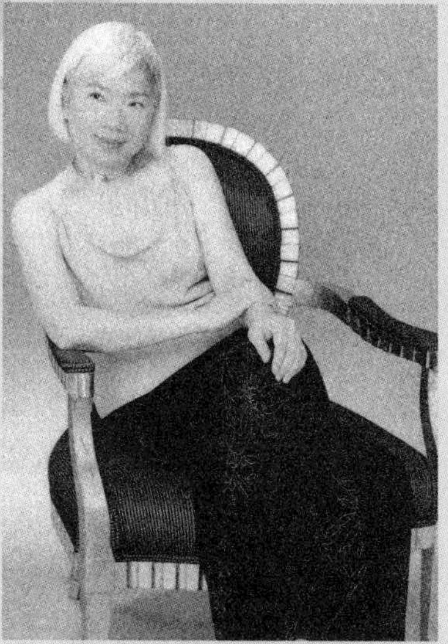

尹　玲

本名何尹玲，又名何金蘭。廣東大埔人，1945年生於越南美拖，台灣大學中國文學國家博士、法國巴黎第七大學文學博士。現任淡江大學中文系、法文系和東吳社研所教授。自幼同時接受中國、法國和越南三種文化的滋潤，十六歲開始於報刊發表作品，曾走過越戰，詩作充滿人道關懷。著有詩集《當夜綻放如花》、《一隻白鴿飛過》、《旋轉木馬》等；譯有《文明謀殺了她》、《薩伊在地鐵上》、《法蘭西遺囑》等。曾獲中興文藝獎、中國詩歌藝術學會詩歌藝術創作獎等。

野草恣意長著

你說
回鄉是一條千迴萬轉的愁腸
中間又打著許多結
糾纏　難解　荒謬　費猜
那邊偏左　這邊偏右
讓你一步懸在半空
足足掛了二十一年

時空在此織出一種極致的錯亂
昔日的是冷眼覷著今日的非
今日的對撇嘴嘲弄昨天的錯
另一套符碼顛覆滿城的街名
夥同建築物　結結巴巴的
指涉一定程度的意識形態

鄉音仍流傳這裡或那裡
卻已尋不著名叫文字的另一半
鬱鬱凋成一株
失去泥土的斷根殘梅
被木薯啃了十八年的親友　一個個
游離在你難抑的淚光裡
削成一絲絲曝曬過久
又焦又黑的蘿蔔乾

少小離家老大回啊
如何將這兩座陌生的塚墓
等同那年兩隻隱忍含淚揮動的手
是誰把母親的明眸細語
換做碑上三行淒啞的字
還有父親的剛毅熱情
怎能只剩六尺石塊的冷
一生心血僅存半輪落日

盼等二十一年的眼睛
唯有清淚可洗
而死生仍兩茫茫啊
仍兩茫茫

炙熱的三月末
野草恣意長著　像你
心頭恣意長著的痛

義祠向晚

——一九九四年・選自九歌版《一隻白鴿飛過》

晨曲

樹　想了整整一宿
應該如何　如何才能
讓夜褪去那件發黑的外衣

讓風沿著日的小徑
將晨光　輕輕攏上山頭

讓小溪終於看見

樹

正在它的心中

——一九九五年六月・選自九歌版《一隻白鴿飛過》

一隻白鴿飛過

永遠是一些不相干的人
在千里之外（比如巴黎）
華麗的某座宮裡（比如愛麗舍）
決定你的命運
你未來的生或死
簽下一紙他們稱之爲
和約

的撈什子

你當然仍在你的國土上
冰雪覆蓋著
心僵凍
家中僅剩的孩子
昨天在不關他事的
某雙方衝突中
吃下一枚
剛好送到的子彈
塞拉耶佛依舊飄雪
十二月
銜著一根冰血柱
那隻白鴿
牠
只不過恰好飛過

——一九九六年·選自九歌版《一隻白鴿飛過》

你張口說話的當兒

你張口說話的當兒
風過去了
雲也過去了
沒有過去的
是你和你
來不及闔上的
張開的
口

——一九九五年九月·選自九歌版《一隻白鴿飛過》

牆

牆也是有記憶的
不論你刻或不刻上

事情發生的日期和經過
它，全烙在最隱密的
縫裡

——一九九六年三月．選自九歌版《一隻白鴿飛過》

昨日之河

我們曾在昨日的河中
奮力游向彼此
那時所有的花兒都不敢綻放
或全在煙硝裡黑死了容顏
你說游啊還是要游
即使天暗　星星不願露臉
好讓上得岸時
插一支未被溺死的旗幟
漩渦下你也許未辨方向
待二十年長長的光簾捲起
各自的岸邊立有各異的樹影
瀰漫煙霧散去
而我們親手栽種的玫瑰半朵
卻已沈默地淹沒
在如夢遠逝的昨日之河

——一九九六年三月．選自九歌版《一隻白鴿飛過》

夜間飛行

就是要留起這一種語言
獨特專用
給你
和你說
一輩子不許旁聽的
私密

思維如夜行蝴蝶
愛在夜間飛行
追隨
線的另一頭的
你
西貢　北京　巴黎

——原載一九九七年九月《台灣詩學季刊》二十期

黃勁連作品

黃勁連

本名黃進蓮。台灣台南人，1947年生，嘉義師專、文化大學中文系文藝組畢業。曾任《台灣文藝》總編輯，台北市「漢聲語文中心」主任。現任《海翁台語文學》總編輯、「蕃薯詩社」總編輯以及「台南市傳統文教基金會」、「金安文教機構」等機構台語師資講習會教授、「榮後文化基金會」秘書兼董事。著有詩集《蓮花落》、《蟑螂的哲學》、《雉雞若啼》、《南風稻香》、《蕃薯兮歌》，編著有《台語千家詩》、《台譯唐詩三百首》、《鹽分地帶文學選》等，以及散文集、文學評論集等多種。曾獲全國優秀青年詩人獎、南瀛文學獎、榮後台灣詩人獎。

六月天（台語詩）

戴草笠
搓田草兮盈晡
日頭光特別炎
汗涔涔仔流
一點一滴
滴落咱兮田塗

「六月天
火燒埔」
即款兮天氣
心內上蓋燥兮
是咻一杯冰水
抑是食一枝冰枝

徛在田頭
看無雉雞兮叫啼
嘛看無白鴿鷥行來
行去 千礁
有一屑 風絲仔
無偌遠兮松仔跤
猴死囡仔佇遐咧車畚箕

正手爿兮鐵枝路
「嘟」一聲
糖廠兮小火車
親像牛屎龜咧
喘大喟爬過咱兮土地

即款兮天氣
天是透明兮
向東爿看過去

看無陶淵明兮南山
嘛看無黃色兮菊花
擧頭　看著兮
是徛佇吾鄉平野兮
蕭壟糖廠兮
大枝煙筒咧噴煙

——一九九五年，選自台南縣文化中心版《黃勁連台語文學選》

註解：

❶涔涔（zim^{5}X）：流汗的樣子。
❷燥（so^{3}）：熱切盼望。
❸正手爿（ziaN^{3} ciu^{2} ping^{5}）：右邊。爿，邊。
❹嘟（tu^{4}）：火車的叫聲。擬聲詞。
❺喘大喟（cuan^{2} tua^{7}khui^{3}）：氣喘如牛。

撐渡伯也（台語詩）

即世、即世儂
故鄉、是可愛兮鐘聲
一句、一句，是白鴿鷥
規排，飛過來

是阿母兮叮嚀
非常兮慈愛
一聲一聲，對南方
飛過來、飛過來

在搖動兮船車
在阮流浪兮生涯
在阮兮征衣佮酒痕
編織兮眠夢

一聲、一聲
一聲長一聲短
即世，短短
抑長長兮一生
故鄉也合我無緣

即款兮疼痛，故鄉
兮大圳、故鄉兮溪水
故鄉兮田園、故鄉兮
竹抱、故鄉兮柴堆
故鄉兮黃家祖厝
祖厝前兮樣仔樹
參我無關參我無緣
親像撐渡伯也共款
阮在溪兮兩爿
撐來撐去——佇

台北城佮故鄉
之間兮河流
撐來　撐去

時常台北迄爿
伸來招魂兮手
台北鬧熱兮暗暝
青燈紅燈咧叫我
同時黃昏兮時
南方咧叫我
故鄉兮甘蔗花
白色兮甘蔗花
甘蔗花頂懸兮
烏秋咧叫我
我可憐可愛兮
童年咧叫我

阮老母徛店
埕尾咧叫我
所以阮眞正是
悲哀兮——悲哀兮撐渡伯
佇台北暗淡兮燈火
佮故鄉閃晰兮燈光
撐來　撐去
撐來　撐去

——一九九五年．選自台南縣文化中心版《黃勁連台語詩文學選》

註解：

❶撐渡伯也(theN^{1} too^{7} peh^{4} a^{x})：撐渡船的老伯。也，唸隨前變調。

❷即世儂(zit^{4} si^{3} lang^{5})：這一生、這一世。

❸對(tui^{3})：從。介系詞。有的地方說成唯ui^{5}或ui^{3}。

❹頂懸(ting^{2} kuan^{5})：上面。

❺烏秋(oo^{4} cui^{1})：鳥名。

❻埕尾(tiaN^{5} bue^{2})：庭院。

南風稻香（台語詩）

南風，南風
芳貢貢兮南風

好食，好食
眞好食，眞好食兮
滋味，唯
埕尾，唯曝粟仔埕
唯風鼓兮搖動
飄送來兮
迄種滋味
是芳貢貢兮南風

貢貢芳兮南風
（食了，佫想
卜食，食了
佫想 卜食）
啊 我愛睏矣
無偌遠 田園迄爿
金光閃閃 佇
我愛睏兮面前
搭一條閃晰發光
兮萬里稻香

——一九九五年·選自台南縣文化中心版《黃勁連台語文學選》

註解：

❶芳貢貢 (phang^1 Kong^{3}X)：芳香，香噴噴的。

❷無偌遠 (bo^5 lua^7 hng^7)：沒多遠。

阿輝兮娘（台語詩）

阿輝也出山了後
阿輝兮娘
目屎拭拭咧
伊無愛佫哭
伊希望悲慘夠遮爲止

伊 清早踮起來
探一下天色
呿一喙清飯
匀匀仔呑匀匀仔
呑一枝一枝兮蕃薯籤
呑一枝一枝傷心兮往事

然後去大圳頭

溪仔邊行來行去
然後去苦楝樹跤
咿咿啞啞唱一首
不成曲調家己編兮歌

然後去行田岸
去料想世事兮無常
去測量悽慘兮終站
去估計悲哀兮極限
然後　甚麼亦
無愛想　伊
只不過　摸伊
疼痛兮胸匣
伊疼痛兮心
然後日落黃昏時
喙鹹一葉竹葉

手揞一籃瘡瘡兮
油菜花行牛車路
轉去　轉去兮
牛車路　暮色蒼茫

暗時仔誠暗
伊點一葩番仔火
看一下熏烏去兮
壁堵　看
以後兮日子

阿輝兮娘
唔知悲哀
是唔是結束矣

註解：

❶拭（chhit4）：擦也。

❷夠遮（kau3–chia1）：到此。

❸跖（peh4）：爬起來。

❹探（tham3）：看也。

❺敁（pe1）：用筷子撥。

❻胸匣（heng1–ah8）：胸膛。

❼瘖瘖（sau2X）：瘦瘦。

❽壁堵（piah4–too2）：牆壁。

蕭　蕭作品

蕭　蕭

本名蕭水順。台灣彰化人，1947年生，台灣師範大學國文研究所碩士。曾任教於景美女中、北一女中、文化大學、輔仁大學、東吳大學、真理大學等校。自小成長於廣袤的稻野之中，寫詩、寫散文、寫評論無不以尊重生命為主軸，喜歡台灣文化的多元現象，接納世界文學的洗禮，欣賞傳統古典氣質，也勇於嘗試現代的前衛風格。著有詩集《悲涼》、《雲邊書》、《凝神》、《蕭蕭世紀詩選》等；散文集《太陽神的女兒》、《詩人的幽默策略》，主編《新詩三百首》等；另有評論集等多種。曾獲新聞局金鼎獎、五四獎文學編輯獎等。

心即心

千支萬支帶毒的箭，帶著速度鑽入
一把無名的火燒向無明
在滾燙的岩漿中，我
尋找站起來的膝蓋和姿勢
這時候，你的骨髓在哪裡？
穿越深黑的澗谷
雜草叢生，只向陰冷的風折腰
燐火不確定的聲音
飄向顫顫危危，我的雙腿
這時候，你的視窗開向何處？

頭髮一急而灰白
竟然沒有一顆星願意爲暗夜
引路
巨石迸裂
菩提落葉
河水撞向堤岸
這時候，你的涕唾又拋給了誰？
鳥從兩邊眉毛陸陸續續飛了出去
花香則自三萬六千個毛細孔中
浮昇，散逸，襲——
嗨嗨的叩應聲
陸陸續續叩而後進入
我以飄離地球四又三分之一公分回應
這時候，你的臉色爲何轉爲藏青？

至於
粉飛的塵煙俗霧
如何再一次現身一個完整的我
可以周流的血脈
可以狂笑的嘴與神經
三種魂，七種魄
四種綱維，八種道德
同時呼同時吸的兩個鼻孔
風中的，我我我我我我其實也無法
構思
半個我在三十三天外，半個
我在七十二層地獄粉飛

——一九九六年·選自爾雅版《緣無緣》

風入松

風來四兩多
松葉隨風款擺、吟誦
風去三四秒
五六秒
松，還在詩韻中
　　動

——一九九八年·選自九歌版《雲邊書》

風箏隨風飛

逆著風跑的一根線
因爲有心事而挺直了自己
翻飛著上

翻飛著下

——一九九八年・選自九歌版《雲邊書》

草戒指

因為吸取了露水所以長成纖維
因為植根土壤所以可以隨時發展意想

環你一莖草
其實也環你風，環你雨
薄月，粗茶
微雲，淡飯
無可避免你要遇到　我
生命中的風風雨雨，一起抵禦
環你一莖草
其實也環你終年或增或減的陽光
草的溫暖
何止溫暖心與心的疏離
何止溫暖一根無名指
　　愛的渴望
環你一莖草
其實也環你生命的韌度
張開毛細孔纖維
呼應你的脈搏量數
凡常歲月裡多少高低音
多少萍聚萍散，花榮花枯

會呼吸的草
環你以全生命的風雨和陽光
知道草之脆弱的我
環你以全生命的謳歌與哀唱

——一九九八年・選自九歌版《雲邊書》

鏡子兩面

鏡子(A)

發現對面是一片空 白
無物可照
那晚，鏡子開始懷疑
我，曾經存在嗎？
那些曾經在我心上喜心上怒的
如今又在哪一面鏡子的外面哀樂？

鏡子(B)

照看外面空無一物
無晴，無雨
無男，無女
無聲，無色
無情，無義
鏡子坦開胸腹手腳，睡了一個大覺

——二〇〇〇年．選自文史哲版《凝神》

瞭　望

(A)我在窗格子的這邊瞭望時間

透過木格子，一格一方
千方萬方
我看見遠方
一個小小的人影
向千格萬格的水田
載欣載奔而去

那是追逐太陽的夸父
還是我童年的身軀？
爲什麼一下子就隱沒了
在金屬性的溶液裡
載浮載沉無聲？
只有兩顆小小的眼睛
炯炯注視：遠方
朝雲夕煙晨嵐暮靄沉沉

(B)時間在窗格子的那邊瞭望你

你正在考慮
坐一把金交椅　或是木交椅
在燦黃的菜花田裡　或是
威嚴的紫檀木上　打個盹
也只不過是打個盹
金鑾殿上的燈火熄了
巨大的天廈俯視著琉璃
只不過是打了一個盹
朝陽變夕陽
只不過是一個盹
夕陽變月亮
一個盹而已
月亮成了紙糊的燈籠
站起來還是繼續蜷伏？
那雙眼睛
炯炯注視：你
還在一片窗格子的瞭望裡

——二〇〇〇年．選自文史哲版《凝神》

飛天三式

飛天一式

天心裊娜柔軟

柔軟得無邊無際無涯無岸
還碩大無匹
一個草寫的
飛舞的
曼妙的
無。捨了地球引力如捨了情／意
捨了山河如捨了五色五聲
而無聲無色
而亦無涯無岸
裊娜如一朵無心的雲
雲而無心
所以我才裊裊飛入栩栩的天心

飛天二式

無人牽引，所以不懼風吹
不懼風追，所以彩帶是她自己
若是飄向東
是她眞喜歡的東
若是飄而向西
是她喜歡流連彩霞那種輕盈的無際
眞的也無分四季
春有春之聲
秋有秋的霜葉紅於二月之花
更不說冬夏之兩脅風之習習
風而習習
我才可以如此婉約飛入你棉柔的心

飛天三式

天，非帳幕
地，亦非舖蓋
情，不是一線可以相牽
義，更非一部春秋所能接續

山，就讓山凝固成浪
水，就讓水昇華爲一眼波而横
風，逐風而飄
雲，逐雲而去
你，無法無天無偏無黨
無影無蹤無枉無縱
無緣無故無親無故
無聲無臭無憂無慮
無情無義
所以：飛

——二〇〇〇年．選自文史哲版《凝神》

應無所住而生其心

（選二）

其一

1 如果是曠野，風聲激越穿空而過
2 如果是高牆，相約李白題好詩在上頭
3 如果是死水，飛鳥可以照見英姿
4 如果是泡沫，晶瑩剔透總會因剔而透
5 如果是琉璃，碎不碎都象徵人生閃爍
6 如果是流螢，凝神飄飛沒有分際
7 如果是荒山，馳啊奔啊世界永無盡頭
8 如果是白旗，高高舉起就是勝利
9 如果是彩虹，憂傷不知何處藏躲
10 如果是缺口，生命眞的可能從此逸走

11　如果是銅像，立正未嘗不可稍息未嘗
　　不可
12　如果是滑鼠，點一下大千在向你招手
12　如果是大千，滑鼠滑不滑只不過是芝
　　麻小事
11　如果是立正，銅像堅持的不一定是銅
　　或像
10　如果是生命，缺口傷口都能保持相當
　　時間是活口
9　如果是憂傷，彩虹一樣七彩一樣抛物
　　線散開
8　如果是勝利，白旗也可以揮成V字形
7　如果是奔馳，荒山之後是花園、果林
　　之後是荒山
6　如果是凝神，流螢不飛腐草不化
5　如果是閃爍，琉璃打起霓虹的手語給
　　遠方

4　如果是晶瑩，泡沫泡久了不是沉澱就
　　是碎爲碎末
3　如果是飛鳥，死水死死等待倒影攪亂
　　一池死水
2　如果是李白，高牆依然長他的苔長他
　　的草
1　如果是風聲，曠野向曠野猛撲猛撲過
　　去
1　如果是曠野，風聲隨著不同的心情變
　　調

其四

○○○○　笑看時間牢籠，你是鐘乳石最
　　新鮮的那一滴乳頭紅暈
○○○一　笑看生命基型，你是保險套裡
　　蠕蠕而動的一顆精子

○○一○　笑看情慾薄膜，你是未拍攝的
A片中一聲喘息
○一○一　笑看命運捉弄，你是滾滾濁流
一片未題詩的紅葉
一○一○　笑看世紀風潮，你是Kitty貓張
不開的嘴，大家卻看到了笑
一○○○　笑看色彩戲逐，你是夕陽餘暉
裡的雲翳雲翳裡的霓虹
一○○一　笑看意識制約，你是喊一次就
消逝在風中的激昂口號
○一一○　笑看肌理極限，你是痠中之痠
痛中之痛
一一○○　笑看噩夢循環，你是火煉水侵
的石悲傷
一一○一　笑看業障輪迴，你是悲傷的石
成爲杜十三的玉
一一一一　笑看情慾薄膜，你是一片未題
詩的紅葉在滾滾濁流中翻滾
○○一一　笑看肌理極限，你是激昂口號
消逝在風中，又在遠方激昂
一○一一　笑看噩夢循環，你是一聲A片
中發不出的喘息，喘息在他懷裡
○一○○　笑看業障輪迴，你是窗口靜靜
的霓虹，輝映夕陽餘暉
一一一○　笑看時間牢籠，你是痛定思痛
笑看命運捉弄
○一一一　笑看命運捉弄，你是那一滴乳
頭紅暈，最新鮮的鐘乳石

——二○○○年．選自文史哲版《凝神》

李敏勇作品

李敏勇

台灣屏東人，1947年生。以文學為志業的人生歷程，反映在主編《笠》詩刊、擔任台灣文藝社長及台灣筆會會長的經歷。現為鄭南榕基金會及台灣和平基金會、現代學術基金會董事長。著有詩集《野生思考》、《戒嚴風景》、《傾斜的島》、《心的奏鳴曲》等；另有散文、小說、文學評論《做為一個台灣作家》、《戰後台灣文學反思》等三十餘冊。曾獲巫永福評論獎、吳濁流新詩獎、賴和文學獎等。

這城市

我們隱藏自己
在擁擠的人群裡
在污濁的空氣中
掩護焦慮
掩飾貪婪

玻璃帷幕暴露我們茫然的眼神
厚重金屬壓制我們不安的心
這城市
冷漠仍繼續繁殖
疏離卻不斷膨脹
沒有共同的語言
路口的紅綠燈也失去意義
只能依靠手勢
互相交換信號
互相懷疑怨恨

監禁自己在門與窗都查封的屋子
依賴電視的視野
我們認識剪裁和拼貼的世界
接收黨國指令
摒棄思考在夢魘中安睡

——一九八九年・選自笠詩社版《戒嚴風景》

海峽

在敵對裡
僞裝親善
但危機潛伏著
使海變成灰色

那是軍艦的顏色
那是鼠的顏色
埋葬夢
吞噬夢
曖昧的風景
陰險的水域
警戒的陣地
模糊的國界
堆積著白骨
堆積著船骸

——一九九〇年・選自圓神版《傾斜的島》

死亡記事

報紙上
刊載著死刑犯槍決的消息
在微亮的清晨
響起了槍擊聲
倒下了身體

血流在人犯倒下的土地
那血跡
迅速被行刑的人掩蓋
但血已滲入土裡
溶入土地

在那位置
已不斷槍決了好幾個死刑犯

他們流下的血淤積著
使土地變成赭紅色
並飢渴地等待著下一次槍決的人的血

因這麼想
我的手顫慄起來
報紙掉落
我好像看到血從報紙流出
淤積在地板

在地板上的血的幻影裡
等待誰的血呢
我這麼自問著
但冰冷的地板若無其事
只是擱著報紙無言無語

——一九九一年・選自圓神版《傾斜的島》

想像

生日那天
妻送我一束花
孩子們圍繞著點亮燭光的蛋糕
歡唱了祝福的歌

那束花
終於也枯萎了
把花丟棄時
感覺自己也被丟棄一次

那晚
想起死去的父親
想起和弟妹們圍繞著父親
一起唱生日快樂歌

死去的祖父
成爲星星升上天空
這是孩子們的想像
她們常常告訴我的想像

被丟棄過的我
有一天
也會成爲死去的祖父
在孩子們心裡成爲星星

我躺在妻的身旁
想著這樣的事
說什麼也睡不著
把妻也叫醒了

也許不該送你那束花
妻說

但我認爲
這並不是花的問題
也許是年歲的問題

感到睏倦要閉上眼睛的時候
隱然看見一個星星
在低垂的月亮旁眨眼

——一九九一年．選自圓神版《傾斜的島》

我聽見

我聽見
遙遠的呼喊
也許
從監獄的刑場

或
來自醫院的產房
孤寂的夜裡
我正讀著一首異國的詩
詩人
以語言的擔架
從刑場領回政治受難者
並為他施洗

但我寧願
在日出之前
護士們抱著新的生命輕輕舉起
嬰兒離開母親子宮的哭聲
其實是
女人的歡喜

——一九九二年・選自玉山社版《心的奏鳴曲》

國家

我的國家
只隱藏在我心裡
沒有鐵絲網
沒有警戒兵
用樹葉編成的旗幟
飄揚在風中
樹身就是旗桿
遍佈島嶼的土地
有鳥的歌唱在樹林裡
隨著風的節拍回應自然的呼吸

——一九九七年・選自玉山社版《心的奏鳴曲》

在科隆的一個夜晚

夏天的夜晚
科隆城的星星俯瞰著萊茵河
在水聲的回應中眨眼睛

大鐵橋像弓著背的黑貓
蹲在遠方
等待另一個黎明

我和德國朋友沿著河濱散步
他在家鄉而我在異國
在戰時他也曾這樣行走

轉入電車軌道延伸的街路
夜晚的咖啡館
映著月光的玻璃窗

再過去
是羅馬人遺留下來的城門
更遠處大教堂的尖頂沈默著

買一份晚報吧馬丁教授說
看看塞拉耶佛的事況
來一杯科隆啤酒

細長的玻璃杯握在手中
那感覺眞是冰涼
一直到脾胃裡

而遠方的戰爭
火熱熱的呻吟
在黑暗裡發出聲音

隨著末班電車
在轉彎過後
才和杯子裡的酒一起消失

——一九九七年・選自玉山社版《心的奏鳴曲》

鄭烱明作品

鄭烱明

台灣台南人，1948年生，中山醫學院醫科畢業。曾任高雄市立大同醫院內科主治醫師，現任財團法人文學台灣基金會董事長、《文學台灣》雜誌發行人、笠詩社社長、台灣筆會秘書長，推行、發展台灣文學不遺餘力。著有詩集《歸途》、《悲劇的想像》、《最後的戀歌》、《蕃薯之歌》、《鄭烱明詩選》等。曾獲笠詩創作獎、吳濁流新詩獎、鳳邑文學獎、南瀛文學獎等。

在這擁擠的島上

在這擁擠的島上
曾經孵育過的祖國之夢
隨著戰爭結束後不久破滅了
於是有人開始學習候鳥的遷徙
成爲拒絕回到故鄉的人

在這擁擠的島上
獨裁者的軀體已成白骨
他的追隨者仍繼續頂禮膜拜
從狹小的廟宇到空曠的廣場
而有人忍不住在銅像的頭上灑了一泡尿

在這擁擠的島上
愛或被愛都無關重要
權力、謊言、詭辯才是流行的追逐
人們在鐵窗內擁抱做愛
幻想清涼的風明天會從窗外吹來

誰也不願相信
眞理與正義只是統治者
手中不斷晃動的一塊誘餌
偏偏有人願意賭注生命
爲擁擠的島嶼闖出一片天空

——原載一九九〇年九月《台灣春秋》二十三期

出葬

出葬的行列
緩緩地前進
沒有死者

沒有哀樂
也沒有憑弔的人
所有虛妄的神話
歷史的謊言
貪婪的惡德
全部埋入塵土
只露出一顆頑固的心
迎著晨曦
向未知的命運走去

——原載一九九〇年十二月《笠》一六〇期

閱兵

一輛輛的坦克
一支支的火箭
一列列的士兵
一排排的刺刀
唰——唰——
轟隆轟隆地通過
灰色的廣場

撕裂天空胸膛的戰機
挾著巨大的音爆
向權力的前方飛去

它們在炫耀什麼？
它們在威鎮什麼？

隔著層層的拒馬和蛇籠
一對對驚惶的眼睛
找不到回家的路

——原載一九九一年十一月九日《自立晚報》

勝利者

那天，在電視螢幕上
看到一位去國多年熟識的文學家
瘦削的臉龐帶著激動
站在機場出口的宣傳車上
大聲地喊：
「阿母，您的孩子回來了
您有聽見嘸？」
我的胸口一陣酸痛

今天，也是在電視螢幕上
聽見一位獨臂的台灣先覺者
以溫儒而平靜的口吻
在吵雜的記者招待會上
緩緩地回憶說：

「在海外流亡二十多年的歲月裡
痛苦的事比快樂的事多」
我的眼淚撲簌地掉下

是的，經過奮鬥
該回來的終於回來了
該釋放的終於釋放了
然而該擁有的卻仍未擁有

甚且
有人仍處心積慮
破壞我們殘存的愛與夢
污衊我們純潔的理想

也許時間會證明一切
究竟誰是眞正的勝利者
沒有流血，沒有暴虐
在這傾斜的島上

——原載一九九二年十一月二十三日《自立晚報》

沉淪

爲了養殖
幽靈集團龐大的口腹
貪婪的政客們
爭相以
最新型的高速馬達
嗜血般地
日夜
抽取那埋藏在地下的生命之泉
直到整個地層陷落
鹹腥的海水往他們的鼻樑倒灌
來不及打一聲噴嚏
搖晃中
但見一隻溺死的蒼蠅
緊貼在浮腫的臉上
似熟睡
於陽光乍現的午後

——原載一九九二年十二月《台灣評論》第二期

雪

沒有雪眞的活不下去嗎
某日
從小生活在雪地裡的他
突然，深深地
懷念起遙遠的雪來
與其說喜歡雪的純淨明亮
不如說是厭惡現實的晦暗吧
他想起自己漂泊的人生
有如無數翩舞的

白茫茫的雪花
雖然繽紛
但轉眼即逝
化入塵土

那夜
滿頭白髮的他
終於滿足地斷氣
在一個大雪狂飛的夢中

——原載一九九三年二月十八日《中國時報》副刊

羅青作品

羅　青

本名羅青哲。湖南湘潭人，1948年生，美國西雅圖華盛頓州立大學比較文學研究所畢業。現任台北師範大學美術系所、英語系所教授。其文學作品被譯成英、法、德、日……等十國語言，其繪畫作品在國內外舉辦畫展三十餘次。著有詩集《吃西瓜的六種方法》、《神州豪俠傳》、《水稻之歌》、《不明飛行物來了》、《錄影詩學》等；另有詩畫集、散文集、論文集等著作多種。

一部關於「米雪」的修辭史

如果把米比喻成雪
例如雪花飄如米花之類的
這未免顯得有些荒唐而無聊
況且也沒有甚麼用

鄉土派的打手們
馬上會嚴正的批判你
四體不勤虛無晦澀唯美濫情
爲甚麼不自隕滅

還是趕快把米粒比喻成汗珠罷
或是引用「粒粒皆辛苦」之類的成語
雖然顯得有些陳腐而又懶惰
但這樣似乎就有用得多正確得多

社會派的評審們
一定會表情略帶悲哀的點點頭
並用一長串健康寶寶貼紙
獎勵你的抄襲與囉嗦

可是我所說的米雪
只是一位純潔又豐滿的美麗少女
在知識論與本體論的演繹歸納辨證之外
在女權運動與街頭運動的肢體語言之外

新女性們聽了立刻皺緊眉頭
先發制人的厲聲大喊：
贊成選美是經常對女性進行意淫的惡果
此乃男性沙豬主義陽萎之突出表現

尤其是我所LOVE的MICHELE
居然是一個既端莊又性感的中美日三國混
　血兒
在霸權主義　帝國主義與軍國主義之內
在貨幣理論　跨國理論與依賴理論之內
一些批評家們立刻揮起龍鳳牌剪刀
架住我的喉嚨命令我說字正腔圓的國語
另一些則拿起brandle的武士刀
頂住我的屁眼逼著我說他媽媽的方言

至於「雪」呢?
這個意象比起「米」來那就太下流太可恥
　了
叫人不得不想起風花雪月之類的名詞
充滿了罪惡腐敗與墮落

暴力革命派一致決定
一定要用大量的鮮血
才能洗清刷清釐清
歷來雪的一切壞影響

因爲，雪片表面上潔白輕柔無瑕
實際上卻冷酷冷漠，自私無比
還有，雪堆表面上笨拙愚直，純樸無文
而內心卻玲瓏剔透，機巧無比
這使得到處以樸實自我標榜的人大爲震怒
笨拙愚直一直是他們賴以成名暢銷的專利
豈容一堆冷冷靜靜其貌不揚的雪堆
來揭發來篡奪，來撿現成的便宜

況且雪花這不要臉的小妖精
實在太任性，太瘋狂，太易變

太暫短，太不永恆，太易融化
太不可信任
好不容易
穩定了下來
卻爲得是
埋藏更多的殺機
上了年紀的，容易感冒生凍瘡的
摔斷骨頭的，不再有興趣玩雪的
全都無異議鼓掌通過：
「雪花是不道德的！」
而米雪，不問可知，單看名字
就知道一定會傷風敗俗
把整個淵遠流長的文化傳統
斷送在一場爆米雪花出浴秀裡

於是在民族學家，民俗學家
文化人類學家，社會批評學家
雜文諷刺專家，屁股專欄作家的
口誅筆伐，熱烈討論之中
米雪終於赤裸裸的與大家見面囉
在祖師廟前　在小學校後
在金水嬸小兒子的囍宴上
在阿土伯告別式的隊伍裡
在萬華歌劇院的舞臺下
我們搶著撿拾她四處拋落的呻吟
在歡樂錄影帶的螢幕上
我們反覆咀嚼她丟扔過來的胸衣
最最過癮的，莫過於

在隆重的音樂廳裡
看她與警察玩脫脫
穿穿的電動遊戲

事實上她的名字有時就叫「密戲」
有時候卻被寫成「醚穴」
印成「迷學」，念成「謎血」
更經常拼成了Michael or Michel

我們因爲無法
永恆的擁有暫短的她
只好背棄她，遺棄她，拋棄她
甚至躲避她，逃避她，懼怕她
然後再回過頭來
聲色俱厲的斥責她
故做冷眼的寬容她
或裝瘋賣傻的附和她
而她卻在舉手投足之間
載歌載舞之際，輕輕鬆鬆
永恆的擁有了
欲拒還迎的我們

——原載一九八九年十月《香港文學》五十八期

註：

字典裡無brandle，只有brand〔商標〕及brangle〔吵架〕，Michael〔麥可〕Michel〔米謝〕皆為男子名。

論杜甫如何受羅青影響

——兼論春秋戰國受二十世紀影響

請不要捧腹大笑

更不要破口大罵

請不要以爲我故意把
一篇論文的題目寫成了詩

沒有人會相信嫦娥
曾經跟太空人學過太空漫步

但她一度在敦煌觀摩過
彩帶舞——倒是不爭的事實

這是喜歡選購昂貴獸皮的后羿
所永遠無法理解的

還是聖之時者孔丘
開通又明智，早看透了這一點

他任人打扮，穿著歷朝歷代的
時裝到處活動，從不挑三揀四

這些專業知識
古今中外所有的小孩

早就在繡相插圖連環漫畫裡
反覆研究得一清二楚

光頭神探及老子莊子
齊天大聖及大醉俠蝙蝠俠，都可證明

鄭康成與朱夫子
時報出版社及蔡志忠也都一致同意

只要來個漫畫人物新年大團拜
便可充分證明杜甫受過羅青影響

因爲古代的風花雪月
最喜歡模仿現代攝影裡的月雪花風

古代的喜怒哀樂興亡盛衰
完全抄襲現代電視中的因果輪迴循環報應

包青天可以參考虛構的福爾摩斯
武則天可以剽竊美國的埃及豔后

所有的電視觀眾都同意
楊貴妃要健美的現代豪放女來演才像

現在我只不過是說說杜甫受我影響而已
大家又何必皺眉歪嘴大驚小怪

若硬是要問有沒有其他證據
證明杜甫如此這般
只要把杜康抓來一問
便可一審定案

如果有人膽敢因此走上街頭
示威抗議胡攪蠻纏
隊伍一定會遭人插花遊行
趁機主張分裂早已四分五裂的國土
屆時將更加突顯杜甫創作的
那句「國破山河在」

不單受了我
同時也受了我們大家的，影響

——原載一九九四年十月二十日《中國時報》副刊

雖然我仍能讓大家

——致讀者

中年以後
我的右手已練就抓沙成金之術
不用說
左手也已削鐵如泥
而我的觀眾卻散如煙火
送來的掌聲竟遙遠如迴聲
雖然我仍能讓大家
看見
飛魚嬉戲來回躍過揚波出浴的圓月
巨鯨豎尾上下拍散懸浮半空的星斗

而我的觀眾卻散如撕碎的股票
盲目的夾在報紙股市指數版裡
雖然我仍能讓大家
聽見
鬚根在頑石中吶喊
種仔在果實中合唱
而我的觀眾卻散如競選錄音帶
在街頭暴動中嗶嗶剝剝的燃燒
雖然我仍能讓大家
聞見
夢想分泌出來的奇異香氣
理想吐露出來的沁涼呼吸

而我的觀眾卻散似一群沒頭蒼蠅
死命趴在各種電視播映的美食上
雖然我仍能讓大家
想見
如何從瑪瑙內提煉出葡萄美酒
如何把粗瓦片磨亮成鑑人銅鏡
而我的觀眾卻散亂成狡詐的獮猴
握著可樂空瓶嬉皮笑臉的站在哈哈鏡前

雖然我仍能讓大家
品嚐
從綿綿白雲中擠出的鮮奶
從紅紅太陽裡榨出的果汁
而我的觀眾卻四散似開春的野貓
到處舔食野外情侶拋擲的衛生紙

雖然我仍能讓大家
觸摸撫弄
寂寞深處的溼滑柔暖
野心高處的勃起挺堅
而我的觀眾卻散似可以透支的信用卡
仍情願與全世界的提款機24小時做愛

雖然我仍能用
手指
從一疊疊千元大鈔中抓出百步蛇來
從一個個十字架中抓出千面人來
而我的觀眾卻毫不猶豫的挖下眼珠
紛紛在乩童的聚寶盆中拋成骰子

我把手中塊塊的泥巴
拋成點點金色的陽光
仍然無人
聽見看見

我把條條黑色的鋼筋
收穫成根根甜美的甘蔗
依舊無人
聞香品嚐

我在孤峰頂上
織彩虹為蒲團
吐納天風——
山川願為見證

我在都市一角
燃冷漠成營火
煮食黑暗——
黎明齊聚圍觀

我在荒野之中
化成龍泉劍一把
劈開乾渴——
旱地咧嘴喝彩

我，別無選擇的
奮力縱身直插而下
刺探並喚醒深深地層下
等待噴射而出的萬丈清泉

敬請大家拭目以觀

——原載一九九六年一月《中外文學》二十四卷第八期

二〇〇〇年犰狳節之年

請立刻閉上一隻眼睛（序曲）

雖然台北已經有
很多很多車
很多很多人
很多很多動物

但我仍然忍不住創造了
一輛小小的車
一個小小的人
一隻小小的動物

悄悄的
我把小小的他們
放入了
大大的台北

一輛會亮燈但不會發動的車子
一個會走路但不願說話的人
還有一隻沒有影子
但會學鳥鳴的犰狳

要是你在台北
看到　遇到　聽到　他們時
請立刻閉上一隻眼睛
且微笑

犰狳節

曾經，我在報紙上
鄭重宣告
我放生了一隻

小小的犰狳
在大大的台北
一隻沒有影子會學鳥叫的犰狳
沒人理會這件事情

無論如何
有了犰狳的台北
是不一樣了
儘管沒人看到
也沒人聽到
更沒人在意
但有了台北的犰狳是不一樣了

等著罷！總有一天
全台北的人會動員起來
在自己的體外，甚至體內
追尋犰狳的影子
探索鳥鳴的來源
並把犰狳放生的那天
正名為〔犰狳節〕

註：
〔山海經第四，東山經〕最先說
又南三百八十里
曰餘自我之山
其上多梓苜
其下多荊芑
雜余之濁水出焉
東流注于黃水
有獸焉
其狀如狡兔而鳥喙

鴟目，蛇尾
名曰犰狳
其鳴如苦吟仇余
見則螽蝗為敗或自敗
遇中國人
則眠
〈廣韻〉反駁說
犰狳
音求魚
或曰由〈恨我〉一聲之轉，非也
獸而似魚
求為魚而不可得也，故名
蛇尾，豕目

見台灣人則
佯死

〈百科全書〉打圓場說

犰狳，音愁予
見〈楚辭，九歌，湘夫人〉
帝子降兮北投
目眇眇兮愁予
此外，仇余糗余醜魚臭予舊玉究迂，皆非
亦與有求於我之「求予」無涉
哺乳類中之貧齒類
與無齒者及貧嘴者無涉
與樹獺和食蟻獸及台北人
有血緣關係

穴居地中，故無影
獨棲，或成對，或成群棲息
身長三尺許，十分粗壯
體面及頭尾皆被鱗片，有如甲冑
遇敵則含尾口中縮甲成球
嗶嗶哀號若：（你不敢，我不怕）
腹面生毛，臉紅臉黑不可辨
佯死與真眠亦不可分
口吻突出，舌細長
善鳴，如禪師說法
眼小，近視，以耳為眼
故眇眇而愁
四肢短，趾具銳爪
彎曲而有力，善掘金聚金藏金

亦善游泳
能吸足空氣
使身體發光浮於水面
謂之流金
夜出食白蟻，塑膠蚯蚓
以及其他電腦滑鼠之類
喜受素食供養，以美金為佳
人民幣，新台幣亦可
多產於熱帶，亞熱帶
及溫室帶之平原或水泥森林中

——原載二〇〇〇年十一月二十日師大國語中心《端午詩專號》

我的美麗新世界

——給美麗島的美麗情詩

我的頭上有耳朵
但我是聾子
我的臉上有眼睛
但我是瞎子
我的眼下有嘴巴
但我是啞巴
我的嘴上有鼻子
但我不會呼吸

我的胸膛很壯碩
但肺葉中沒有氧氣
我的皮下有血管
但心房沒有血液
我的手中有筆有墨
但寫不出也畫不出
我的四肢能夠行住坐臥追趕跑跳
但身體卻失去了所有的水分
我的屋子有窗子
但吹不進一絲微風
我的花園有花朵
但散不出一點芬芳

我的園中有鳥
但聽不見一聲鳥鳴
我的山中有白雲
但絕不能飄浮移動
我的溪澗有清泉
但根本無法淙淙暢流
我的日月星辰全都一起升起
但絕不發任何光芒
因為我的世界在他們心目中
是一幅除了妳什麼都有的美麗圖畫

——原載二〇〇一年三月十一日《中國時報》副刊

二〇〇〇年十二月一日預見三十一日傍晚在淡水觀落日有感

荷蘭人走得十分匆忙
慌亂的腳印間
滾動著一片片揉皺的樹影
歪斜的車轍間
掉落出一座小小的紅毛城

英國人走得從容些
搬得空無一物的庭院中
只留下一把被颱風吹壞的
黑傘，靜靜的插在
一只破裂的紅色垃圾筒裡

就這樣便到了傍晚
藍天奮其所有的餘力
把黃昏揮舞成最後一面大旗
一面熊熊焚燒著的
彩色大旗

紅紅藍藍的火燄之間
不斷閃爍著白日刺目的光輝
把即將沒入黑暗的
一小段慘綠草坡
照得格外亮麗

那華美壯觀的黃昏大旗
無聲無息的足足燃燒了五十多分鐘
終於不得不灰飛煙滅成一群四處亂竄的蝙蝠
在暗紅天幕的襯托下
好像提前上市的春聯斗方

就這樣便全暗了
坐在不知該上還是該下的臺階前
側眼從紅毛城斑剝紅牆的這一頭
努力看過去看過去
不知是否已經有四五顆星星悄悄升起

——原載二〇〇二年一月二十日《中國時報》副刊

蘇紹連作品

蘇紹連

台灣台中人，1949年生，台中師範學院畢業。曾任國小教師。1968年創立「後浪詩社」，出版《詩人季刊》，1971年加入「龍族詩社」，1992年加入「台灣詩學季刊雜誌社」。並於1998年設「現代詩的島嶼」網站，2000年設「FLASH超文學」網站。著有《驚心散文詩》、《隱形或者變形》、《台灣鄉鎮小孩》等詩集，曾獲中國時報文學獎新詩首獎，聯合報文學獎新詩首獎、年度詩選詩人獎、台中市大墩文學獎文學貢獻獎。

台灣鄉鎮小孩（選四）

王珊春

王珊春：讀五年級，有偷竊習慣，曾偷走教師宿舍前校工飼養的一隻小羊。

不要再看小女孩一眼，她的倉惶
最怕眼光強烈的照射。她的心
在黑暗中跳動，並在深密的草叢裡
找出口。給她一個機會
回到母親的子宮中，重新懷胎十月
她是洞穴老鼠的朋友
出入時，總怕踩到別人的腳印
忽然，老師叫她的名字
她要繞過許多有光的地方
再到講台上，把臉埋入黑板裡
再用板擦，擦去

——一九八九年四月四日・選自九歌版《台灣鄉鎮小孩》

洪木龍

洪木龍：讀小學六年級，身材肥胖高大。三年級時曾留級重讀。父親與鄰居不睦。

厚厚的雲從天空中垂入鄉鎮裡
陰冷的白天，灰色的空氣在磚屋背後
集結，並包圍一個男孩
不敢敲門進屋內，他才和人打過架
歪腫的臉頰，撕破的外套
還有受傷的童年，傷口淌著血

一個男孩仰望著天空。快打雷了
要爲他下雨嗎？先把雲塗黑
他把天空塗黑，再把世界塗黑
一切都看不見了
直到閃電時，才看見他的眼中在下雨

——一九八九年四月四日．選自九歌版《台灣鄉鎮小孩》

陳祈源

陳祈源：十歲，深度近視，家開設書店，喜愛閱讀古籍，及有關佛學的經典。

小孩夾在書本裡，三個晝夜了
翻開時，竟然是一幅小佛畫像
他有時被壓在一疊疊的考卷底下
等待西行取經的玄奘來救他
鎮上的寺廟都是他的秘密教室
一盞油燈，一炷香，一部經典
他透過這些，去拜見自己的老師
一些石頭，陪他打坐
他唱一段偈語給石頭聽
很奇怪的現象啊
小孩說：石頭都跟著唱了

——一九九三年十二月二十四日．選自九歌版《台灣鄉鎮小孩》

周啓翔

周啓翔：十一歲，喜愛打擊樂。父親在康樂隊擔任團長，母親爲康樂隊歌手。

小男孩喜歡讓沉默的東西說話
說出內心的話，一些沒有文字的語言
小男孩和東西交談的方式
忽疾，忽徐，讓東西顫抖和陣痛
小男孩卻不曾和父母用一樣的方式交談

因爲他們各自在不同的頻道
父母的頻道常在喜宴廟會上播出

有一天，小男孩拿起鉛筆觸擊窗玻璃
窗玻璃說話了：小男孩，你不喜歡
你不喜歡自己！不喜歡自己
一句一句，不同的節奏憤怒起來
鏗鏘！玻璃碎了，不再說話

——一九九三年十二月二十四日·選自九歌版《台灣鄉鎮小孩》

註：詩題中小孩姓名均為作者虛擬，已非小孩原名。

他只有五歲

——請援救盧安達的難民孤兒

1

他，用一雙小小的手掌
撫著自己即將停止不跳的心臟

他，只有五歲
心臟小得如一朵含苞的玫瑰花
讓他的心臟繼續跳動吧
當玫瑰花綻放時，生命是多麼美麗

然而，他支持不住了
看來他只是一株垂死的農作物

2

他趴在一塊木板上
木板上有一圈圈被刨刀刨平的年輪
年輪已不再成長，停留在五歲
從年輪裡滲出昔日田園草木的芳香
他深深的吸著，像吸著母親的乳房

現在，他暫時忘記了父母的屍臭
他趴下去時，假如是在母親的懷裡
假如是在父親的膝蓋上
他會得到父母給他的第六圈年輪

3

他和其他陌生的兄弟排著隊伍
回頭看一次遠方的教堂時哭了
再回頭看一次遠方，教堂不見了
遠方是一隻黑色的大禿鷹，站成教堂的影子
他離開長長的隊伍，光著身子
頭顱中的記憶，讓他感到非常沉重
只好把記憶放在木板上，在年輪裡
年輪假如是一個漩渦，他願意被吞回去

他只有五歲，他支撐不住了
隊伍一直前進，他卻停下來
教堂碎裂的彩色玻璃在夢中癒合
天堂中美麗的光影像天使緩緩降臨

4

他的家鄉正在仰望著雨季
雨像刺刀，像彎刀，像斧頭
在他沉重的頭顱裡落下來
禿鷹和鸛鳥盤旋的天空
變得很低，幾乎壓著他的背
他成爲一株爛在田裡的農作物
他抬不起頭來仰望他的家鄉
五歲的他，頸子很細小
身子及四肢更細小，如何望見家鄉

5

他趴在木板上已好久好久了
霍亂、瘧疾、赤痢、麻疹將他包圍

他一定是死過的孩子
爲什麼這些傳染病還要讓他再死一次

他的其他陌生兄弟排著隊伍走了
走到從世界各地伸出來的手中

他只有五歲，就不能再活下去嗎
救援他，得與他的死亡比賽速度

——一九九四年十月四日．選自九歌版《台灣鄉鎮小孩》

註：

本詩是讀《聯合報》記者梁玉芳〈悲情盧安達〉系列報導，有感而作。

歌與哭

生時不須歌；我的小小的腳掌是
野雁的影子掠過我生存的土地
它沒留下任何腳印

死時不須哭；我的斑白的額髮是
芒草花最茂密時土地最貧瘠
它把整個眼裡的淚都染白

——原載一九九五年六月《中國時報》副刊

影子

我進入光，我就解體。我進入黑暗，我就縮聚。我進入光，我透明了。我進入黑暗，我在吶喊。我進入光，我誕生。我進

入黑暗，我死亡
我和無數的蚊蠅一起焦慮的飛舞著
在黑暗和光之間。進入的就是出去
我和無數的人類一起忙碌的爭食著

——原載一九九五年十二月《台灣詩學季刊》十二期

曙光

夜本身就是世界上最大的影子
鷹
從影子裡面飛出去
在白天的眼睛中
展現
翱翔之姿

——原載一九九九年三月一日《聯合報》副刊

疤痕

留在皮膚上的戰場遺址
有屋簷
厚牆
拱廊
烏鴉亂飛，小白花偶爾開了一兩朵

——原載二〇〇一年九月《台灣詩學季刊》三十六期

沉思的胴體

不會言語的一隻瓜，脖子伸得長長的
只是傾斜，只是托不住下墜的頭
下巴，不願出聲音

小腹，不願成爲風景

她弓起雙腳，如一枚別針
她閉著眼睛，如一把收束的小扇

不會言語的一隻瓜，把生命放入思考中
一具人體放入一個框框中

——原載一九九八年九月《台灣詩學季刊》二十四期

假設正在發生

就快日落了，剩餘的時間有限
在回家的路上假設數以萬計的烏鴉降臨
淹沒車子，黑色的潮水形成了意象體
車子則是魚，車子便須沈默寡言
想要穿透意象體出來，游向自己的去處
那是多麼困難的事。就快日落了

剩餘的時間有限，在回家的路上
假設雲的重量如鐵，向下墜落
在雲中馳騁，災難的意象體反覆出現
車子是鳥，身上隱藏了許多記憶
和災難的意象體重疊，要分清是眞是假
那是多麼困難的事。剩餘的時間有限

在回家的路上
假設正在發生

——原載一九九七年十二月八日《台灣日報》副刊

馮青作品

馮　青

本名馮靖魯。江蘇武進人，1950年生。現任教於社區大學，開「文學創作與閱讀」等有關課程。

八〇年代，開始寫作，旋即加入「創世紀」詩社，退出後，未加入任何文學團體。作品涵括小說、散文、詩及各類隨筆。著有詩集《天河的水聲》、《雪原奔火》、《快樂或者不快樂的魚》等。曾獲吳濁流文學詩作首獎。

創

我鬆下髮辮
放下簾子
猶疑著，要不要讓你吻
我腳背上墜下的月亮影子
我腳背上
那股暗冽花影的紋身啊
終於　再也喧噪不起來了
　何慚宿昔意
　猜恨坐相仍
　人情賤恩舊
　世議逐衰興
啊！有誰還記得昨夜以前的事呢？
我忍著石破天驚的愛
隔著世紀的微茫

將一把白絹扇撕了又撕
了無悔意的
心裡卻聽到磐石崩裂的聲音
那時我的嘴角仍留著
你狂吻我的血痕
是不是遊戲結束
才發現愛正開始
開始於狡詐
一棵剛孵出豆芽的好奇
新創與舊創的
迸痛

——選自一九八九年漢光版《雪原奔火》

蛇

在你躺下前，不妨等著第一陣想死的衝

動，蛻皮的亢奮，痛苦，你不屬於這世界。深藍的夜空隱然可見古老的哀傷，然而那也是危險覆亡之祭，古羊皮物上嚴峻的神諭；敗德的氣息，同時籠罩任何人的肚腹，以爲是愛之飢渴。啊！唯有當你擁入懷中時，你才明白是浸淫在苦毒的汁液裡了。

那些無歡的滿足夜晚，都是蛇性的。

讓亢奮而滑稽的情節繼續綴滿那些色情故事，以美麗的韡紋重釋冰冷的主張。

當那些口腔裡的空隙塡滿虛空，那些人仍然飢餓不已。

●

蒹葭采風般的女子是掩飾那險巇遊戲的蛇，是一份份包裝精美的禮物：送給你。

陰暗的地窖，誰相信埋著歷史性紀念碑的底下，居然是個蛇窩呢？

牠們在暗中捲著青色的閃光照相機，讓下顎懸張。

冷血的神經全神貫注地搜尋一個目標。

在深藍色的夜空下，夏日的廢墟是蛇們比較自在的街道。

或許蛇們的靜力學也相當枯燥，然對於血液是好的，誰在乎呢？牠們常因週期性的微恙而停止呼息。

●

不，小女孩們對蛇的故事不感興趣！

然而不久，那就是一對對母雞似的小婦人，她們把蛇皮當飾物掛在脖子或腕上。用櫻桃色澤的唇，享受一小匙飯後的小甜點，樣子優雅斯文，對複雜的生活感到興趣。

而蛇在左手邊的角落裡，像梅菲斯特一般無聲的笑著。

蛇們的事蹟不是手掌上亮閃的銀幣，而是黯淡，生綠霉的銅板，和聖經擺在一起。

一度，我們龜縮到聖經的角落，注視那樣的罪，我們羞恥的私人觀察，假裝勇氣，咬緊牙關，用棍子擊打，平日不敢討論的東西。

不是嗎，上帝編織了那麼複雜的圖案，移交給圈成團成堆的魔咒，牠就有了新的精神和命運，然而，眞正的蛇，卻無聲無息地從此消失了蹤影。

永遠消失了蹤影。

——選自一九八九年漢光版《雪原奔火》

台東人

在聰明活潑的台東人走後
生活就變得很乏味了！

伊們總是手掩著肚仔
並且用左手的曖昧招呼著客人
噢！妳知道蓮霧開花的時候
多情的伊們已經在煙花巷接客了
妳知道
好人家的女兒
爲什麼急急忙忙的要出嫁呢？
這樣的歌謠
唱著不同的世界
「竹筍離土目目柯
移山倒海樊梨花」
直到他老大
才知道
年輕的時候
其實不曾鉗死過自己的歲月
在那險灘上　曾經潮來潮去過一場
歡天喜地的搭飛機

吃海鮮的台東人帶著
滿溢著潑辣幸福的女子
噢！台東人
殘枝敗葉
搖晃了四十年
時間在妳到站回家的剎那
開始停頓

知道我們有多歡喜
在乏味的生活裡
聽妳的詼諧及
調笑的台東人
知道我們
在泥濘的盆地
用白領及忸怩不安的謹慎
穿越斑馬線及阻塞的淚管
與股票及蝸牛爲伍

猶在感冒及抗生素之間賭博
盼望另一種黑白色的鄉土
蹉跎於無夢非現實之境
恆久的流浪者
我們沒有台東人的故鄉可歸
或者用歌曲抓住下墜的神經及別情
是誰　將我們的
煙花女子
誘拐回盆地的呢

噢！當聰明的台東人下車後
日子就過得很乏味
列車照速前進
歌謠卻在舌尖上滯結
四十年
猛退一大步
我們拿不到任何的生命之匙

台東人
詼諧之存在
剝光赤裸之存在
眞實的生命起於俚俗

——選自一九九〇年尚書版《快樂或者不快樂的血》

有關貓風景之記錄

之一

大氣證實了貓的鬚髮
是蓬鬆的雲霧
種植著斷掉的雨絲
貓的鬚莖　原來也是灰的

　貓還知道
憂悶的貨倉
在憔悴的河流和梧桐花之間
有一層溫馴的疤痕
像石灰質堅硬的內層
遠遠超過被符咒的橋樑

　貓每日咀嚼
這遲鈍的橡皮
在祕密的山脈裡
小小琺瑯質純度過高的眼
安置空白的景屛
走在秋與冬之間
哪裡才是路的分水嶺呢？
貓的小手
指向冬

之二　月光魚

看不見抽芽開花的夜裡

我像受傷的星球
雙眼和結霜的冬天
一起棲息在海風穿堂的村落
我的貓 遂把桌面浸深成透明的白樹幹
牠生長俊美的腰 彈力之河
牠昂首於枯草色的床單上
待我睡著時輕輕舔我

我們汲盡了海風及黑暗
我們——甜蜜蜜的霜凍之火
貓蹺伏如光亮的石頭
全然孤寂之後
他是死在沙灘上的
月光魚

之三

月亮出來了
貓的眼睛
在小丘上端視著人影
端視著
寂寞的深淵裡
那叢由竹子林喧嘩起來的風聲
縱然輕身一躍
也不過是層頹瓦

哀傷的貓影
遂靜靜軋輾過
女人微亮的夢境及盈淚的髮絲
青色的窗戶不斷自貓的瞳孔裡流動過去
陰暗的地底
嬰兒紛紛夢著的天空
竟然
魚肚一般的白了

——「之一」「之二」原載一九九四年六月三日《中國時報》副刊

死於荒野

——以此詩慟婉如女士並致沉

哀

這是一個兇殘之島
妳穿越南方的夜城
荒野裡死亡的蹄聲滑近
空氣中夾雜著塵垢與囈語
來不及漾滿詫異
妳熾熱的心已被迫滑進大理石的冰冷
每一分秒
那變型人使我們哭泣一次
在不能言詞的泥濘中
妳投身荒野

睡眠　誘導了妳
其實妳不想呼應那樣的睡眠
因爲妳的墊褥是島
是傷口
是女字書寫的歷史
溢滿熟悉地　妳一度
熱愛的蒼穹
啊　婉如
朋友們知道有位天使去世了
有位使者曾被掛上木頭
有位天使被棄屍荒野
作爲提醒者
他們乾脆用重金屬的粗魯去款待她
在日與夜之間
我們發不出聲息
我們得到了骸骨

有人在床邊飲泣
有人在夜市低首自語
無人敢邁入荒野嗎？
廿個世紀的荒野
堆滿女性的屍骸
在新聞油墨裡
另一種血染黑了太陽
和新長出來的
一千萬個女人的傷口
恍如一群孤兒在耳語
「夜是多麼漆黑
猛獒在近處咆哮
我們自己點燈　提劍　守夜
守這咀嚼如橡皮般遲鈍的人群
腐敗成灰的土地
我們的苦河」

如果　妳把唯一的外衣
給了怕冷的人群
妳種植　也不是爲了積貯倉糧
你看到一群尖銳的牙齒
如何拱起一座刀國
他們一百次砍伐升起的林木
也許　這是我們最深邃的內層
哭　超過這紙上能寫的字
和打碎的雕像
妳怎可能和大家分道揚鑣呢？
我說的是　希望
是春天的行動　婉如
我們失了言語啊！
在黏稠的血河中
誰在乎陰霾或寒暑呢？
我們飲下恨意的寓言

因爲
妳死在荒野

——原載一九九六年十二月二十三日《中國時報》副刊

跑馬町

——獻給二二八與那些受難者

在夢中你必然會想起那背對著你的身影
跑馬町
那是他們用一袋子的紙幣
換來一碗湯麵的日子
空虛及白色的陰影交媾
或者是
刑場上撕裂胸膛地爆裂聲拂曉
你掬起一把尖銳的淚水
彷彿苦海無邊的尋搜者

同時
來來往往的意念
成了那股歷史最終的怒火
跑馬町
你是秘密的分享者
而他們
卻是一具又一具
朝向死亡
無辜的過去
他們仆倒在
島嶼永恆哀慟的風景裡
如同鏡面上
上萬隻齊聲破碎的器皿
數十萬凌辱驚嚇的戶籍
適時切入黑色橫蠻唱合的樂章
當鐵絲洞穿血肉的足踝

他們原是爲了白色而被編號
軍營的號角

掠過一串串透明的鳥屍
跑馬町的鮮血疊成小丘
如同向晚排列整齊的貝塚
囚犯　腳鐐　陰陽分割遂成了定格
你知道了跑馬町

人類沒有夢土
藏在喉間有種刺疼
而島嶼就在裡面睡熟
吃腐屍的鷹隼帶著徽章盤桓
一座座的聲音叫著
跑馬町異常地失明
透過奇異的僞裝
他們變得好吃消夜愛嚼檳榔
血腥的日子成了歌劇及嘉年華的詠嘆調

——原載一九九八年十一月二十一日《台灣日報》副刊

絕　望

像被拉長的月亮
它遞給你一雙絕望的手套
不知道編號多少的孤寂
沒有地方安放冷或者熱望
絕望會是座大穀倉嗎？
它孵化著宇宙裡最肥的蟲卵
你試圖只吃一小口是不夠的
彷彿有一張遺產的清單
最優惠的受益人在小提琴裡衰竭

而我確實經常握著那只陶杯
向裡張望時嗅到黑闃闃海的體味
強大的封閉及吶喊
不詳的氣味四處飄散

你擦拭一種腥色的碘酒
表演苦澀地劇情 探觸到內在的
一聲尖叫
而絕望是人類活動中的金屬
誰說不是呢？
它是戀人也是野蠻的殺人族
它是假的死亡與貧苦的子嗣
它在我的體內造成了殿堂及鐘聲
讓我學會如何去生病 以及
痊癒
我跋涉自己的回聲
在最後的一座村落
沒有人也沒有燈

——原載《台灣日報》副刊「台灣日日詩」

簡政珍作品

簡政珍

台灣台北人，1950年生，美國奧斯汀德州大學英美比較文學博士。曾任中興大學外文系主任、《創世紀》詩刊主編。現任中興大學外文系所教授。著有詩集《季節過後》、《歷史的騷味》、《浮生紀事》、《失樂園》等八種；另有詩論、文學、電影理論集等多種。曾獲中國文藝學會新詩創作獎、創世紀詩刊三十五週年詩獎、行政院新聞局金鼎獎等。

生日

四枝大蠟燭
分占蛋糕四個據點
蠟燭的足部
陷入有如泥淖的奶油
點了又熄，熄了又點的火焰
隨著風扇的轉向
終於找到年歲的定位

一圈的眼睛
都注視著我的刀起刀落
這一塊赤腳的日子給你
那一塊羞澀的時光給他
這一塊不知酸甜苦辣的
留給母親
那一塊，爆竹碎裂後的累積
留給妻子
剩下這一塊殘缺的我
給自己

——一九九二年・選自九歌版《浮生紀事》

憶

針在纖維的縫隙裡遊走
我在跳動的燭光中
探尋母親的心事
含糊的語句
被一隻失眠的公雞打斷
好像是釦子不合
就將就些吧
之後，我們一齊等待
颱風過後的晨光

父親在牆上的遺照
還未收回笑容
我們彼此安排心情的順序
有些感受擺在桌上
而桌腳的蛀蟲
已早起

——一九九二年．選自九歌版《浮生紀事》

掃墓

當我們在山和水的接線裡
構圖一個清明時節
紛飛的細雨
夾帶記憶的鹹度
包容了這片黃土
時節未到
芒草相互爭奪
這片陰陽交界的領域
而我赤裸的雙手
冒著可能的流血
去撥開你碑石的名姓
去面對眼前開闊的海域
藍天只封存於日記
你所眺望的
無非是
海非海，天非天
曖昧的境遇
正如
你的一生

未能概述的
都放在引號裡
有時破折號
可能變成一個希望的假象——

你以佈滿線條的手掌
培養我粗糙的一生
以微露牙齒
笑談風雨
轉述你的往事
總不免失眞
我努力揣測
你在遨遊的江河中
印製笑的影像
但我不知
爲何你急躁地
將自己掩埋
從此，每年梅雨
就越加囂狂了
我不知

是否螞蟻在你周遭
尋覓家的去處
也不知
附近騰空的洞穴
是否還有狼的足跡
我更不知
秋天是否爲了豐收
而播撒了
滿山芒草的
花絮

——一九九二年·選自九歌版《浮生紀事》

我們有如燭火

我們有如燭火
在痛中飲盡一生
在重疊的影像裡

你可曾聽到五月初陽追趕的聲音
撥水的季節
夾雜人行道上匆匆錯別的足跡
花裡翻騰的火焰
燃燒一個個熟透的思果
季節不能等待
花草何時再翻越那禁忌的牆
當你一腳跨越
過去已埋葬在朦朧的書頁裡
有誰能再閱讀這章珍奇的文字
風不能解說什麼
紙張翻飛
再不能使人頭落地
雨可以瀝瀝作響
講述一段結巴的情節
霧中閃現一點輪迴的春訊
不論溽暑，不論寒冬

一切終是蠟炬的燃燒
痛裡暗藏狂喜的標記
沒有傷痕的軀體
是否能記錄年歲
當日曆在火中燃燒
年復一年
我們只是一隻已無形體的
燭心

——一九九六年．選自九歌版《失樂園》

晨起

晨起，有些昨日留下的話題
還在樹梢和小鳥對話
政治沒事，只是增減報紙的版面
只是鳥屎要滴往何處？
是那個人身上炫麗的襯衫？

還是他那部轎車烏亮的身影？
巷口，那一隻流浪狗繼續脫毛
繼續在垃圾桶旁邊
對著新搬來的鄰居狂吠
他仍然恭敬地交出手上的一袋垃圾
仍然在倒退的腳步裡
想到複雜的人生

那個最近摔斷腿的老婦人
仍然循著輪椅昨日的行徑
在巷口奢望孫兒回首的表情
回程上，撥開路上激情的落葉
她又找到一個新的窟窿

若是沒事，爲何
那人未擦掉襯衫上的鳥屎
就開著轎車急駛而去？
爲何那隻狗狂吠之後
留下呆滯的表情？
爲何老婦人支離破碎的言語裡
有朦朧的淚影？

——一九九九年八月十七日·選自九歌版《失樂園》

災後

入夜前，有些白日思緒的殘渣
需要清除，留給夜晚走失的星星
樂音流過高低起伏的街道
這是中古的號角，從磨損的唱針
刻畫出破裂的音符

災後，東西還在尋找定位
馬路飢餓地張開大口

一部掛在斜坡的轎車沒有人認養
據說它嘔吐出來的汽油
差點焚燒了那一片早秋的稻田
一棟歪斜的紅瓦別墅
依靠一棵剝了皮的大樹
落葉在路上翻滾，傳遞即來的
颱風消息

政策是浮動的符徵
每一個路口都暗藏迷宮
媒體正在募款拯救政府的人事
當螢光幕剪輯暮色晨曦
黑夜已夾著雨水
潛入廣場上的帳棚

——一九九九年十月六日．選自九歌版《失樂園》

之後

「你知道樹枯老的感覺嗎？」
這是父親當年面對波濤的言語
之後，岩石以千瘡百孔
記錄這場水陸交接的對話，擔心
我患了提早到來的失憶症

我不曾忘記
樹根增添了肥料後
聚集了各種尺寸的螞蟻準備過節
那是大雨之後第一個放鞭炮的日子
我們卸下牆上父親的遺照時
母親患了關節炎的雙腳
在皸裂的瓷磚上滑倒

之後，我們透過裂開的牆面
觀看倒錯的星宿，漏雨的閣樓
收養了一些遺失窩巢的雀鳥
夜晚，他們製造我們啁啾的夢境
怯懼地面對我手電筒的亮光時
他們終於想到老樹多年前的叮嚀

之後，左鄰右舍都拆掉房子
流浪狗多了一片覓食的空地
之後，空地召集了整個村子的蒼蠅
之後，斷層帶上蓋了一家大型孤兒院

老樹枯死的那一年
廣場上換了一面花色不同的旗幟

——二〇〇一年三月十日·選自九歌版《失樂園》

杜十三作品

杜十三

本名黃人和。台灣竹山人，1950年生，台灣師範大學化學系畢業。1982年以「杜十三郵遞觀念藝術探討展」，介入文壇與藝壇。以詩歌、散文創作為主，旁及繪畫、造型藝術、設計等創作。著有詩集《地球筆記》、《嘆息筆記》、《火的語言》、《新世界的零件》、《石頭悲傷而成為玉》等；另有詩畫集、散文集等作品多種。曾獲創世紀詩創作獎、中國文藝協會新詩創作獎、年度詩人獎、耶路撒冷國際詩歌節國際詩人勛章。

汝有聽著地球崩落去兮聲無？

——祭台灣世紀末大地震（閩南語歌詩）

汝有聽著地球崩落去兮聲無？
汝有看著河流斷在阮兮目眶內底
一群山在阮兮心臟面頂走衝無？
汝看！汝看！汝看彼乜囝仔倒在瓦礫仔堆裡
無頭也無腳
只有雙手攔著一隻惦惦兮凱蒂貓當作面
目睭剝金金直直看著汝
親像在問：
汝有看著吾兮父母兄弟姊妹無？

吾夭有機會咯看著日頭夾月娘無？
其實阮兮身軀就是大地震兮現場
震動了後
位頭到尾　汝吾兮骨頭夾血脈攏已經散位
汝吾兮頭殼夾目睭攏已經離線軸
因此阮所看著兮　才會是天地裂　才會是
山河崩　才會是骨肉散……
現在汝有看著吾兮心肝無？
置這置遐
吾兮心肝夭在斷去兮河流面頂浮動
夭在崩落來兮山腳滾動
走衝
汝有聽著地球崩落去兮聲無？
汝有看著火金姑為阮鄉親兮靈魂照路
四界去找阮壞去兮身軀無？

汝看！汝看！汝看彼乜人倒在斷嶄面頂
　　無頭也無面
只有雙手攔著一粒夭置噗噗跳兮心
　親像日頭漲到紅紅紅
　　親像在講：
　　這就是汝兮屍體
這就是阮大家等待魂魄轉來重建兮故鄉！

註釋：

「兮」／的（所有格、形容格語助詞）；「乜」／個；「置」／在；「阮」／咱；「遐」／那裡；「夭」／還。

——二〇〇〇年，選自思想屋版《石頭悲傷而成爲玉》

輪迴

午夜的天空
懺悔式的下過一場大雨之後
墓地上長出了一叢叢的人面桃花
有的望著來世
有的　看著今生
撲動著罪孽翅膀的蜂與蝶
紛紛從虛擬世界趕來採集花粉和蜜
有些採到了悔
有些集到了怨
又忙著趕向墓地外的虛擬世界去

黎明的天空
頓悟式的颳起了一陣熱風之後
墓地出口的路樹上
結出了纍纍的人面果實
有的喜歡在雨中點頭
有的　喜歡在風中搖頭

——二〇〇〇年，選自思想屋版《石頭悲傷而成爲玉》

螢火蟲

——灰燼懺悔成為光。

我跪在一片黑暗中懺悔。

面對自己的罪，天是黑的，地是黑的，雙手伸出可及的四週也是黑的，然而值得安慰的是，我還擁有一片沒有雜音的寂靜，可以用來傾聽自己眞實的心跳——心跳聲中有父母的嘆息，有情人的啜泣，有斷裂的琴音，有囂狂的歌詩，有貪婪的酒鼾，有瘋癲的妄語，也有山河的迴響，草木的輕嘯，海水的拍擊，鐵軌的震顫，輪渡的警笛……慢慢的，我聽見母親呼喚我名字的聲音，聽見淚水滾落地面的聲音，聽見一群翅膀拍動的聲音——

一群螢火蟲，從我童年的草叢中起飛了，牠們正穿過重重的黑暗趕來爲我照路，要帶我回到四十年前老家門口，那灣清澈、無邪的河畔。

——一九九四年九月·選自思想屋版《石頭悲傷而成爲玉》

出口

啊
你看
在前方
在天空裡
在我們體內
一群鷹在飛翔
從黎明飛到黑夜
從前世低飛到此生
飛過的軌跡導引星座
排列成你我今世的命運
那群鷹在你心中築巢已久
我們豐饒的慾望是牠的母親

我們豐饒的慾望是牠的母親
那群鷹在你心中築巢已久
排列成你我今世的命運
飛過的軌跡導引星座
從前世低飛到此生
從黎明飛到黑夜
一群鷹在飛翔
在我們體內
在天空裡
在前方
你看
啊

——二〇〇〇年，選自思想屋版《石頭悲傷而成為玉》

泉水

人身如墨，卻喜用語言洗滌自己。
愈洗愈黑，愈濁，愈小，愈渾……

為了洗去全身的疲憊和骯髒，他想起了深山裡面，據說由某位高僧臨終時唾出的口水化成的，那一口帶著濃濃硫黃味道的泉水。

泉水在山坳裡面，必須走很遠的坡路來到山腳下繼續步行，然後穿過好幾處溪澗，好幾叢樹林、好幾窪谷地，一直顛簸著朝著嗆鼻的硫黃味走，才能急速噗動著心臟，流著滿頭大汗來到那一處立碑寫著：「硫黃的味道就是眞理的味道」的溪泉所在地。溪泉是溫的，在清靜中飄浮著一層乳白的硫膜，沈默的像張開的一張大嘴，欲言又止的輕吐著縷縷的蒸氣，幾隻盤旋而至的烏鴉在上面繞了幾圈之後，便「是呀！是呀！」的嚷著立刻飛走了。底下，氤氳的泉水中，則是幾十個赤條條，年紀各殊形態各異的男子，或站或蹲或趴或仰的在裡邊盡情的舒展著自己。

他來泉水邊，突然感到硫黃味道格外的令人興奮，便一面寬衣，一面模仿最後一隻烏鴉離去的叫聲，也跟著提高聲調沒頭沒腦的對著那一群人大聲嚷嚷：

「你們都想把自己的罪洗乾淨嗎？」然後迅速的脫光自己，依例選在溪泉下游的缺口開始猛沖、猛刷自己的全身。半個鐘頭之後，當他打算泅近人群跟著大夥兒一齊在泉水中央徜徉之前，他先站了起來，從泉水裡小心翼翼的撈起自己潔淨非常的人皮，披在旁邊的石頭上晾晒。這個時候，他才發現觸目所及之處同樣盡是洗淨之後帶著硫黃味道，披在泉水外圍四周等待風乾消毒的人肝、人心、人肺、人腸……。

混濁的泉水開始汩動，慢慢的，沸騰了起來。

——一九九四年九月‧選自思想屋版《石頭悲傷而成爲玉》

霧

霧非霧，樹非樹，只有在霧中及在樹下的人。

霧升起的時候，一棵樹迅速旋轉年輪，把樹梢伸長到氤氳的迷濛之外。

迷濛之外，是逐漸暗去的天色，和遠遠近近、高高低低，數百株在縹緲的濃霧中忽隱忽現的樹梢。而那一株急著把自己最綿密的頂端調整到整片樹木的最高處，用來監視遠方的動靜和白霧上升的速度的那棵樹，似乎是爲了逃離霧中的詭異與迷離，或者，是爲了保護樹梢上的幾個鳥巢吧。

迷惘之內，則是無形的神秘和不可測的未知，在一片不安的闃靜中，間歇的從不同的方位傳來幾次鳥隻拍動翅膀、墜落，復又掙扎著拍動翅膀的聲響，以及，由遠而近，錚錚鏘鏘，用斧斤擊砍樹幹的迴音，間雜著陣陣男人的咳嗽，女人的尖叫，和匆匆促促窸窸窣窣的步履聲……。如此，整片濃霧就像暗藏危機，不斷逡巡浮動的白色恐怖，正繁殖著由輕而重，由小而大的驚慄，從下往上的逐漸的占領了整座樹林。

霧在攻上樹梢的最頂端才逐漸地散去，然而，緊跟在後頭的，卻是一大片逐步逼現，脫去了白色煙霧面具的熊熊烈焰。

——一九九五年一月．選自思想屋版《石頭悲傷而成爲玉》

墨

戰死之後，他被隨處掩埋，屍骨的一部分溶入了地底的碳層，百年後才被偶然挖出濃縮成碳精，輾轉被製成了墨條，又輾轉被陳列到文具店販售。

他的曾孫的兒子喜歡畫畫，偶然來到這家文具店，也偶然的看上了這一盒墨條，但見那墨黑得晶瑩剔透有若烏黝的松脂，輕敲桌面，清脆的聲響又有若堅硬的骨頭，便欣喜的買下，帶回家中使用。

他收集晨間的露水磨墨，研出的墨汁隱約透散出雄沈的芳香，有若曠野草叢中猛獸遺留的體味；他又用狼毫蘸汁在純棉的宣紙上試筆，墨色暈開有如雨入荷花，瀟灑勻順，毫無罣礙——如此，在那一間砌有兩道書牆，擺著一方長桌與各式文具，窗明几淨，視野遼闊得可以見到海水波蕩起伏的書房裡，他氣定神閒的繼續使用有如淚水般的晨露把祖先的屍骸磨成汁，手握嗅覺敏銳的野狼之毛編成的筆，攤開可以禦寒的棉花抽成的紙，大膽而細膩，暢快淋漓的完成了一幅巨大的人像——

畫面是一個解甲的戰士眺著家門，悲喜交加的張開雙手等待奔來的家人擁抱。氣韻生動，栩栩如生的戰士面孔，和他曾祖父的父親長得一模一樣。

——一九九五年十二月·選自思想屋版《石頭悲傷而成爲玉》

中華現代文學大系（貳）

——臺灣 1989～2003

詩卷（一）

A Comprehensive Anthology of
Contemporary Chinese Literature in Taiwan, 1989-2003
Poetry Vol. 1

總 編 輯／余光中
編輯委員／白 靈 馬 森 張曉風 胡耀恆 李瑞騰
向 陽 施 淑 陳義芝 紀蔚然 李奭學
唐 捐 陳雨航 廖玉蕙 鴻 鴻 范銘如
發 行 人／蔡文甫
發 行 所／九歌出版社有限公司
臺北市八德路 3 段 12 巷 57 弄 40 號
電話／(02)25776564 · 傳真／(02)25789205
郵政劃撥／ 0112295-1
登記證／行政院新聞局局版臺業字第 1738 號
網 址／ www.chiuko.com.tw
印 刷 所／晨捷印製股份有限公司
法律顧問／龍雲翔律師 · 蕭雄淋律師 · 董安丹律師
初 版／2003（民國 92）年 10 月
定 價／詩卷（全二冊） 平裝單冊新台幣 380 元 精裝單冊新台幣 480 元

ISBN 957-444-062-1

國家圖書館出版品預行編目資料

中華現代文學大系（貳）.臺灣一九八九～二〇〇三詩卷／白靈主編 --初版. --臺北市：九歌，2003〔民92〕面；公分.

ISBN 957-444-062-1（第1冊：精裝）
ISBN 957-444-063-X（第1冊：平裝）
ISBN 957-444-064-8（第2冊：精裝）
ISBN 957-444-065-6（第2冊：平裝）

830.8 92012282